OLTRE LA VENDETTA

LA SERIE "L'ARTE DELLA VENDETTA"
LIBRO 2

DAN PETROSINI

DAN PETROSINI
MYSTERY & SUSPENSE AUTHOR
www.danpetrosini.com

ISBN cartaceo: 978-1-960286-59-8

Stampato a Naples, FL, USA

La serie di misteri di Luca

Sono io l'assassino?

Scomparso

L'omicidio di Serenity

Terza possibilità

Un caso irrisolto

Poliziotto o assassino?

Mettere a tacere Salter

Passi falsi di un assassino

Posta in gioco incerta

L'assassino del nonno

Vendetta pericolosa

Dove sono?

Sepolti al lago

L'assassino della riserva

Nessuno è al sicuro

Omicidio, soldi e caos

La svendita d'oro

Segreti pieni di suspense

Il dilemma di Cory

La fuga di Cory

Il cambiamento di Cory

LA SERIE "L'ARTE DELLA VENDETTA"

IN NOME DELLA VENDETTA

OLTRE LA VENDETTA

NON È FINITA

ALTRE OPERE DI DAN PETROSINI

L'ULTIMO NEMICO

TESTIMONE COMPLICE

RESPINGI

AMBIZIONE ALLA SCOGLIERA

1

Leggere i sottotitoli era una seccatura, ma la serie di Netflix era avvincente. La trama parlava di uno spaccio di droga finito male. Un paio di panetti di coca vennero consegnati, e la scena cambiò, mostrando una donna che abbracciava un bambino. Stavano piangendo.

La donna assomigliava in modo impressionante alla signora Morse. Un rutto mi riportò in bocca il sapore dei tacos che avevo mangiato poco prima. Con lo stomaco in subbuglio, saltai giù dal divano e corsi in bagno.

Sputai nel lavandino e aprii il rubinetto. Mentre mi sciacquavo la bocca, lo stomaco brontolò. Mi sedetti sulla tazza e chiusi gli occhi.

Il film rovente nella mia testa ricominciò.

Eccomi lì, a tornare a casa da scuola. Svoltai l'angolo del mio isolato e mi fermai.

Un capannello di vicini stava parlando con un agente in uniforme. Qualcuno si teneva la testa fra le mani. Era la signora Morse.

Mi si strinse la gola. Feci un paio di passi avanti e contai le case. La nostra era la quinta dall'angolo.

Strizzai gli occhi. Un poliziotto era in piedi davanti ai gradini di casa nostra. Con il cuore che mi martellava nel petto, cominciai a correre.

A una casa di distanza, riuscii a vedere la nostra porta d'ingresso. Era aperta.

Rallentando, chiesi al poliziotto: «Cosa ci fa qui?»

«Circola, ragazzino, questa è una questione di polizia.»

«Ma questa è casa mia. Dov'è mia madre?»

«Aspetta un attimo, figliolo.»

Il poliziotto sembrava sul punto di varcare le porte dell'inferno. «Sergente! Sergente!» Si avvicinò a due poliziotti vicino a un'auto di pattuglia. «Questo ragazzino abita qui.»

Mi precipitai su per le scale, due gradini alla volta.

«Ehi, non puoi entrare lì dentro!»

Mia madre era sul pavimento. Due uomini erano inginocchiati su di lei. Un'aureola di sangue le circondava la testa. La mia voce si spezzò: «Mamma!»

Sobbalzando, i poliziotti si tirarono su in fretta e furia. Si misero di fronte a me, facendomi voltare. «Devi uscire di qui.»

«Mamma! Mamma! Alzati!»

«Portatelo fuori!»

Un paio di mani mi sollevarono. «No! Lasciatemi in pace!»

Mi portarono fuori, affidandomi alla signora Morse. Lei mi prese la mano e con l'altra si asciugò le lacrime dal viso. «Vieni. Sii forte.»

Cercai di divincolarmi. «Voglio vedere la mamma.»

«Non puoi, tesoro. Non adesso.»

«Quando? Quando potrò vederla?»

«Tuo padre sta tornando a casa dal lavoro. Te lo dirà lui quando.»

«Cosa le è successo? Starà bene? Stava sanguinando e tutto il resto.»

«Stanno facendo il possibile.»

«Non si muoveva.»

Il mento della signora Morse tremò. Una lacrima le scese lungo la guancia.

Avevo la bocca riarsa. «È morta?»

«Ecco che arriva tuo padre.»

Il viso di papà era bianco come un cencio. «Papà! È successo qualcosa alla mamma!»

Lui alzò una mano e cominciò a parlare con un poliziotto. Mi liberai dalla presa della signora Morse. Feci un passo verso mio padre, quando un movimento in cima alle scale catturò la mia attenzione.

Qualcuno stava uscendo in retromarcia dalla porta d'ingresso. Teneva un'estremità di una barella. La luce rimbalzò sul sacco nero e lucido posato sopra. Lo stomaco mi si attorcigliò; la mamma era in quel sacco.

Papà mi tirò per mano. «Vieni, non dovresti vedere queste cose.»

«Voglio stare con la mamma!»

«La vedremo più tardi.»

«Dove? Dove? All'obitorio?»

Il mento di mio padre tremò. Si voltò e le sue spalle furono scosse dai singhiozzi.

«Papà? Stai bene?»

Il signor Amato mise un braccio intorno a papà. «Ci dispiace tanto, Bill.»

La moglie del signor Amato mi strinse la mano. «Perché non vieni a casa nostra per un po'?»

Le scrollai di dosso la sua mano. Piangendo, seguii la barella fino al retro dell'ambulanza.

«Chi ha fatto questo a mia madre? Chi? Perché? Perché l'hanno fatto?»

Un poliziotto che teneva aperti i portelloni del veicolo d'emergenza disse: «Non preoccuparti, ragazzino. Sappiamo chi è stato. Lo prenderemo prima che faccia buio.»

Spinsi via il paramedico e allungai la mano verso il sacco. Le toccai una gamba. Era come un pezzo di ferro.

«Papà! Sanno chi è stato.» Il martellare tra i miei occhi si fece più rapido. «Chi, chi ha fatto del male a mia madre?»

I dettagli del giorno in cui mia madre fu uccisa erano vividi. Era strano, perché la settimana successiva, funerale compreso, era tutta una macchia indistinta. L'unica cosa che ricordavo della veglia funebre erano dei poliziotti che entravano chiedendo di mio padre.

Papà li incontrò nell'atrio. Un bisbiglio si diffuse per la stanza, crescendo d'intensità mentre la signora Morse si inginocchiava accanto alla mia sedia. «La polizia ha preso l'uomo che ha fatto questo a tua madre.»

Il bastardo era Larry Boyd. Ed era fuori su cauzione quando lo fece, anche se aveva brutalmente picchiato altre due donne. Fu la prima prova di quanto il sistema fosse marcio. Dopo la morte di papà, a causa di un lento suicidio a colpi di bottiglia, fui scaraventato in affido.

Perdere i genitori ed essere sballottato di qua e di là era già abbastanza dura, ma essere picchiato in affido mi consumò con il bisogno di vendetta. Dopo essere sfuggito agli abusi, il mio primo obiettivo fu il signor Bryant, il padre affidatario che mi aveva lasciato la cicatrice di quasi otto centimetri dietro l'orecchio.

Le cose non andarono per il verso giusto e, proprio come l'uomo che aveva sparato a mia madre, morì prima che potessi ucciderlo io stesso. Dopo aver perso tutto, ero stato derubato di nuovo.

La frustrazione offuscò la mia vita. Provai ad andare avanti, accettando un lavoro come investigatore per un avvocato di nome Ray Larson. Fu lì che si presentò uno sfogo per pareggiare i conti.

Andare contro il sistema che mi aveva fottuto era impossibile. Ciò che ne venne fuori fu in parte un'attività e in parte quella che speravo fosse una terapia: cercare vendetta per conto di altri.

2

————

CELEBRATION PARK SI STAVA AFFOLLANDO. FACENDOMI LARGO tra la folla dell'ora di cena, aspettai vicino al furgone del Cousin's Maine Lobster.

Al Ventura, un avvocato che mi passava del lavoro, spuntò da dietro l'angolo e io mi misi in coda per ordinare.

Gli tesi la mano. «Ehi Al, come stai?»

«Bene, Beck.»

«Fame?»

Annuì. «Adoro i loro panini al granchio.»

«Sono buoni, ma i panini all'aragosta sono la fine del mondo.»

«Mi piacciono entrambi. Senti, com'è andato il viaggio?»

«Rilassante. Sono stato alle Keys per due settimane e poi io e Laura siamo andati alle Bahamas per sei giorni.»

«Le Bahamas? Come vanno le cose con lei?»

«Bene.»

«Pensavo avessi trovato una compagna per la vita. Mi sbagliavo? C'è qualcosa che non va?»

«Niente.»

«Puoi dirmelo. Io sono stato sposato e lo sarei ancora se Lee Ann non fosse morta. Che succede?»

«Laura fa sempre domande. Vuole sapere tutto: la mia famiglia, cosa faccio per vivere, bla, bla, bla. Io non sono così. Sono una persona riservata.»

«Un rapporto è un dare e avere. È naturale voler sapere tutto il possibile sulla persona con cui hai una relazione. Non dovresti chiuderti a riccio. Trova un modo per darle un po' alla volta, che so, qualcosa sulla tua famiglia. Fa parte di chi sei.»

Quest'ultima parte era più vera di quanto volessi ammettere. «Capisco. Ma riguardo a quello che faccio? Nessuno può sapere i dettagli di...»

«Sei uno dei ragazzi più in gamba che io conosca. Inventati una storia. Qualcosa di credibile e sarà finita.»

«Lo stavo facendo, ma sono inciampato alla fine della nostra vacanza.»

«Rimettiti in carreggiata. Lei ti fa bene. Devi impegnarti.»

«Ci proverò.»

«Bene. Siete stati a casa di Larson a Lyford Cay?»

«Sì, che posto. È tipo, proprio accanto a dove viveva Sean Connery.»

«Ci sono stato una volta. È un posto magico.»

«Sì, forse era perché ero stato alle Keys per un paio di settimane prima, ma mi sono annoiato. Laura è felice di stare seduta in spiaggia a leggere, ma io divento irrequieto. Sono andato a pescare, ed è stato bello, ma non puoi andarci tutti i giorni.»

«Un sacco di uomini lo fanno.»

«Non fa per me, devo tenermi occupato.»

«A Laura sarà piaciuto da morire.»

«Certo, ma per lei i soldi non sono importanti; lavora tre giorni a settimana da casa e guadagna a malapena per l'affitto.»

«Non lamentarti, è un bel pregio da avere in una compagna.»

«Lo so.»

«È un avvocato dei pazienti, giusto?»

«Sì, quando una compagnia di assicurazioni fa storie a qualcuno per una prescrizione, lei cerca di fargliela coprire.»

Ventura sorrise. «Guarda un po'. Aiutate entrambi persone che non conoscete.»

Facemmo le nostre ordinazioni e chiacchierammo del più e del meno finché il cibo non fu pronto.

Portando la nostra cena a un tavolino alto, Ventura disse: «Sei pronto a tornare al lavoro?»

«Assolutamente. Parlami della situazione che mi hai accennato.»

Le file di luci sospese ondeggiarono mentre una brezza soffiava dal canale. Ventura si pulì la bocca. «Accidenti, è davvero buono.»

«E la bambina che era...»

«È un caso triste. Una delle cose più tristi in cui mi sia mai imbattuto.»

Posai il panino e lo guardai negli occhi.

Lui deglutì e disse: «Okay, okay. In breve, una bambina è stata tolta ai suoi genitori dallo stato.»

«I servizi di tutela dei minori?»

«Sì.»

Ripresi la mia aragosta. «Quanti anni aveva?»

«La bambina aveva meno di un anno.»

«Sospettavano che i genitori la maltrattassero?»

Lui annuì. «Li hanno arrestati entrambi quando gli esami hanno rivelato che la bambina aveva una frattura.»

«Le autorità pensavano che i genitori picchiassero la bambina?»

«O quello o una grave negligenza.»

Spostai il mio panino mangiato a metà. «Come è iniziato tutto questo?»

«Non ne sono del tutto certo. Qualcuno ha segnalato la situazione al dipartimento per il benessere dei minori.»

«Se non stava succedendo niente, perché mai qualcuno li avrebbe segnalati?»

Con la bocca piena, Ventura si strinse nelle spalle.

«Qualcosa doveva esserci, no?»

«È complicato. I genitori sono venuti da me per una consulenza legale. Volevano fare causa alla contea o allo stato per quello che era successo. Mi sono davvero dispiaciuto per loro.»

«Perché non hai fatto causa se li avevano fregati?»

«So che non ti piacciono le informazioni di seconda mano. E, date le circostanze, è meglio che tu lo senta direttamente dai genitori.»

———

La gente aveva parcheggiato sui campi da gioco in erba. Mi unii a un flusso di persone che si trascinava nell'East Naples Community Park. L'anonimato era qualcosa che apprezzavo, ma questo era un eccesso.

Il nome del resort ispirato a Jimmy Buffet, Margaritaville, era su tutta la segnaletica. Il complesso alberghiero di Fort Myers non perdeva tempo a incidere il suo nome sulla Florida sudoccidentale. Con sale o senza, bere una margarita non era il modo giusto per arrivare al campionato di pickleball.

Passai davanti a dozzine di campi; giocatori di pickleball di tutte le età gareggiavano per passare al palco principale. Un cartellone che pubblicizzava la diretta CBS delle finali pendeva sopra il viale principale. Il pickleball in TV? Qual era il montepremi in palio?

All'interno di un'area coperta da una tenda, i Duber erano seduti a un tavolo da picnic. Mentre mi avvicinavo, il marito posò la sua tazza di caffè. Aveva un buon istinto.

Tesi la mano. «Piacere di conoscerla, signor Duber. Sono Beck.»

La sua camicia azzurro pallido aveva il colletto sfilacciato. «Piacere mio. Sono Jim, e questa è Sarah.»

La sua mano era bianca e morbida. «Grazie per essere venuto.»

«Signora.» Scavalcai la panca con la gamba e mi sedetti.

Sarah cercò la mano del marito e sussurrò: «Può aiutarci?»

«Non lo so, ma vorrei sapere cosa è successo.»

Guardò Jim, poi disse: «Okay. Ehm, Katy era, è, la nostra primogenita. Abbiamo provato per, tipo, cinque anni...»

Jim la corresse: «Quasi sette.»

Sarah annuì. «Sì, abbiamo seguito tutto il percorso della fertilità, tipo, due volte...»

«Tre volte, che spreco di soldi.»

«Già, soldi che non abbiamo.»

Dissi: «Vostra figlia, Katy, è stata una sorpresa, quindi?»

Sarah si illuminò. «Totalmente inaspettata. Voglio dire, ho pregato per avere una bambina e ha funzionato, ma sì, siamo rimasti, tipo, totalmente sorpresi. Cioè, è stato fantastico.»

«Avevamo un'intera lista di persone che pregavano per noi, e Dio ci ha benedetti con lei.»

«Quando è nata?»

«È difficile credere che compirà due anni tra un paio di mesi.»

«Auguri, allora. Ora, quando sono iniziati i problemi?»

La madre disse: «Katy è una bambina bravissima, ma sembrava essere sempre malata. Ricordo che aveva appena compiuto dieci mesi e una mattina ha iniziato a vomitare. Niente di gravissimo, ma abbiamo chiamato la dottoressa. Ci disse di tenerla d'occhio e, se avesse continuato, di portargliela nel pomeriggio. Disse di fare attenzione alla disidratazione e di assicurarci che bevesse a sufficienza...»

«Sarah mi ha chiamato e sono andato a prendere del Pedialyte da Walmart.»

Sua moglie continuò: «Non mi piaceva come stava e l'ho portata dalla pediatra. Non siamo riusciti a capire cosa sia successo dopo. Vero, tesoro?»

Jim disse: «È stato un lungo incubo. Dovremmo finire in uno di quegli show tipo *Dateline* o qualcosa del genere.»

3

IL FINTO DRAMMA DEL PRESENTATORE DI *DATELINE* MI AVEVA
stufato da anni. «Allora, l'hai portata dal dottore e cosa è
successo?»

«Erano tipo le undici e Jim doveva andare al lavoro. Fa il
cuoco da New York, New York Pizza. Non era niente di
che. Voglio dire, stava male, ma potevo cavarmela da sola.»

Lui abbassò la testa. «Sarei dovuto essere lì con te. Sarah
mi ha chiamato, era fuori di sé, e ho quasi fatto due incidenti per correre da lei.»

«Dimmi cos'è successo dal dottore.»

Sarah disse: «Beh, le hanno controllato i parametri vitali
e tutto il resto, e stavano per farle una flebo per idratarla,
ma poi l'hanno portata a fare un'ecografia per vedere se
avesse ingoiato qualcosa o che so io. A dire il vero, non
riesco a ricordare cosa abbiano detto dopo che ci hanno
accusato.»

«Di cosa vi hanno accusato?»

«Violenza su minore. Ci credi? Che stronz... uh,
fesseria.»

Fesseria? «Cosa hanno trovato che li ha indotti a pensare che fosse violenza?»

«Beh, è iniziato quando hanno scoperto che Katy aveva una costola fratturata, sul lato sinistro. Mi hanno chiesto cosa fosse successo, e io ho detto niente. Mi hanno chiesto se fosse caduta o se l'avessimo fatta cadere. Ti rendi conto?»

«Cos'è successo dopo?»

«Ho detto loro che non era caduta e che nessuno l'aveva fatta cadere. Mi hanno detto di aspettare fuori e ho chiesto perché. Hanno detto che dovevo. Non volevo lasciare Katy, ma l'ho fatto, anche se era spaventata.» A Sarah vennero le lacrime agli occhi e prese un tovagliolo.

Jim conficcò un'unghia nel tavolo, dicendo: «Hanno chiamato la stramaledetta polizia, e da lì è andato tutto a rotoli.»

«Perché?»

Sarah disse: «Beh, hanno detto di aver fatto altre scansioni e di aver scoperto che Katy aveva altre tre fratture: due alle gambe e una all'avambraccio. Cioè, non potevo crederci; non c'era modo che se le fosse procurate. Stiamo sempre insieme.» Chiuse gli occhi per un paio di secondi, poi disse: «Mi hanno chiesto se l'avessimo picchiata. Era surreale. Voglio dire, è indifesa. Chi farebbe del male alla propria bambina?»

Purtroppo, erano in molti ad aver superato quel limite. La domanda era se i Duber l'avessero fatto. «E hanno chiamato la polizia, pensando che qualcuno stesse abusando di vostra figlia?»

Lei annuì. «Non 'qualcuno', o io o Jim. Quando ho detto che non avevamo fatto niente, hanno cercato di vedere se avessi dato la colpa a Jim. Come se lo proteggessi se avesse fatto qualcosa a Katy. Ti rendi conto?»

«Sarah mi ha chiamato e ho dovuto lasciare il lavoro. Ci hanno interrogato per un'ora e, un attimo dopo, si sono presentati i Servizi Sociali.»

«Nessuno di loro è stato gentile, vero, tesoro? Specialmente quella Simone Jackson. Ci ha trattati come criminali. È una strega, ecco cos'è.»

«Cos'è successo dopo?»

Il viso di Sarah si rabbuiò. «Non ci hanno permesso di portare Katy a casa. Ci hanno portato via nostra figlia. Sembrava la scena di un film o qualcosa del genere. Abbiamo cercato di spiegare che non avevamo fatto niente e che non avremmo mai fatto del male alla nostra bambina, ma non hanno voluto sentire ragioni.»

Si asciugò gli occhi prima di continuare: «Ci hanno fatto aspettare in un'altra stanza e, un attimo dopo, Katy non c'era più. Eravamo disperati. Li ho supplicati di dirci dove fosse, ma si sono rifiutati. Hanno detto di chiamare il giorno dopo, nel pomeriggio, dopo che Katy fosse stata esaminata da un presunto esperto di abusi su minori. Poi ci avrebbero fatto sapere se potevamo andarla a trovare o no. Quella Jackson ha sorriso quando ha detto che ogni visita avrebbe dovuto essere supervisionata. Ed è stato allora che io ho perso i sensi.»

«Sei svenuta?»

Jim annuì. «Grazie a Dio ero accanto a lei. L'ho afferrata prima che cadesse a terra.»

———

PERCHÉ MI SENTIVO COSÌ uno schifo? Avevo un nuovo caso da esplorare e delle buone piste su un altro paio. Di solito, quel tipo di eccitazione produceva energia.

Cosa stava succedendo? Scacciai il pensiero che potesse essere il caso Duber. Era un caso importante, ma deprimente e troppo vicino alla mia sensibilità.

Mi diressi verso il frigorifero; un buon pasto avrebbe potuto cambiare il mio umore.

L'aria fresca del frigo fuoriuscì mentre ne scrutavo l'interno. Niente di invitante. Chiudendolo di colpo, mi diressi verso la veranda. Mi tolsi la maglietta e mi tuffai in piscina con i pantaloncini addosso.

Fu una bella sensazione. Come il gelato o come quando nevicava da bambini, l'umore cambiava all'istante. Mi asciugai e mi cambiai. Entrando nel salotto, vidi una coppia che passeggiava fuori. Si tenevano per mano.

La malinconia tornò a farsi sentire. «Vieni qui, Toby.» Il mio cane alzò la testa, ma rimase nella sua cuccia.

Mi lasciai cadere sul divano e rividi la mia ultima vittoria, il caso Petersen. Mettere in piedi un piano così elaborato era costato un sacco di tempo e denaro, ma ce l'avevamo fatta ed era stata una bella sensazione. Per un giorno o due. Ripensarci non mi strappò nemmeno un vago sorriso.

Afferrando il telefono, composi un numero. «Ehi, Laura.»

«Oh, ciao, Beck.»

Non ci eravamo visti dal nostro ritorno dalle Bahamas. «Cosa stai facendo?»

«Niente. Sono appena tornata da Grace Place.»

Dava lezioni d'inglese ai bambini. «Bello. Allora, come stai?»

«Sai, mi tengo occupata. E tu?»

«Tutto abbastanza bene.»

«Mi fa piacere.»

«È passato troppo tempo. Ti va di vederci?»

«Oggi?»

«Sì, sto pensando di improvvisare uno dei miei banchetti di fama mondiale.»

Lei sbuffò. «Fama mondiale?»

«Sai, se più persone avessero la possibilità di assaggiare i miei capolavori, mi darebbero un programma sul Cooking Channel.»

«Fai un casino di prima categoria, questo te lo concedo.»

«Oh, andiamo. Non sono così male.»

«Oh, sì che lo sei.»

«Tutti quei grandi chef hanno una squadra per le pulizie. Io sono svantaggiato.»

«Povero Beck, che gli tocca pulire da solo.»

Ridacchiai. «Allora, che ne dici? Passa da me verso le cinque. Stiamo un po' insieme e ti preparo la cena migliore che tu abbia mai mangiato.»

Lei esitò. «Non lo so.»

«Ci divertiremo.»

«Cosa prepari?»

«Quello che vuoi. Vado da Whole Foods. Ti piacevano le code d'aragosta e le verdure grigliate, giusto?»

Non appena le parole mi uscirono di bocca, me ne pentii. Gliele avevo preparate poco prima di lasciare le Bahamas e avevamo avuto una litigata colossale. «Oppure, potrei fare il mio sugo di pomodoro con le polpette di pollo, o le costolette di maiale al miele e aglio con...»

«Okay.»

«Fantastico. Cosa ti va?»

«Sorprendimi. A che ora dovrei essere lì?»

«Vieni alle cinque. Se per te va bene.»

«È perfetto.»

«Fantastico.» Diedi un pugno all'aria mentre riattaccavo. Cosa avrei preparato per cena? Potevo fare il sugo, o forse le sarebbero piaciute di più le costolette di maiale.

Mentre decidevo di improvvisare al supermercato, mi squillò il telefono. Era il procuratore O'Leary. Voleva vedermi per via di un politico. Il mio sugo richiedeva un paio d'ore di cottura; stasera sarebbero state costolette di maiale. Uscii.

4

O'Leary era seduto sotto l'unico ombrellone dell'Aurelio's Family Pizzeria. Quando si era trasferito il locale al centro commerciale Coastland?

«Ehi, come va?»

Il procuratore mi strinse la mano. «È interessante, a dir poco. E tu?»

«Abbastanza bene. Sai, non sono mai stato in questo posto.»

«È una catena, ma fanno una buona pizza.»

«Di Chicago, giusto?»

«Sì, il locale originale ha aperto nel 1950. Vogliamo dividerci una pizza?»

«Ne mangio solo un trancio. Ho già programmi per cena.»

«Ne ordino una comunque. Quella che avanza la porto in ufficio.»

Mentre un giovane cameriere usciva dal ristorante, dissi: «Mi sembra un'ottima idea. Che ne dici di una margherita?»

«È la mia preferita.» Ordinò la pizza e un paio di bicchieri d'acqua.

Chiesi: «Cosa succede all'ufficio del procuratore?»

«Siamo impegnati, ma niente fuori dall'ordinario.»

«E per quanto riguarda quel politico di cui mi hai parlato?»

O'Leary aspettò che la cameriera posasse sul tavolo le ampolle del peperoncino e del formaggio grattugiato.

«Penso che sia perfetto per te. Non dovrebbe essere troppo difficile, ma è importante.»

Era sempre facile quando non dovevi farlo tu. «Sembra interessante.»

«È perfetto per te.»

Perché la gente non arrivava mai al sodo? «Hai intenzione di dirmi di cosa si tratta?»

«La donna si chiama Hannah Ruta. Lavorava nell'ufficio di Marty Kravitz.»

«Il membro del Congresso?»

«Esatto. Kravitz non ha mai visto una telecamera che non gli piacesse.»

Questo descriveva il novanta per cento dei pagliacci di Washington. «Non c'è stato uno scandalo che lo riguardava, circa due anni fa?»

«Più che altro tre anni fa. Un'informatrice ha contattato l'ufficio del difensore civico del Congresso e...»

«Difensore civico?»

«Linguaggio neutro, amico. Comunque, l'informatrice era Hannah Ruta. Li ha allertati su quello che credeva fosse un sistema in corso per stornare denaro dalle donazioni per la campagna elettorale a uso personale di Kravitz. Stiamo parlando di soldi veri; la Ruta ha detto che sono stati spostati almeno cinque milioni in un periodo di sei anni.»

«Sembra esattamente quello che succede a Washington.»

«Purtroppo è così. E ancora più frustrante è stato che il difensore civico ha avviato un'indagine, ma non ha portato a nulla. Kravitz non ha ricevuto nemmeno la più piccola sanzione.»

«Ecco la vostra pizza, signori.» Il cameriere lasciò cadere tovaglioli, piatti e un'opera d'arte a base di carboidrati.

Facemmo scivolare i tranci sui nostri piatti. Dissi: «L'hanno insabbiato?»

O'Leary usò coltello e forchetta per tagliare un angolo. «È così che funziona il Congresso. C'è un difetto fatale integrato nel sistema: il Congresso è incaricato di supervisionare se stesso.»

Piegai il mio trancio. «Non c'è da stupirsi che sia così corrotto.»

«Sai, quando da ragazzo mi chiedevo cosa fare da grande, non ho mai pensato alla politica. Pensavo che non ci fossero soldi. Cavolo, quanto mi sbagliavo.»

«Amen. La pizza è buona.»

«Sapevo che ti sarebbe piaciuta.»

«Indagare su un membro del Congresso non è una cosa che mi interessi particolarmente.»

«Non è per la questione della corruzione. Dopo che la Ruta ha fatto la soffiata, è trapelato che era stata lei.»

«Che sorpresa.»

«Senza dubbio è stato fatto di proposito. È stata licenziata e da allora non è riuscita a trovare un lavoro importante.»

«Kravitz le ha fatto terra bruciata intorno?»

«Così sembra. Ha messo in giro ogni tipo di voce sulla Ruta. In pratica, Kravitz le ha rovinato la vita.»

Allungando la mano per un altro trancio, la ritirai. «Non si è difesa?»

«La Ruta vive a Collier e lavorava nell'ufficio che Kravitz ha in città, ma siamo stati bloccati per questioni di giurisdizione. È una questione prettamente federale. Inoltre, non abbiamo le risorse per dare la caccia a un membro del Congresso.»

Asciugandomi la bocca, sorrisi. «Questo potrebbe essere un caso divertente.»

———

IL CAMPANELLO SUONÒ. Infilai un tagliere e una pentola nella lavastoviglie e spazzai i pezzetti di broccoli nel lavandino con uno strofinaccio.

«Ehi.» Presi da Laura una confezione da sei lattine. «Non dovevi portare niente.»

«L'altro giorno ho bevuto un Moscow Mule con Susan e ho pensato di provare questi. Sono già pronti.»

Le diedi un bacio sulla guancia. Era splendida. «Cosa c'è dentro?»

«Vodka, ginger beer, lime e qualche altra cosa.»

«Indagherò e te ne preparerò di freschi.»

«Non devi. Ne ho bevuto a malapena uno per tutta la sera.»

«Ne vuoi uno adesso?»

«No, non ancora. C'è un profumo delizioso. Cosa stai preparando?»

«Costolette di maiale al miele e aglio, patate rosse arrosto e broccoli.»

«Wow. Hai fatto le cose in grande.»

«Non c'è il dolce, quindi mi dovrò accontentare di te.»

Lei sorrise. «Questo è tutto da vedere.»

L'avvolsi con le braccia. «Hai un profumo fantastico. Sono contento che tu sia venuta.»

«Mi conosci, non mi perderei un pasto gratis. Specialmente uno preparato da uno chef di fama mondiale.»

La lasciai andare. «Non fare la spiritosa.»

Lei sorrise e disse: «Cosa posso fare? Apparecchio la tavola?»

«Vuoi mangiare dentro o fuori?»

«A te piace di più fuori.»

«Solo se per te va bene. Per me è indifferente.»

———

MENTRE SPARECCHIAVA, Laura disse: «Era così buono che ho mangiato troppo.»

«Sono contento che ti sia piaciuto.»

«Ti va di fare due passi? Mi aiuta a digerire.»

«Certo. Deve uscire anche Toby.»

Laura mi prese a braccetto e Toby ci fece strada. Un isolato più in là, una coppia che spingeva un passeggino veniva verso di noi. Accorciai il guinzaglio mentre ci avvicinavamo.

Laura disse: «Salve.»

Mi spostai in strada mentre Laura sbirciava nel passeggino. «Oh, mio Dio. È un amore.»

«Grazie.»

«Quanto ha?»

«Otto mesi domani.»

«Beh, tanti auguri. Beck, guarda che tesoro.»

Le passai il guinzaglio. «È davvero carina. Come si chiama?»

«Catherine.»

«Bellissimo nome. Buona continuazione.»

Ognuno andò per la sua strada. La bambina aveva lo stesso nome della figlia dei Duber. Toby annusò un cespuglio prima di fare i suoi bisogni. Camminammo per due isolati in silenzio.

Laura chiese: «Tutto bene?»

Annuii.

«Che c'è?»

«Niente.»

«Non è 'niente'. Sei diventato silenzioso all'improvviso.»

«Non lo so.»

«È stata la bambina? Hai paura di avere figli?»

«No. Non è quello.»

Si fermò e mi lanciò un'occhiata. Una di quelle che preannunciavano guai. «E allora cos'è?»

«La bambina mi ha ricordato qualcuno.»

«Chi?»

Il fuoco di fila di domande era iniziato. «Solo una bambina.»

«Della tua infanzia?»

Scossi la testa. «È una cosa legata al lavoro.»

«Di cosa si tratta?»

«Di una bambina che è stata portata via ai suoi genitori.»

«Oh, mio Dio. Un rapimento?»

Era di dominio pubblico, perciò non riservato. «No. I servizi sociali li hanno accusati di maltrattamenti, ma non era vero. È un gran casino.»

«È terribile, poveri genitori. Cosa stai facendo per loro?»

«A questo punto, non ne sono sicuro. Un avvocato sta raccogliendo informazioni, poi vedremo.»

«Dovrebbero fargli causa per un fantastiliardo di dollari, per assicurarsi che non accada mai più.»

L'attirai a me e la baciai. I miei fianchi premettero contro i suoi. «Torniamo indietro.»

5

Come molti avvocati specializzati in lesioni personali, Claude Davis mandava in onda fastidiose pubblicità in TV. La sua faccia era spalmata anche su tutti i cartelloni pubblicitari, ma Davis era diventato famoso per un caso tristemente noto che aveva ispirato un documentario televisivo.

L'ufficio di Davis si trovava in un piccolo complesso commerciale vicino all'aeroporto di Naples. Le rughe sul suo viso erano profonde, ma il suo sorriso era caloroso.

La sua grande mano avvolse la mia. «Un amico di Ray è un amico mio.»

Il mio amico avvocato, Ray Larson, aveva una reputazione stellare. «Grazie, apprezzo il suo tempo.»

Sollevò una pila di fascicoli da una sedia e li posò a terra accanto alla scrivania. «Si accomodi, si accomodi.»

«Sembra molto impegnato.»

«Di questi tempi, praticamente accetto solo i casi a cui voglio lavorare. Ray ha detto che le servivano delle informazioni sulla tutela dei minori.»

«Sì. Ho pensato che con la sua esperienza nel caso Green, avrebbe potuto offrirmi qualche spunto.»

«Esercito da quasi trent'anni e ho trattato centinaia di casi. Ma basta che un caso finisca in TV e tutti non fanno altro che parlare di quello.»

«No, no. Questo è diverso. Ho visto il documentario, e quella famiglia è stata trattata ingiustamente, ma hanno dato l'impressione che lei creda che le falle nel sistema siano pervasive.»

«'Pervasivo' non è il termine corretto. Ci sono delle brave persone nel sistema di protezione dei minori della Contea di Collier, ma è tutt'altro che perfetto.»

«Capisco. Posso darle qualche informazione su un caso specifico?»

«Certo.»

Finii di raccontargli la storia dei Duber dicendo: «E sono stati completamente fregati. E come se non bastasse, i Duber hanno risorse limitate e hanno dovuto chiedere soldi in prestito per pagare gli avvocati di cui avevano bisogno.»

«Presumo che abbiano tentato di fare causa per danni?»

«Sì, ma hanno firmato...»

Finì lui la frase: «Hanno firmato una liberatoria per poter vedere il figlio.»

«Esatto. Non so come l'agenzia riesca a passarla liscia con tattiche del genere. Insomma, si firmerebbe qualsiasi cosa pur di rivedere il proprio figlio dopo che te l'hanno portato via.»

«Hanno architettato loro il sistema, e i tribunali gli concedono discrezionalità. Troppa, secondo me.»

«Il caso di Netflix era diverso da quello di cui mi sto occupando...»

«Entrambi riguardavano accuse di abusi da parte dei

genitori. Nel suo caso, era una questione fisica, mentre nel caso Green pensavano che i genitori stessero sottoponendo la figlia a un eccesso di cure e farmaci. Credevano che il dolore della bambina fosse un'invenzione della sua mente. Alla fine della fiera, ci sono delle somiglianze.»

«La donna che ha preso la decisione di portare via il bambino dei Duber era una certa Simone Jackson.»

Davis si accigliò.

«La conosce?»

«Purtroppo sì. Dopo che riuscii a far riunire i Green, e prima che il documentario fosse girato, altri genitori cominciarono a contattarmi. Accettai due casi prima di rendermi conto che quel settore del sistema legale non riuscivo a digerirlo. È un lavoro importante, ma non fa per me. Mi lascio trasportare troppo dalle emozioni. Ne risentono il mio lavoro e il mio sonno.»

Aveva avuto un'esperienza personale come la mia? «Capisco. Cosa può dirmi di Simone Jackson?»

«Da dove cominciare con lei? La Jackson è una presuntuosa. O crede di avere ragione o non riesce ad accettare di aver forse sbagliato. Non so tutto, ma a mio parere è vendicativa, ed è lì che si verificano i danni maggiori.»

«Può spiegarsi meglio?»

«Un conto è agire in nome della protezione di un bambino, ma quando emergono prove che dimostrano l'innocenza del genitore o dei genitori da qualsiasi abuso o negligenza, bisognerebbe riconoscerlo e fare il necessario per chiudere il caso con il minor danno possibile.»

«E la Jackson non lo fa?»

«Sembra che rincari la dose di proposito, assumendo una posizione vendicativa contro i genitori che si difendono.»

«Può farmi un esempio?»

«Certo. Quello che è successo alla famiglia Wilson lo illustra perfettamente. Il figlio più piccolo dei Wilson, Emerald, che all'epoca aveva due anni, si arrampicò sul divano e cadde. Batté la spalla contro l'angolo di un tavolo, procurandosi uno squarcio. Il sangue non si fermava e i genitori lo portarono al pronto soccorso. Lo medicarono, se non ricordo male. Furono necessari un paio di punti, ma durante la procedura il medico del pronto soccorso notò diverse ecchimosi sul suo corpo.»

«Ha avvisato le autorità?»

«Sì. È la prassi, e non ho nulla in contrario. Comunque, per farla breve, l'agente incaricata dell'intervento era la Jackson. Ordinò che i genitori venissero separati dal bambino finché un pediatra esperto in abusi non avesse potuto eseguire una visita. Beh, tralasciando il fatto che il medico, un certo Anil Khan, ha la reputazione di essere eccessivamente cauto, stabilì che probabilmente si trattava di abusi o che la colpa era di una serie di cadute, e fu chiamata la polizia.»

«Anche se avrebbero potuto essere le cadute, hanno chiamato la polizia?»

«Sì. Le note della Jackson sorvolarono sulla cosa, annotando che, se si fosse trattato di una serie di cadute, lei riteneva che ciò equivalesse a negligenza da parte dei genitori. I genitori furono arrestati e anche l'altro figlio fu portato via da casa loro. Fu a quel punto che ricevetti la chiamata.»

Davis annuì. «Che casino. Capisco perché non vuole casi di questo tipo.»

«Ho subito richiesto delle visite da parte di due pediatri diversi. Entrambi hanno stabilito che il bambino ha una rara malattia del sangue, che lo porta a procurarsi lividi più facilmente del normale.»

«Nessuno lo sapeva prima?»

«A quanto pare no. Abbiamo ottenuto la cartella clinica dal pediatra del bambino e non c'era nulla, ma non era che il bambino si facesse lividi con straordinaria facilità.»

«E poi cos'è successo?»

«Le accuse caddero ed Emerald fu riunito ai suoi genitori. Ma la Jackson non voleva rilasciare l'altro bambino dall'affido.»

«Cosa? Perché no?»

«Mi perdoni il francesismo, ma era una pura stronzata. Il ragazzino aveva un livido sulla schiena. La Jackson disse che poteva essere stato causato da percosse. I genitori e il bambino stesso dissero che se l'era fatto al parco giochi cadendo da un'altalena. Non lo rilasciò finché uno psicologo infantile non ebbe interrogato il bambino. Ci vollero due giorni.»

«Pensa che sia stata una ritorsione?»

«Assolutamente. A rischio di sembrare sciocco, la Jackson è una nazista assetata di potere.»

«Non dovrebbe esserci una sola persona a prendere decisioni così importanti.»

«Lei è la peggiore, ma il dottor Khan e l'amministratore, un mollaccione di nome Jim Clyde, lasciano che la Jackson metta loro i piedi in testa.»

«Lei ha detto di essere stato coinvolto in un altro caso problematico.»

6

Dopo aver parlato con Davis, l'avvocato che si era opposto alla Jackson e ai Servizi di Tutela dei Minori, era giunto il momento di sentire Jason Grimes, il legale che aveva rappresentato i Duber nella battaglia per riavere la loro bambina.

Poco prima della Route 41, lasciai Immokalee Road per il Riverchase Shopping Center.

Lo studio Grimes Family Law era nascosto in un edificio basso accanto al Cardinal Dentistry. Entrai in un piccolo atrio vetrato e suonai il campanello. Un uomo sulla ventina alzò la testa e mi venne incontro da dietro la sua scrivania.

«Come posso aiutarLa?»

«Ho un appuntamento con il signor Grimes. Mi chiamo Beck.»

«Un minuto, signor Beck.»

Fece capolino da una porta e si fece da parte mentre un uomo alto e allampanato usciva dall'ufficio.

Jason Grimes aveva circa quarantacinque anni. Indossava una camicia bianca a maniche lunghe e una cravatta blu, e si era tagliato i capelli di recente. «Signor Beck, piacere di conoscerLa.»

Ci stringemmo la mano e lo seguii in un ufficio tappezzato di fotografie. «Ha una famiglia numerosa.»

Grimes scivolò dietro la scrivania, dicendo: «Quelli sono tutti clienti.»

«Devono volergli bene.»

«Quando si riesce a riunire una famiglia, si crea un legame emotivo che dura. Il problema è che non si possono vincere tutti questi casi, e anche quando ci si riesce, purtroppo ci vuole troppo tempo.»

«Non oso immaginare cosa debbano passare questi genitori.»

«Un incubo, ed è estremamente difficile per i bambini. Non hanno gli strumenti, né emotivi né intellettuali, per affrontare la separazione o le accuse mosse contro i genitori.»

«I bambini sono più forti di quanto si pensi; si adattano.»

«Sono un avvocato, non uno psicologo, ma tutto ciò che ho visto mi porta a credere che queste esperienze lascino cicatrici, e che molto probabilmente siano permanenti.»

Fui tentato di chiedergli se avesse mai rappresentato dei bambini in un'azione legale contro un genitore affidatario. «I bambini hanno una grande capacità di ripresa, ma capisco. La situazione è tutt'altro che ottimale.»

«Può darsi che una bambina piccola come quella dei Duber non ne risenta così tanto, ma i genitori? Definirli iperprotettivi sarebbe un eufemismo.»

«Lo capisco. Cosa può dirmi della loro esperienza?»

«Qual è esattamente il suo ruolo, signor Beck?»

«Come un giornalista, cerco di far luce su situazioni che

ne hanno bisogno. Le famiglie come i Duber devono sapere che ci sono persone a cui importa, anche quando il sistema giudiziario fallisce.»

«Non sono sicuro che sia stato il sistema giudiziario a fallire in questo caso. C'è molta zona grigia nel mondo della tutela dei minori, e quando si aggiunge l'elemento umano, le cose possono facilmente andare storte.»

«Andare storte è un modo interessante per descrivere ciò che è accaduto ai Duber. Sembra involontario, e potrebbe essere così nella maggior parte dei casi, ma ho fatto qualche ricerca e un denominatore comune è Simone Jackson. Non si tratta piuttosto di negligenza profes-sionale?»

Grimes si sistemò la cravatta. «In via confidenziale?»

«Tutto ciò che ci diremo resterà confidenziale, signor Grimes.»

«Bene. Nei casi di cui mi sono occupato, direi che il comportamento della signora Jackson è tutt'altro che ideale.»

«Tutt'altro che ideale? Tutto qui?»

«Qualcuno potrebbe classificarlo come tirannico.»

«Possiamo iniziare dal principio del caso Duber?»

«Ricevetti una telefonata da Jim Duber. Mi era stato raccomandato da un collega che si occupa di diritto penale. Il signor Duber sembrava disperato, e quando menzionò Simone Jackson, gli trovai un posto in agenda. Lui e Sarah vennero nel tardo pomeriggio. A quel punto, la bambina era stata loro sottratta da diversi giorni.»

«Perché hanno aspettato a cercare aiuto legale?»

«Si basavano sulla convinzione di non aver fatto nulla di male e di non aver abusato della loro bambina. Credevano che tutto si sarebbe risolto e acconsentirono a ogni loro richiesta. Ma, come succede di solito, iniziarono a sentire che il sistema era determinato a punirli senza motivo.»

«Come stavano quando li ha incontrati?»

«Erano comprensibilmente scossi. Sarah scoppiò a piangere più volte mentre spiegava la loro versione della storia.»

«Ha fatto delle verifiche su di loro prima di agire?»

«Sebbene siamo tenuti a rappresentare i nostri clienti al meglio delle nostre capacità, ciò non significa che accettiamo ciò che dicono come oro colato. Le forze dell'ordine non avevano nulla su nessuno dei due genitori, e il pediatra si era preso cura della bambina fin dalla nascita e l'aveva visitata regolarmente. Non c'era nemmeno l'ombra di un comportamento scorretto.»

«Cosa ha fatto?»

«Abbiamo presentato un'istanza e ci è stata concessa una valutazione da parte di un pediatra indipendente che ha scoperto la malattia del sangue.»

«I Duber sono stati riuniti immediatamente?»

Espirò pesantemente. «No. I Servizi di Tutela dei Minori si sono opposti al rilascio, ma in un'udienza d'urgenza il tribunale ha sentenziato a nostro favore.»

«Che situazione assurda.»

«E per tutto il tempo in cui si svolgeva questa vicenda, i Duber fecero tutto ciò che veniva loro chiesto. Si iscrissero persino a corsi per genitori e di gestione della rabbia. Quando finalmente fu loro permesso di visitare la figlia sotto supervisione, vennero perquisiti come dei criminali qualunque.»

«È difficile da credere.»

«E come se non bastasse, tre mesi dopo la risoluzione del caso, hanno ricevuto una notifica in cui si diceva che l'indagine sulle accuse di abusi su minore a loro carico era risultata» — mimò le virgolette con le dita — «fondata. La notifica diceva che entrambi i genitori sarebbero stati iscritti in un registro degli abusanti di minori fino a quando Katy non avesse compiuto diciott'anni. Avevano venti giorni per presentare ricorso. Abbiamo dovuto mollare tutto per assicurarci che il ricorso venisse depositato in tempo.»

«È incredibile. Cercavano di coprirsi le spalle?»

«Forse, ma in ogni caso, è umiliante e degradante. E del tutto superfluo.»

7

MISI DA PARTE IL CASO DI TUTELA MINORILE PER INCONTRARE
la donna che Kravitz, il politico, a quanto pareva aveva
fregato.

Hanna Ruta era seduta a un tavolino all'aperto del
Parmesan Pete's. Avvicinandomi, la salutai con la mano. Lei
si alzò.

«Piacere di conoscerla, Hanna.» Era diversi centimetri
più alta di me. La sua pettinatura era un po' datata; la faceva
sembrare più vecchia dei quarantanove anni riportati sui
suoi documenti.

«Grazie per essere venuto a incontrarmi.»

«Nessun problema. Che ci creda o no, è la prima volta
che vengo qui.»

«Davvero? Il proprietario viene da New York, da Broo-
klyn credo, proprio come lei.»

«Quasi. Io sono nato nel Jersey.»

«Oh, il suo accento sembra quello di New York.»

Avevo un accento? «Sono praticamente attaccati.»

La Ruta aveva un bel sorriso. Prese un menu. «Se le

piace il pollo alla parmigiana, dicono tutti che il loro sia il migliore.»

«Non l'ha mai provato?»

Arricciò il naso. «Sto attenta a quello che mangio.»

«Si vede.»

«Mangiare una cosa del genere a pranzo mi rovinerebbe la giornata.»

«Anche a me. Io prendo l'insalata di barbabietole con gamberetti.»

«Sembra buona.»

Il cameriere prese le nostre ordinazioni, ritirò i menu e se ne andò.

«Mi parli di Kravitz.»

La Ruta sibilò: «È il male puro. Ora ho gli occhi aperti. So che i politici sono pieni di sé e mentono quando fa comodo, ma Kravitz è una categoria a parte.»

Dubitavo che fosse l'unico. «Per quanto tempo ha lavorato per lui?»

«Quasi dieci anni. Dopo aver vinto il suo terzo mandato, fece carriera e fu nominato membro di un paio di commissioni chiave. Io lavoravo per il commissario della contea, Leahy, e un'amica mi disse che Kravitz stava assumendo e che sarei stata la persona giusta. Mi piaceva lavorare per Leahy e non stavo cercando altro, ma Leahy lo venne a sapere e mi disse che sarei stata una sciocca a lasciarmi sfuggire l'occasione.»

«Più soldi?»

«Sì, ma all'epoca era più per la posizione. Da stupida, pensavo che tutta la faccenda di Washington fosse entusiasmante, sa, lavorare su questioni di interesse nazionale e tutto il resto. Accidenti, come mi sbagliavo. Non facevamo altro che raccogliere fondi e far rieleggere Kravitz.»

«Le elezioni ogni due anni sono una barzelletta. Appena vincono, iniziano già la campagna elettorale per il mandato successivo.»

«È esattamente ciò che ho visto. È un gioco, una grande truffa. La gente pensa che il proprio deputato lavori per loro. Niente di più lontano dalla verità. È un'assurdità totale. La cosa principale è raccogliere fondi. Per l'ottanta per cento del tempo si incontrano con aziende che vogliono ottenere qualcosa. Queste società fanno donazioni per avere ciò che vogliono.»

«Un do ut des.»

«Purtroppo, è proprio così.»

«Cosa l'ha spinta a denunciare ciò che ha scoperto?»

«Non potevo più convivere con me stessa. La responsabilità principale del mio lavoro era monitorare i donatori, classificarli in gruppi, vedere chi aumentava gli importi, se c'era una politica collegata e chi altro potevamo puntare in quella sfera. Inoltre, tenevo traccia di come raccoglievamo fondi, trimestre su trimestre e anno su anno. Analizzavo cose come il tipo di eventi, il luogo, ogni dettaglio che portava a un buon risultato.»

«Era sempre in crescita?»

La Ruta annuì. «Kravitz era molto bravo ad aprire i portafogli.»

«È una dote che la maggior parte dei politici sembra avere.»

«Altroché. Ma qualcosa non tornava. È saltato fuori un paio di mesi dopo l'ultimo ciclo elettorale di cui ho fatto parte. Di solito le spese diminuivano significativamente nel primo trimestre dell'anno dopo le elezioni, sa, niente pubblicità, i lavoratori a tempo determinato venivano licenziati, cose del genere.»

«Aveva accesso a come Kravitz spendeva i soldi?»

«Inizialmente no. Kravitz teneva tutto compartimentato. Ma lavoravo lì da così tanto tempo che sono riuscita a fare domande ad altri due membri dello staff senza destare sospetti.»

«Cosa ha scoperto?»

«La prima cosa che ho visto è stato un pagamento a una società chiamata Star Island Properties. Erano ottantacinquemila dollari. Quando ho chiesto a cosa servisse, mi hanno detto che avevano tenuto una riunione strategica di una settimana per i principali donatori a Miami. Non avevo sentito parlare di una riunione del genere e ho indagato.» Aggrottò la fronte. «Quella società affitta solo case di lusso a Star Island. La cosa non mi quadrava, perché Mary, la moglie di Kravitz, aveva detto che sarebbero andati in vacanza per due settimane su un'isola.»

Sbuffai.

Lei disse: «Già, sono andati su un'isola, un'isola privata dove vivono persone del calibro di Madonna e Gloria Estefan. E ha pagato la campagna elettorale.»

«Ne è sicura?»

«Senza alcun dubbio. E quello era solo l'inizio. Sua figlia vive a New York. Indovini chi le paga l'affitto? Quando ho chiesto di un pagamento a una società identificata come NYLA, mi è stato detto che era un'agenzia di comunicazione che faceva pubblicità sui social. Ma ho scoperto che si tratta di una società di appartamenti di lusso a New York. I pagamenti erano annotati come *L Kravitz 18B*. Sua figlia si chiama Linda e il suo appartamento è il 18B.»

«Non si sono sforzati molto per nasconderlo.»

Annuì. «È stata l'arroganza a farmi davvero arrabbiare. In privato, sono andata da Kravitz e gli ho detto che sembrava che alcuni fondi della campagna fossero stati usati per scopi personali. Ho detto che la cosa migliore da fare era rimborsare il fondo. Ha risposto che avrebbe controllato, ma sapevo che non avrebbe fatto nulla. Subito dopo, il mio accesso è stato limitato. Dato che ero lì da tanto tempo, conoscevo da anni la maggior parte dello staff. Due di loro mi hanno detto in segreto di aver ricevuto l'ordine di starmi alla larga, perché non ero una persona di squadra ed ero una spia per la campagna di Anton, l'avversario di Kravitz alle prossime elezioni.»

«Ed è per questo che ha denunciato tutto?»

«Come ho detto, l'intera faccenda mi dava fastidio. Ho cercato di convincerlo a sistemare le cose, ma mi ha costretta a farlo. Non mi ha lasciato altra scelta.»

«Cosa è successo quando Kravitz ha saputo che lo aveva denunciato?»

«Ha fatto quadrato, ha detto che avevo inventato la storia perché non avevo ottenuto la promozione che volevo.»

«Aspirava a una posizione più alta?»

«No. All'epoca stava cercando un vice capo dello staff, ma non feci mai domanda, né ero interessata, soprattutto per via dei viaggi che comportava. Washington è un posto detestabile.»

Sorrisi. «Su questo siamo d'accordo.»

«Poi la situazione è peggiorata. Kravitz mise in giro ogni sorta di voce, arrivando a dire che avevo preso dei soldi dalla piccola cassa, quando era stato lui in persona a darmi istruzioni di prelevare cinquecento dollari per il suo viaggio in auto fino a Washington. È stato terribile. Persone che conoscevo da anni iniziarono a guardarmi in modo diverso. Mi ha fatto davvero male.»

«Dev'essere stato terribile. Cos'è successo dopo?»

«L'inchiesta del Congresso, se così si può chiamare, non portò a nulla. Kravitz cercò di spingermi a licenziarmi, ma non avevo alcuna intenzione di farlo. Circa tre mesi dopo che l'inchiesta finì in un nulla di fatto, incaricò Camber, il suo capo dello staff, di licenziarmi. Quel codardo non ebbe neanche il fegato di farlo di persona. Iniziai a cercare lavoro e capii subito che Kravitz mi aveva fatto terra bruciata intorno. Perfino Leahy, che mi aveva raccomandata per la posizione, mi disse che non poteva riprendermi con tutte le voci che giravano sulla mia reputazione.»

«Non riuscì a trovare nulla?»

«Una laurea magistrale in scienze politiche con una specializzazione in marketing, e tutto ciò che sono riuscita a ottenere è stato un posto da impiegata al City Furniture a meno della metà di quanto guadagnavo.»

«Di solito non mi occupo di casi politici, ma se lo facessi, cosa Le piacerebbe che facessi?»

La Ruta si sporse in avanti. «Kravitz dev'essere fatto fuori. È un mostro. Più la passa liscia, peggio diventerà.»

8

MIO FRATELLO IN AFFIDO, MARIO, PARCHEGGIÒ LA SUA AUDI nel mio vialetto. Premetti il pulsante di apertura del garage. La persona più vicina a una famiglia che avessi si chinò sotto la saracinesca che si alzava. «Ehi, amico.»

Ci abbracciammo. Dissi: «Dov'è-»

«L'ho lasciata in macchina.»

Tenni la bocca chiusa mentre lui premeva il tastierino, facendo richiudere la saracinesca. Prese una cartellina dalla sua auto e chiuse il garage.

«Vuoi qualcosa da bere?»

«Puoi farmi una tazza di caffè?»

«Certo.» Accesi la Keurig e presi una capsula di tostatura scura da un cassetto.

Mario aprì il frigo e tirò fuori il latte scremato. «Come va con Laura?»

«Bene.»

«Le cose si stanno facendo serie, eh?»

«È ancora presto. Come sta Susan?»

«Bene, ma smania dalla voglia di avere un bambino.»

«Sei sicuro di essere pronto per una cosa del genere?»

«Credo di sì.»

«Non puoi andare a tentoni con una cosa del genere. E poi, dovreste sposarvi prima.»

«Un sacco di gente fa figli senza sposarsi.»

Premetti il pulsante di erogazione. «E allora? Sarà anche di moda, ma non è una buona cosa. Avere un bambino è una grossa responsabilità.»

Mentre il caffè riempiva una tazza, disse: «So che è un sacco di lavoro. Pensi che ce la faresti?»

Feci spallucce. «Non riesco a immaginarmi con un neonato. Sono così delicati. E i pannolini, e lo stare svegli a tutte le ore della notte. Credo che mi piacerebbe avere dei figli, ma sarebbe bello averne uno che nasce già a cinque anni.»

Gli porsi la tazza. Mario disse: «Allora dovresti adottare un bambino.»

«Non ho nessun problema con l'adozione, ma mi piacerebbe trasmettere i miei geni a qualcuno.»

Mario sorrise. «Pensi di avere un DNA speciale o qualcosa del genere?»

«Non proprio, ma sarebbe bello mantenere in vita la discendenza di mia madre.»

Il viso di Mario si rabbuiò. «Non la mia.»

Sua madre era una tossica dipendente dal crack. Aveva avuto Mario mentre si drogava, e lui aveva dovuto essere svezzato dalla droga. «Com'è il caffè?»

«Non è male.»

Mi sedetti al tavolo della cucina di fronte a lui. «Mettiamoci al lavoro. Che cosa hai trovato su Simone Jackson?»

«Ecco una sua foto.»

La Jackson era magra, con corti capelli castani. Quarantunenne, aveva occhi freddi come una mattina di gennaio nel Maine.

Disse Mario: «Ha fatto l'assistente sociale per tutta la sua carriera. Alla Jackson mancano poco più di tre anni alla pensione. Con tutti gli straordinari che fa, massimizzerà i suoi benefici. Non si prende mai ferie, né giorni di malattia, niente.»

«Potrebbe nascondere qualcosa stando sempre al lavoro. Vuole avere tutto sotto controllo.»

«Forse. Tutti dicono che non ti conviene mettertela contro, perché poi ti perseguita. È una nazista.»

«È la seconda volta che sento qualcuno chiamarla così.»

«Chi altro l'ha detto?»

«Un avvocato che si è occupato di un altro caso in cui era coinvolta la Jackson.»

«Se la descrizione calza a pennello...»

«Ha famiglia?»

«Nessuna che sia riuscito a trovare. È nata a Chicago, ma non ho potuto accedere al suo certificato di nascita. L'Illinois li tiene privati, come la Florida. La Jackson è venuta qui dopo essersi diplomata al Richard J. Daley College.»

«Amici?»

«Non è molto popolare. Frequenta un po' alcuni colleghi, ma è fondamentalmente una solitaria.»

«Vita sentimentale?»

Scosse la testa. «Nessun partner fisso. Mai sposata, niente figli. Ma ho i nomi di due ex fidanzati.»

Mario mi diede i nomi e i contatti, e io chiesi: «Hobby?»

«Fa una passeggiata quasi tutte le mattine, ma a parte il gioco d'azzardo nei casinò, è solo lavoro, lavoro, lavoro.»

«Gioco d'azzardo? Le slot?»

«No. Gioca a poker, Texas Hold'em.»

«A meno che tu non sia molto bravo, è pericoloso in un casinò.»

«La Jackson è un'habitué del Seminole Casino Hotel di Immokalee e va all'Hard Rock di Hollywood ogni paio di mesi.»

«Interessante. Scava un po' di più sulla sua famiglia. Ho la forte sensazione che ci sia qualcosa sotto.»

«Pensavo non ti fidassi del tuo istinto. Hai detto che se uno fa il suo lavoro non ha bisogno di affidarsi all'istinto.»

Poche cose erano più fastidiose del sentirsi rinfacciare qualcosa che si era detto. «Che cosa credi che abbia fatto? Aspettarti con le mani in mano?»

«Accidenti, come sei permaloso.» Mario spinse indietro la sedia e si alzò. «Ti stavo solo prendendo in giro, amico.»

«Dove vai?»

«Ho una cosa da fare.»

La porta sbattuta confermò che era arrabbiato. Se fosse con me o per il fatto che era stata menzionata sua madre, era tutto da vedere.

Tirando fuori il cellulare, chiamai il mio amico avvocato, Larson. «Ehi, Ray. Ha un minuto?»

«Certo. In che cosa posso esserLe d'aiuto?»

«Mi serve un piccolo aiuto per scavare più a fondo su Simone Jackson. Non sembra avere famiglia o amici al di fuori del lavoro, e so che Lei ha contatti nella Windy City.»

«Viene da Chicago?»

«Sì. La Jackson ha frequentato il Richard J. Daley College.»

«Il buon vecchio Daley. È stato sindaco di Chicago per oltre vent'anni. Controllava tutto, compreso il voto, a detta di alcuni. Molti credono che JFK non avrebbe mai vinto la presidenza se non fosse stato per Daley.»

«Anni fa lessi un libro, credo si intitolasse *The Making of the President 1960*. Fu scritto da qualcuno a lui vicino, un ghostwriter, se non ricordo male.»

«Theodore White. Era un giornalista e vicino alla campagna elettorale. Il padre di Kennedy fu determinante, e Daley fece pendere la bilancia in Illinois.»

«Imbrogliarono, giusto?»

Larson ridacchiò. «È Chicago. Allora, quando andava a scuola la Jackson?»

«Si è diplomata nel 1994, con una specializzazione in assistenza sociale. Riesce a trovare un modo per localizzare un suo compagno di classe?»

«Non dovrebbe essere un problema. Sono registri pubblici, ma ho un mio vecchio collega che lavora nell'ufficio dell'impiegato della contea di Cook.»

9

CHIAMAI IL TERZO NOME SULLA LISTA CHE MI AVEVA DATO
Larson. Rispose una donna: «Pronto».

«Salve, parlo con Keisha Marrow?»

«Chi parla?»

«Sono un amico di Simone Jackson.»

«Non conosco nessuno con questo nome.»

«È andata a scuola con lei nel 1994.»

«Trent'anni fa?»

«Sì. Anche lei è un'assistente sociale.»

«Io non sono un'assistente sociale. Lavoro per il comune, per l'acquedotto.»

«Si ricorda di una certa Simone Jackson?»

«Le ho detto che non conosco nessuno con quel nome. Adesso mi lasci in pace.»

Riattaccò.

C'era un altro nome sulla lista, Lanny White. Rispose una voce da fumatrice: «Pronto».

«Lanny White?»

«Sì. Che cosa vuole?»

«Sto cercando di rintracciare una persona con cui è andata a scuola, Simone Jackson.»

Esitò. «Simone? Non la vedo da, tipo, trent'anni o giù di lì.»

«La conosceva?»

«Sì, le è successo qualcosa?»

«Sì, per quanto possa sembrare pazzesco, ha avuto un incidente e, anche se fisicamente sta bene, la sua memoria se n'è andata.»

«Oh, mio Dio. Cos'è successo?»

«Ha avuto un incidente d'auto e ha battuto la testa.»

«Non si sa mai cosa può riservare il domani.»

«È proprio vero. Senta, il motivo per cui la chiamo è che i medici dicono che possiamo aiutarla a stimolare la sua memoria ricordandole cose del suo passato, specialmente di quando era più giovane.»

«In realtà non la conoscevo molto bene. Avevamo due corsi in comune.»

«Qualcuno, che so, un professore, che le sia rimasto impresso, o qualcosa che è successo?»

«Uh, direi il professor McMahon, insegnava psicologia sociale. Era un bell'uomo, e ci scherzavamo sopra, sa, come fanno le ragazze.»

«Questa è un'ottima informazione. Qualcos'altro? Qualche evento, tipo un concerto a cui siete andate?»

«No. Non uscivamo molto insieme. Era un college pubblico. Non vivevamo in un dormitorio o cose del genere.»

«E la sua famiglia? Non riesco a rintracciare nessuno.»

«Simone non aveva famiglia. Mi disse che era stata abbandonata e che era cresciuta in affidamento.»

Esitai. «Oh, no. Dev'essere stato terribile. Sa chi fossero i suoi genitori affidatari?»

«No. Non ne parlava. Diceva solo che l'avevano sballottata un bel po'.»

Mi si contorse lo stomaco. «Sembra dura.»

Terminai la chiamata e mandai un messaggio a Larson.

————

Erano iniziati i lavori di costruzione dei costosissimi Ritz-Carlton Residences. Centoventotto appartamenti multimilionari sarebbero stati occupati nel 2025. C'erano davvero così tanti soldi che circolavano nel Paese?

Feci un cenno a Cabana Dan e mi diressi da Larson. Sotto un cielo senza nuvole, Vanderbilt Beach era affollata. Il mio confidente era al telefono, seduto sul bordo di una chaise longue all'ombra. Sollevai il coperchio della sua borsa termica e afferrai una bottiglietta d'acqua.

Un padre era in acqua fino alle ginocchia e chiamava il suo bambino. Non appena l'acqua gli bagnò le caviglie, il piccolo si ritirò. Il padre uscì e prese in braccio il figlio. Gli disse qualcosa e fece un paio di passi nell'acqua.

Una barca di passaggio creò un'onda, e il bambino si aggrappò con braccia e gambe al padre. Mentre Larson terminava la telefonata, il padre immerse il bambino nell'acqua. Gli tenne le mani e lo trascinò con sé. Il sorriso sul volto del bambino fece sorridere anche me.

Larson disse: «Dio ha creato il parco giochi perfetto».

«Ricordo di essere andato sulla Jersey Shore con mia madre quando avevo circa otto anni. A mio padre la spiaggia non piaceva, ma mamma sarebbe potuta rimanere lì tutto il giorno.»

«Un buon posto per accumulare ricordi. Tommy è praticamente cresciuto a Bonita Beach.»

«Bello.»

«La lista è stata d'aiuto?»

«Sì.» Gli raccontai quello che avevo scoperto sulla Jackson.

«Non c'è da stupirsi che sia così stronza.»

«Ho fatto delle ricerche sul sistema di affidamento di Chicago. È di gran lunga peggiore di quello del Jersey. La CBS ha fatto un servizio di recente su quanti trasferimenti subiscono i ragazzi. Una ragazza è rimasta nel sistema per diciassette anni ed è stata trasferita sessantasette volte.»

«È scandaloso. Come possono pretendere che conduca una vita normale?»

«È impossibile. Credimi, io e Mario siamo stati trasferiti tre volte e ti manda fuori di testa. Alcuni ragazzi a Chicago sono stati trasferiti più di cento volte.»

Larson scosse la testa. «Come diavolo è permesso?»

«Il governo avrà anche buone intenzioni, ma di sicuro non ne risponde.»

«E la Jackson si trova da entrambe le parti.»

«È questo che rende tutto difficile.»

«È naturale provare compassione per lei.»

«Non provo compassione per lei.»

Larson mi guardò negli occhi. «Okay.»

«È solo che complica le cose, capisci?»

«Certo. Ma ricorda, stai cercando di proteggere dei bambini dall'essere ingiustamente strappati ai loro genitori.»

«E la Jackson è solo un danno collaterale?»

«Sei sicuro che questa faccenda non ti tocchi troppo da vicino?»

«No, è solo che...»

«È difficile, ma se non vuoi farlo, non farlo. La capacità di dire di no è più importante di quella di dire di sì.»

«In questo sono migliorato.»

«Già.»

«Mentre venivo qui, pensavo che in fondo a Jackson fosse andata male, sai?»

«È vero, ma è successo anche a te, Mario, e a milioni di altre persone. Non sto sminuendo l'impatto di qualunque cosa le sia accaduta, ma tieni a mente quello che Jackson ha fatto ai Duber e chissà a quante altre famiglie. È una cosa sbagliata e basta.»

«Mi chiedo se Jackson non faccia le porcherie che fa come un modo contorto per negare agli altri ciò che lei non ha mai avuto.»

«Potrà anche essere vendicativa, ma è meglio non rimuginarci sopra. Concentrati sull'impedire che traumatizzi altre famiglie.»

Larson aveva ragione, ma lui non era oppresso dal fardello che mi portavo dietro io. «Farò in modo che non accada.»

«Bene. Stai lavorando a un piano?»

«Ho un paio di idee che mi frullano in testa, ma vista la situazione, è importante trovare il giusto equilibrio. Vedrò cosa riesco a tirar fuori da un paio di suoi ex fidanzati.»

10

SEDUTO NELLA MIA VERANDA CON IL CAFFÈ, SFOGLIAVO IL *Naples Daily News*. A pagina cinque, la foto di un incidente d'auto all'incrocio tra Livingston Boulevard e Vanderbilt Beach attirò la mia attenzione.

Era lo stesso luogo in cui era iniziato il mio ultimo caso importante. Anche questo aveva provocato una vittima. Quando lessi il nome, mi appoggiai allo schienale. Poteva essere lo stesso Phil Tascon?

Cercai su Google il nome e l'indirizzo del defunto. Mi tornò in mente la casa blu di Tascon, in stile Key West. Era stato il mio primo cliente.

Tascon voleva fare causa a Robert McDuff, il proprietario del cantiere in cui era morto suo padre. Suo padre era caduto dal dodicesimo piano, morendo sul colpo.

Non era stata presentata alcuna accusa penale, nonostante il comune di Naples avesse multato l'azienda di McDuff sei volte negli ultimi nove mesi per violazioni delle norme di sicurezza.

All'epoca lavoravo per Larson, e mi chiese di indagare

sull'azienda e sulle sue pratiche. Non c'era dubbio che McDuff lesinasse ove possibile, ma aveva anche una politica scritta per i lavori in edifici aperti: chiunque si trovasse dal secondo piano in su doveva indossare un dispositivo di ancoraggio, a meno che non fosse installata una recinzione.

A quanto pare, il padre di Tascon si era tolto l'imbracatura per andare a fare pipì. E quando scivolò, precipitò di sotto, trovando la morte.

Se fosse stato vero, suo padre aveva una parte di responsabilità nell'incidente, ma a contrastare questa versione c'erano prove aneddotiche secondo cui la sicurezza dei lavoratori era di gran lunga secondaria rispetto al completamento di un progetto.

Dopo le nostre indagini, Larson fece venire Tascon per discutere il caso. Ci sedemmo tutti e tre attorno a un tavolo nella sala riunioni.

Tascon ascoltò attentamente mentre gli spiegavamo cosa avevamo scoperto. Ma esplose quando Larson disse: «Alla fine dei conti, la mia raccomandazione è di patteggiare».

«Patteggiare? Di cosa sta parlando? Quel bastardo ha ucciso mio padre!»

«Si calmi. Le forze dell'ordine hanno archiviato la morte di suo padre come accidentale e...»

«Ma Beck ha detto che a quel bastardo non gliene frega un cazzo dei suoi operai, si preoccupa solo dei soldi».

Larson mi guardò e io dissi: «È una zona grigia. Credo che McDuff, nella migliore delle ipotesi, la prenda alla leggera. Tendo a credere alle voci secondo cui l'imbracatura di suo padre sia stata gettata di sotto da McDuff o da qualcuno a lui vicino».

Larson disse: «L'indagine della polizia lo ha escluso».

«Infatti. Ho detto che tendo a crederci, ma non abbiamo prove».

«Non posso crederci. La farà franca?»

«Colpiremo il suo portafoglio più a fondo che possiamo, ma le sue risorse sono limitate. È ancora indebitato per il colpo che il settore immobiliare ha subito durante la crisi finanziaria».

Tascon scosse la testa. «È come perdere di nuovo papà».

«Mi dispiace che la veda così. Abbiamo fatto del nostro meglio, ma non c'è niente di penale che possiamo imputargli».

Tascon mi guardò, dicendo: «Lei cosa ne pensa? Lei sa che McDuff è un assassino, come lo so io».

Annuii. «Ma stiamo parlando dell'impossibilità di provarlo in un'aula di tribunale».

«Questa è una stronzata».

Larson disse: «È la realtà con cui dobbiamo fare i conti. In preparazione a questo incontro, ho avuto una discussione preliminare con l'avvocato di McDuff, e sembra che pagherebbero duecentomila dollari per chiudere la faccenda».

«Quindi, è questo che quel bastardo pensa che valga la vita di mio padre?»

«No, non è affatto così».

«Sì, certo».

«Perché non ci pensa su, ci dorme sopra, e ne parliamo domani?».

Tascon scosse la testa e se ne andò infuriato senza dire una parola.

Una settimana dopo, stavo uscendo dall'ufficio di Larson e avvicinandomi alla mia auto quando Tascon accostò. Abbassò il finestrino e disse: «Ehi, devo parlarle».

«Riguardo a cosa?»

«Non ci vorrà molto. La incontro nel parcheggio di Rooms to Go, possiamo parlare lì».

Tascon non mi spaventava, ma perché tutta quella segretezza?

Parcheggiammo sul retro dell'edificio. Scesi e mi appoggiai alla mia macchina. Tascon si guardò intorno mentre si avvicinava.

«Che succede?»

Tascon disse: «Posso fidarmi di lei?».

«Certo. Perché me lo chiede?»

«Qualsiasi cosa di cui parliamo resta tra noi, giusto?»

Annuii. «Ha intenzione di dirmi cosa sta succedendo?»

Tascon abbassò la voce. «Voglio che lei uccida McDuff».

«Come, scusi?»

«Mi ha sentito. Voglio McDuff morto».

Mentre elaboravo la cosa, Tascon disse: «Non si preoccupi, la pagherò per ucciderlo».

«Non è il tipo di lavoro che faccio».

«La paga è buona. Le darò i duecentomila dollari del risarcimento che otterrò».

«Come ho detto, non faccio questo genere di cose».

«Vive in mezzo al nulla. Se va da lui di notte, nessuno lo saprà».

«Se è così facile, perché non lo fa lei?»

«Lo farei, ma la polizia sospetterebbe subito di me».

«Probabilmente sì».

«Ci pensi. Sono duecentomila dollari, e farebbe fuori una feccia dalla circolazione».

Prima che potessi rispondere, Tascon tornò alla sua auto. Rimasi nel parcheggio per dieci minuti a rimuginare su ciò che Tascon voleva.

Non avevo mai ucciso prima. Ci avevo provato. Avevo deciso di uccidere il padre affidatario che aveva abusato di me, ma mi ero tirato indietro quando me lo ero trovato di fronte. Avevo pugnalato Mallory, ma era stato un gesto istintivo per punirlo, per avermi colpito con un bastone, e senza l'intenzione di ucciderlo.

Rendendomi conto che entrambi gli episodi nascevano da un bisogno di vendetta, risalii in macchina e mi diressi verso casa. Era difficile rinunciare a duecentomila dollari. Non ero un sicario, ma doveva pur esserci un modo per aiutare Tascon a vendicare la morte di suo padre e farsi pagare per questo.

11

Pranzare da Grouper and Chips era uno dei piccoli piaceri della vita. Presi un tavolo all'aperto e addentai il mio panino con la cernia alla griglia. Era proprio quello che ci voleva. Tenendo d'occhio l'angolo dove si trovava l'ospedale, mi ficcai in bocca un boccone.

Scorsi Ben Barnes che attraversava la strada. I suoi capelli erano più bianchi che nella foto della patente. Infilandomi in bocca l'ultimo pezzo di cernia, mi alzai e gettai il contenitore di polistirolo a conchiglia nel cestino.

«Ben? Sono Beck.»

Lui mi porse la mano. «Ciao.»

«Ehi, grazie di essere venuto.»

«Nessun problema» ridacchiò. «Mangio qui almeno due volte a settimana.»

Tornai verso il mio tavolo. «Vuoi qualcosa?»

«Prenderò una porzione di patatine dolci quando avremo finito.»

«Offro io.»

«Non è necessario.»

«Tranquillo, apprezzo che ti sia preso del tempo per parlarmi di Simone Jackson.»

«Come sta?»

«Abbastanza bene. Volevo chiederti del periodo che avete passato insieme. Per quanto tempo siete stati una coppia?»

«Poco più di un anno. Avrei dovuto mollarla prima, ma, insomma, ho cercato di far funzionare le cose.»

«All'inizio andavate d'accordo?»

«Sì. Avevamo un paio di interessi in comune.»

«Del tipo?»

«Beh, a me piaceva andare ai casinò, sai, giocare un po', magari vedere uno spettacolo, ma niente a che vedere con Simone; lei poteva piazzarsi a un tavolo e giocare per ore.»

«È stato questo il problema che si è messo di mezzo?»

«No, non proprio. Non voglio farla passare per un mostro o qualcosa del genere, ma era fredda, sai, senza emozioni. La cosa mi dava fastidio, ma pensavo che il ghiaccio si sarebbe sciolto man mano che stavamo insieme.»

«Non è successo?»

Scosse la testa. «Non ce la facevo più. Non fraintendermi, non sono uno smielato, ma mia madre stava morendo, e io e mamma eravamo molto legati. Ero a pezzi, ma Simone non sembrava capire quanto facesse male. Quando mamma entrò in hospice, Simone si comportò come se niente fosse. In quel preciso istante, l'ho lasciata. È stato pazzesco, capisci?»

«Mi dispiace, dev'essere stato difficile per te.»

«Lo è stato. Mamma se n'è andata da due anni e ancora non riesco a crederci.»

«So cosa vuoi dire. La mia è morta quando avevo dieci

anni e, beh, è una merda.» Presi un sorso del mio tè freddo. «C'è altro che puoi dirmi su di lei?»

«Su cosa stai indagando? È nei guai?»

«Non lo so, lo studio legale per cui lavoro ha solo chiesto informazioni su di lei.»

«Okay. Senti, Simone non è una cattiva persona, ma non fa per me.»

«Grazie. Andiamo a prenderti quelle patatine.»

————

Fu un breve tragitto per andare a trovare un altro uomo con cui la Jackson era uscita. Scott Palmer era un meccanico presso l'officina Valvoline Oil su Golden Gate Parkway.

Palmer mi aveva chiesto di mandargli un messaggio, e così feci. Uscì dal garage e gli feci un cenno per farlo avvicinare.

«Grazie per l'incontro. Prometto di essere rapido. Come ti dicevo, sono un investigatore per uno studio legale e hanno bisogno di informazioni sulla Jackson. Cosa puoi dirmi di lei, visto che ci sei uscito?»

«È in qualche tipo di guaio?»

«Non lo so, ma non è niente di penale o cose del genere. Non gestiamo quel tipo di casi. Per quanto tempo siete usciti?»

«Circa otto mesi. Non fraintendermi, ci siamo divertiti, ma è strana. Voglio dire, diciamo che Simone è, tipo, distante, capisci?»

«Non ti lascia entrare?»

«Esatto, come se avesse un muro intorno a sé o qualcosa del genere.»

«Ha mai parlato della sua famiglia?»

«Mai. Gliel'ho chiesto un paio di volte, ma rispondeva che non aveva un rapporto stretto con loro e finiva lì. Non ho insistito perché sembrava che vivesse di conflitti.»

«Ho sentito che le piace giocare d'azzardo.»

«È vero, e piace anche a me, ma non quanto a lei. E scommette un sacco. Una sera stava perdendo più di mille dollari al casinò di Immokalee, e le dissi che era ora di tornare a casa. Ma lei non voleva andarsene. Finì che rimasi nella lounge a guardare un tizio suonare il piano, per tipo due ore.»

«È stato il gioco a farvi lasciare?»

«Non proprio. Furono un paio di cose. Ho due figli con la mia ex, e Simone non voleva nemmeno conoscerli. Insomma, uscivamo da diversi mesi. Comunque, alla fine è stato meglio così.»

«C'è altro che puoi dirmi?»

Fece spallucce. «Potrà sembrare una sciocchezza, ma stavo per compiere quarant'anni e volevo andare da qualche parte per festeggiare. Niente di folle. Le proposi di andare alle Keys per il weekend, ma lei bocciò l'idea, dicendo che era stupido fare tanto chiasso per un compleanno.»

Lo ringraziai per il suo tempo e me ne andai. Guidando verso casa, rimuginavo sulle idee che avevo per vendicarmi di Simone. Le mie idee si erano evolute dal mio primo caso, quando piazzare ossa e reperti indiani nel cantiere di McDuff aveva bloccato i lavori per otto mesi. Tascom voleva McDuff morto, ma la chiusura dell'attività portò alla sua bancarotta.

Tascom non ottenne quello che voleva, ma fu contento di aver messo McDuff fuori gioco. Il successo e i soldi che mi pagò mi lanciarono in un'attività che aveva più casi di quanti potessi gestirne.

12

MENTRE METTEVO PIEDE SULLA SABBIA, UNA SOTTILE COLTRE di nubi smorzava i contorni delle ombre. Vanderbilt Beach era affollata per essere un martedì. Il mio avvocato-confidente Larson era in incognito nel suo solito spicchio di spiaggia accanto al Ritz-Carlton Resort.

«Cosa stai leggendo?»

Larson mise giù un libro massiccio. «*The Splendid and the Vile*. Parla di Churchill e di quello che successe subito prima che l'America entrasse nella Seconda Guerra Mondiale.»

«Era un gigante.»

«A mio parere, la figura più determinante degli ultimi cento anni.»

«È vero che andava in giro nudo?»

«Sì. È quella storia del genio e sregolatezza.»

Presi una bottiglietta d'acqua dalla sua borsa frigo. «La si vede ovunque.»

Un'imbarcazione carica di persone pronte a fare parasailing si allontanò dalla riva. Larson la indicò. «Sei mai salito su uno di quelli?»

«Neanche per sogno. Io e le altezze non andiamo d'accordo.»

«Ti stupiresti di quanto sia sereno lassù in alto.»

«Allora, che cos'hai per me?»

«Un nuovo caso. Hai mai sentito parlare di Gordon Whitmore?»

«Mi suona familiare, ma non riesco a inquadrarlo.»

«South Florida Aeronautics.»

«Ah sì, l'azienda che si è quotata in borsa con quella cosa della fusione inversa e poi è fallita.»

«Esatto. È stata un'azienda a conduzione familiare per quasi quarant'anni. Whitmore l'ha davvero tirata su, ma il passaggio al livello successivo, competere contro le Boeing e le McDonnell Douglas del mondo, l'ha spinto verso i mercati pubblici.»

«Non dovevano avere un accordo con la SpaceX?»

«Non ricordo tutti i dettagli, ma la voce girava di sicuro.»

«Per quale motivo mi stai dicendo tutto questo?»

«Whitmore è uno della vecchia scuola. È un brav'uomo, ma potrebbe aver commesso un errore ad ascoltare i consulenti riguardo al delisting. È stressatissimo. Quando è crollato tutto, ha dovuto licenziare quasi duemila persone. Whitmore insiste che gli affari andavano bene, ma che le voci e i venditori allo scoperto l'hanno costretto a fallire.»

«Ha perso tutto?»

«La sua famiglia aveva un sacco di azioni, quindi ha subito un colpo durissimo, ma probabilmente negli anni ha messo da parte abbastanza per stare tranquillo.»

«Hai parlato di un venditore allo scoperto? Che cos'è?»

«La maggior parte delle persone investe in borsa sperando che un'azione salga e, quando succede, guadagna.

Si dice che sono "long su un titolo". Ma si può guadagnare anche quando un'azione scende, se ci scommetti contro. Quelli che lo fanno si chiamano venditori allo scoperto.»

«Come fanno?»

«Prendono in prestito delle azioni da un broker. Se il prezzo scende, le ricomprano al prezzo più basso e si intascano la differenza. Diciamo che oggi le azioni della società A valgono cento l'una. Le vendono a cento, e se scendono a ottanta, le ricomprano per sostituire quelle che hanno ricevuto a cento e guadagnano venti dollari ad azione.»

«Cosa succede se salgono, diciamo, a centodieci?»

«Perdono dieci dollari ad azione.»

«Quindi si può scommettere che un'azione scenda e vincere. Un po' come la linea Don't Pass nel craps, dove speri che chi lancia i dadi non vinca?»

Fece una smorfia. «Forse, in senso lato. Il modo più semplice di vederla è che stai scommettendo che il titolo scenda, quando la maggior parte della gente spera che salga.»

«Un bastian contrario, allora.»

«È più complicato di così. A volte, la gente crede che un'azione abbia corso troppo, sai, sia salita troppo in alto, e altre volte crede che eventi macroeconomici, come una nuova tecnologia, renderanno un prodotto o un'azienda obsoleti.»

«È più rischioso che sperare che un titolo salga?»

«Sì. Se sei long su un titolo, sperando che salga, e questo scende o rimane stabile, non devi fare niente. Ma se vendi allo scoperto un titolo e questo sale, l'opposto di ciò che vuoi, dovrai tirare fuori altri soldi per sostenere la tua posizione.»

«E se non hai i soldi?»

«Devi liquidare la posizione e accettare la perdita.»

«Sembra un giro contorto. Quindi, che c'entra tutto questo con Whitmore?»

«È meglio che tu vada a parlarci. Ti spiegherà tutto lui.»

Aggrottai la fronte.

«Ti piacerà, è uno alla mano.»

———

MI ACCOMODAI su una sedia all'ultimo tavolo libero del Joe's Diner. Il loro menù della colazione rendeva omaggio a quello che una volta era lo sport nazionale americano: il baseball. Mentre Mario si avvicinava, decisi di prendere il Yogi Berra.

«Ehi.» Ci battemmo il pugno.

Il mio fratellastro disse: «Ho un bisogno disperato di caffè.»

«Eccola che arriva.»

La cameriera versò due tazze di java fumante. «Sapete cosa volete, ragazzi?»

«Io prendo il Yogi.»

«Be', visto che ci sei, io vado con il Babe.» Le sorrise. Lei non ricambiò e si allontanò.

Presi la mia tazza. «Eliminato mentre tentavi di rubare la base.»

«Ah ah. Molto spiritoso. È una schianto.»

«Perché ci provi? Le cose con Susan vanno bene?»

«Sì, sto solo scherzando. Un po' di divertimento innocuo.»

Mario sorseggiò il caffè. Aveva gli occhi iniettati di sangue.

Dissi: «Senti, questo caso di tutela dei minori è una cosa che probabilmente faremo».

Inarcò un sopracciglio. «Va bene. Quanto paga?»

«Sarà pro bono».

«Cosa? Questo non è...»

«Sarai pagato. Non preoccuparti».

«Non sono preoccupato. È solo stupido».

«Questa gente è stata fregata e non ha soldi. Anzi, tutta la faccenda li ha messi sotto di quarantamila dollari, per pagare gli avvocati».

«Sai, non puoi salvare il mondo».

«Non ci sto provando».

Alzò gli occhi rossi al cielo. Si era fatto una canna di mattina?

La cameriera si avvicinò, posandoci davanti i piatti. «Buon appetito».

Mario ne tagliò un pezzo con la forchetta. «Ha un bell'aspetto».

Mandai giù un boccone. «Lo è».

«Di che cosa vuoi che mi occupi?»

«C'è un medico, Narid Khan, che potrebbe dare il via libera a qualsiasi cosa voglia Simone Jackson, la donna che gestisce molti di questi casi. Fai un controllo su di lui, vedi se c'è qualche legame con la Jackson».

«Nessun problema».

«Lavora al Physician's Regional Hospital su Collier Boulevard».

13

Svoltando da Mooring Line Drive, girai a destra su Bow Line Drive. La casa di Gordon Whitmore non era sulla baia e non era stata ricostruita come la maggior parte delle altre nel vicinato.

Incastrata tra un paio di case troppo grandi per i loro lotti, sorgeva la villetta a un piano di Whitmore. Secondo i registri catastali, era proprietario di quel posto da trentaquattro anni.

Due querce giganti ombreggiavano il giardino antistante. Suonai il campanello.

Con i capelli argentati e stempiato, Whitmore aveva una scintilla negli occhi. «Signor Beck, la prego, entri.»

La casa era buia ma confortevole. Whitmore si sedette su una poltrona reclinabile marrone. «Peggy è fuori con una delle nostre figlie, quindi possiamo parlare liberamente.»

«Perfetto. Il signor Larson mi ha fornito un po' di contesto, ma apprezzerei sentire tutto quello che è successo da lei.»

«Certo. Dica, posso offrirle qualcosa?»

«No, grazie.»

«Va bene. Beh, mio padre fondò quella che divenne la South Florida Aeronautics alla fine degli anni Cinquanta, quando i viaggi aerei cominciarono a decollare. Era una piccola impresa, ma è cresciuta nel corso degli anni. Senza nulla togliere a ciò che ha fatto papà, è più facile far funzionare un'azienda se il settore in cui operi è in piena espansione.» Mi puntò il dito contro. «È bene tenerlo a mente, se mai dovesse avventurarsi nel mondo degli affari.»

«La ringrazio. È un ottimo consiglio.»

«Dopo essermi laureato alla FSU, entrai in azienda e il mio ruolo si ampliò nel corso degli anni. L'impresa era praticamente diventata una subappaltatrice della McDonnell Douglas, ed essere dipendenti da un'unica azienda mi metteva a disagio.» Mi guardò negli occhi. «Bisogna controllare il proprio destino il più possibile.»

«Altro buon consiglio.»

Lui sorrise. «Alla fine ho preso io le redini a metà degli anni Novanta e mi sono concentrato sul consolidare il rapporto che avevamo con quella che ora si chiama Northrop Grumman. Avevano un contratto considerevole con la NASA e stava crescendo rapidamente.»

Whitmore era uno dei pochi a seguire i propri consigli.

«Lavorare alle navicelle spaziali dev'essere complicato.»

Lui si strinse nelle spalle. «Preferisco dire complesso. Ci sono molte componenti nella realizzazione di un prodotto per lo spazio, ma questo non lo rende necessariamente difficile.»

Quella era una cosa su cui riflettere. «La prego, continui.»

«Creammo una divisione per concentrarci sul settore

dei satelliti. Decollò in un modo che non avremmo mai potuto immaginare.»

«Ha avuto un'ottima intuizione.»

«È stato un lavoro di squadra, ma una cosa che non avevo previsto era quanti capitali fossero necessari per passare al livello successivo. Insomma, avevamo un'attività solida e redditizia. Guadagnavo più di quanto avessi mai sognato, ma solo per mantenere quello che avevamo, dovemmo investire in ogni tipo di macchinari e software ad alta tecnologia.» Sospirò. «Una cosa è costruire un aereo e tutta un'altra è costruire una navicella spaziale che possa arrivare nello spazio o fare quello che sta facendo Musk con i razzi riutilizzabili.»

«SpaceX sta facendo cose affascinanti.»

«Proprio così. Dimostra che l'impresa privata può dare una pista al governo, non importa quanti soldi ci buttino dentro i politici.»

«Ha lavorato con SpaceX?»

«Il settore stava esplodendo, e SpaceX e un altro paio di aziende avevano bisogno di partner affidabili per le forniture. Sapevo che avremmo potuto farcela, se avessimo avuto le risorse. Così, parlammo con un paio di banche d'investimento per raccogliere i fondi per costruire due nuovi stabilimenti. Dissero che i circa due miliardi necessari erano impossibili da raccogliere privatamente. Suggerirono di quotarci in borsa.» Fece una risatina di scherno. «Sa cosa dissero in realtà? Dissero che i mercati privati avrebbero pagato solo un certo multiplo degli utili, ma che il pubblico avrebbe pagato cento volte quello che stavamo guadagnando.»

«Questo la dice lunga su come considerano i mercati pubblici.»

«Proprio così, ma avevano ragione, in una certa misura. Dissero che il modo più semplice per quotarsi in borsa era fare una fusione inversa con un'entità già esistente. Ha mai sentito parlare di quelle che chiamano SPAC?»

«Non proprio.»

«È l'acronimo di Special Purpose Acquisition Company. È una società senza attività operative. Il suo unico scopo è raccogliere capitali tramite un'IPO, un'offerta pubblica iniziale. Una volta che sono quotate e hanno i soldi, si fondono con una società esistente come la nostra.»

«Sembra una pazzia.»

«Lo pensavo anch'io, ma quel britannico, Richard Branson, l'ha fatto con la sua Virgin Galactic. L'ha fatto sembrare più legittimo, se capisce cosa intendo.»

«Capisco. E quindi, cos'è successo?»

«Un sacco di cose. Abbiamo dato il via ai lavori e le cose andavano abbastanza bene, e poi, sa, i costi hanno iniziato a salire alle stelle. In parte era a causa della tecnologia necessaria, in parte per lo slittamento degli obiettivi, ma molto era dovuto all'inflazione. I costi della manodopera sono aumentati di oltre il cinquanta per cento. Era una cosa dopo l'altra. I nostri banchieri dissero che potevamo ottenere una linea di credito da un miliardo di dollari da JP Morgan. Sembrava una buona idea, ma ci ha messi in guai ancora più grossi.»

«Non riusciva a ripagarlo?»

«In realtà eravamo in pari con i pagamenti, ma c'era una clausola nel contratto di prestito che ci creò un grosso problema. Quando iniziammo a utilizzare i soldi, le nostre azioni valevano cinquantuno dollari l'una. La clausola diceva che se il valore delle azioni fosse sceso sotto i trentacinque, avrebbero potuto richiedere il rientro del prestito.»

«Costringerla a ripagarlo?»

«Sì. Poi è arrivato il Covid, e abbiamo subito un duro colpo come tutti gli altri. Ma le nostre azioni hanno retto abbastanza bene; si aggiravano poco sopra i quaranta dollari. Poi quel bastardo di Melvin Weiss ha messo in moto la macchina del fango.» Si batté un pugno sulla coscia.

«Cosa ha diffuso?»

«Menzogne. Una dopo l'altra. Lui e la sua stronzata di azienda, la Chernobyl. Voglio dire, chi diavolo chiama un'azienda come un disastro?»

Era un'osservazione valida. Poteva essere una trovata di marketing. «È strano. Cosa dicevano?»

«La cosa peggiore è stata il rapporto che hanno pubblicato, dicendo che SpaceX non avrebbe mai fatto affari con noi e che Musk voleva gestire tutto internamente. Era totalmente inventato. Avevamo avuto una riunione con i suoi massimi luogotenenti la settimana prima. Abbiamo emesso un comunicato stampa, e poi Weiss ha ingigantito la notizia di un incendio che avevamo avuto nel nostro stabilimento di Cape Canaveral. Era stato per lo più contenuto nell'area di manutenzione, ma Weiss disse che la fabbrica era distrutta e che ci sarebbe voluto più di un anno per ricostruirla. Era un'assurdità totale.»

«È terribile.»

«Oh, non è finita lì. Dal nulla è spuntato un tentativo di sindacalizzare gli stabilimenti. Non potevo crederci. Siamo una squadra molto affiatata; ci prendiamo cura dei nostri dipendenti, e loro lo sanno. Abbiamo fatto qualche ricerca e sono convinto che ci fosse Weiss dietro a tutto questo.»

«In che senso?»

«Aveva contatti con un sindacato e gli ha fatto una donazione. Non avevano alcuna possibilità di convincere i nostri a votare a favore, ma l'incertezza ha intaccato il prezzo delle nostre azioni.»

«Dev'essere stato frustrante.»

«Lo è stato, e ogni minima cosa, sa, veniva ingigantita. Un tizio che era con noi da dieci anni, l'assistente del nostro direttore dell'approvvigionamento materiali, ha accettato un lavoro in Texas, e Weiss ha fatto sembrare che la gente se ne stesse andando. Ha avuto la sfacciataggine di dire che i nostri stavano abbandonando la nave che affonda.»

«Immagino che questo abbia influito sulle azioni.»

«Certo. Siamo scesi a un minimo di ventidue dollari prima di avere un rimbalzo, come ha detto Weiss sulla CNBC, da gatto morto, a ventisei e mezzo.»

«È terribile.»

«Sono andato sulla CNBC, tramite Zoom, non appena ho potuto. Ho difeso l'azienda, ma Weiss era in studio e continuava a scuotere la testa. Quel bastardo ha detto che la gente avrebbe dovuto sbarazzarsi delle nostre azioni, che se c'era fumo c'era anche fuoco e che saremmo finiti a zero. A zero. Ho chiesto al nostro direttore finanziario di pubblicare tutto ciò che poteva secondo le direttive della SEC per dimostrare che non eravamo in difficoltà. Ma la stampa continuava a decantare Weiss e la sua lunga sfilza di fallimenti aziendali previsti.» Scosse la testa. «Ora so come ha fatto.»

«La JP Morgan ha richiesto il rientro del prestito?»

«Alla velocità della luce. Per restare a galla, ho dovuto tagliare le spese. La cosa più difficile che abbia mai fatto è stata licenziare duemila dei nostri instancabili dipendenti. A parte gli stupidi lockdown, in oltre sessant'anni, persino durante la crisi finanziaria, non avevamo mai licenziato un'anima viva.»

«Lei personalmente sta bene, dal punto di vista finanziario?»

«Sì. Ho perso il novanta per cento del mio patrimonio, ma io e la mia famiglia stiamo bene, a differenza degli altri che hanno perso il loro sostentamento. Ho aiutato molti di loro, ma troppi hanno perso la casa e l'auto. Ma io sto bene e non ho alcun problema a pagare l'onorario menzionato dal signor Larson.»

Annuii. «Se accettassi l'incarico, cosa vorrebbe che facessi?»

Whitmore si sporse in avanti. «Faccia in modo che quel bastardo, Weiss, non lo faccia a nessun altro. A lui interessano solo i soldi. Bisogna fermarlo prima che rovini altre vite.»

14

Ero seduto a un tavolo in fondo alla terrazza di Dolce e Salato. La trattoria italiana chiudeva alle tre del pomeriggio e i clienti rimasti indugiavano sulle loro tazzine di caffè.

Dovevamo incontrarci per un caffè, ma i profumi mi avevano spinto a fare cenno a un cameriere. Ordinai un panino al prosciutto cotto mentre un uomo che riconobbi da una foto, Barney Fitzgerald, saliva con passo tranquillo sulla terrazza. Mi alzai e ci stringemmo la mano.

«Sono contento che Lei mi abbia suggerito questo posto» disse Fitzgerald.

Il suo viso era rosso. Non per il sole, ma per l'alcol. «Oh, è fantastico» dissi. «Non ho potuto resistere. Vuole mangiare qualcosa?»

«No, ho giocato a golf alle sette del mattino e ho pranzato presto. Ma prenderò una sfogliatella per mia moglie prima di andarmene.»

«Uno dei miei dolci preferiti. Dovrebbe ordinarla quando torna. A loro piace chiudere alle tre spaccate.»

Sorrise. «Lo sappiamo. Sono italiani veri.»

«Comunque, grazie per aver accettato di incontrarmi.»

«Certo. Per Gordon, questo e altro.»

«Andava d'accordo con il signor Whitmore?»

«Certo. Voglio dire, abbiamo avuto qualche disaccordo, ma Gordon è un uomo d'altri tempi.»

«Lei era il suo braccio destro?»

«No. Ma diciamo che ero un fidato luogotenente.»

«Cosa può dirmi di lui e dell'azienda?»

«C'è tanto da dire. Non saprei da dove cominciare.»

«Che ne dice di quando le cose hanno iniziato ad andare male, sa, con la faccenda di SpaceX e i venditori allo scoperto che attaccavano l'azienda? Come ha reagito Whitmore?»

«È un osso duro. Sa, uno di quegli uomini della vecchia guardia che non ha paura di sbattere la testa contro il muro, convinto che alla fine riuscirà ad aprirsi una breccia.»

«Sembra che fosse testardo.»

«Certo, ma era una cosa positiva. Voglio dire, se credeva in qualcosa, la portava fino in fondo.»

«Ma questo porta a dei guai, come l'incursione nel settore dei jet supersonici.»

«È vero. Ci abbiamo investito un sacco di soldi, ma sa, credo che fossimo solo in anticipo sui tempi.»

Il cameriere posò sul tavolo un'opera d'arte. Fette di prosciutto sottili come carta velina spuntavano da due fette di pane fresco.

«Posso portarLe qualcos'altro?»

Fitzgerald ordinò un caffè doppio e il dolce per sua moglie.

«Prego, mangi pure.»

«Non si preoccupi. Preferisco continuare a parlare. Ha menzionato la testardaggine di Whitmore.»

«Preferisco pensare a lui come a una persona perseverante.»

«Giusto. Ma ha comunque messo l'azienda nei guai.»

«Sì e no. Voglio dire, non avevamo i contanti per resistere a quello che è venuto dopo, con l'incendio e le bugie su di noi. Ma chi avrebbe potuto prevederlo?»

Sentii l'odore del caffè italiano prima ancora che venisse posato sul tavolo.

«Non sono qui per criticare il signor Whitmore, ma il suo... diciamo, stile di gestione ha contribuito ai problemi dell'azienda?»

«Gordon ha fatto del suo meglio. Certo, avremmo potuto assumere uno di quei manager da Fortune 500, ma cosa avremmo perso? E crede che uno di quei cialtroni avrebbe messo mano al proprio portafoglio quando le cose si sono messe male?»

«Whitmore ci ha messo soldi suoi quando le cose si sono fatte difficili?»

«Oh, sì. Credo che abbia messo dieci milioni per evitare i licenziamenti. Purtroppo, alla fine hanno perso il lavoro lo stesso, perché quel bastardo di Weiss ha continuato a diffondere le sue bugie.»

«Sono un sacco di soldi.»

«Whitmore è una delle persone migliori che abbia mai avuto il privilegio di conoscere.»

«Quanto è sicuro che se Weiss non avesse fatto quello che ha fatto, l'azienda se la sarebbe cavata?»

«Non ho il minimo dubbio. Avevamo dei problemi da affrontare, ma erano assolutamente gestibili. Weiss dovrebbe stare dietro le sbarre per aver distrutto così tante vite.»

15

Ero passato davanti alla casa di Melvin Weiss su Hickory Boulevard innumerevoli volte, supponendo che quella struttura di fronte all'oceano ospitasse un paio di appartamenti. Raccogliendo il portatile e il registratore, scesi dall'auto. La brezza era calda e intrisa di salsedine.

Una donna in uniforme aprì la porta. Dietro di lei, il Golfo del Messico si fondeva con una piscina a sfioro. «Signor Beck?»

«Sì».

«Prego, entri. Il signor Weiss è sulla veranda».

Il pavimento dell'area principale era bianco come una pista da hockey. Un pianoforte a coda color rosa troneggiava nello spazio. Grandi opere d'arte moderna occupavano le poche pareti di cui la casa disponeva.

Superammo un'imponente scalinata che portava a un altro livello e mettemmo piede in una distesa che sfuggiva alla definizione di veranda. Tre aree salotto e un tavolo da pranzo della lunghezza di quello di re Artù facevano da contraltare a un'invitante piscina.

Il signore del maniero era seduto a sinistra.

Weiss posò un iPad e ticchettò sul suo orologio da polso oversize. «In perfetto orario. Il tempismo è tutto nella vita».

I suoi denti sembravano dei Chiclet. «Facendo il numero di interviste che faccio, si deve essere puntuali».

«Mia madre mi ha insegnato a rispettare il tempo di tutti. Diceva sempre che ne abbiamo solo una quantità limitata. E non si sa quando sta per finire».

Annuendo, il mio sguardo si posò su una scultura, una forma riconoscibile in acciaio inossidabile. «È un'opera insolita».

«È il fungo atomico di un'esplosione nucleare».

«Chernobyl?»

«Lì non c'è stata un'esplosione. Quello è stato un disastro causato dall'uomo. Uno piuttosto prevedibile. L'avevo previsto quando ho avviato la mia attività e ho venduto allo scoperto le utility di tutto il mondo». Si sfregò l'indice e il pollice. «Ci ho fatto una fortuna e ho deciso di chiamare la mia società Chernobyl Investments».

«Il nucleare è sicuro, no?»

«È la strada giusta. I russi-sovietici, come venivano chiamati all'epoca, non avevano i nostri standard di sicurezza e non li hanno tuttora. Noi progettiamo in modo pazzescamente ridondante e, con i progressi tecnologici degli ultimi trent'anni, il nucleare è prevedibile, economico e la fonte di energia più sicura che abbiamo».

«Però è in disgrazia».

«Non dovrebbe. Aspettiamo che le bollette elettriche di tutti vadano alle stelle. Guardi cosa è successo in Europa. Il nucleare deve essere parte del mix, altrimenti i prezzi di ogni cosa saliranno».

«Solare ed eolico non basteranno?»

Weiss sbuffò. «Possono aiutare, ma vuole sapere una cosa in via confidenziale?»

«Certo».

«La maggior parte di queste aziende verdi non ce la farà. Se possiede loro azioni, se ne liberi. Ma si assicuri che questo non finisca nel suo articolo».

«Nessun problema, signore».

«Mel, mi chiami Mel».

La signora che mi aveva accolto entrò in veranda con un vassoio. Versò due bicchieri di tè freddo e li posò sul tavolino.

«Grazie, Rosa. Potrebbe abbassare le tende? Il riverbero è un po' eccessivo».

«Sì, signore».

Si udì un basso ronzio mentre le tende bianche si abbassavano. Il riverbero sparì, ma non il Golfo del Messico. Weiss controllò l'orologio. «Vogliamo cominciare?»

«Certo. Le dispiace se registro?»

«Faccia pure»

Accesi il registratore. «Volevo ringraziarla per aver accettato di essere intervistato da *Wired Magazine*».

«È un piacere. La vostra è una delle poche testate sopravvissute al passaggio al digitale. Ho guadagnato qualche dollaro scommettendo contro gente come *Life* e *Consumers Digest*. È stato un gioco da ragazzi. Chi ha bisogno di una rivista con immagini o di una che parla di prodotti quando ci sono milioni di immagini e recensioni online?»

Versai due bustine di dolcificante nel bicchiere e bevvi un sorso. «Ottima domanda, e assist perfetto. Come ha fatto a prevederlo quando così tanti altri hanno fallito?»

«La Coca-Cola non rivela i suoi ingredienti segreti, o sbaglio?»

Tracciai un cerchio sulla condensa che si formava sul mio bicchiere. «No. Ma ogni situazione in cui investe è diversa. Cosa può dirci dei principi che la guidano?»

Mi puntò un dito contro. «Questo è un modo eccellente di inquadrare la questione. E molto acuto da parte sua. Come dice, ogni decisione di investire, o francamente, di non investire i miei soldi, differisce per molti aspetti, ma di solito c'è un elemento in comune».

«Sono con il fiato sospeso».

«Si metta comodo. Melvin guarda come un'azienda viene gestita. Male? Il loro modello di business è obsoleto? Come le riviste di cui abbiamo parlato. O c'è una tecnologia emergente che sta per sconvolgere un settore? Inoltre, il semplice fatto è che sta diventando sempre più difficile per le aziende di medie dimensioni farcela. Le piccole attività a conduzione familiare esisteranno sempre, ma le aziende di medio mercato sono inondate di regolamenti e affrontano concorrenti più grandi e meglio posizionati con le risorse per influenzare i politici».

Si era appena riferito a se stesso in terza persona? Presi un sorso di tè freddo e chiesi: «E quando ne individua una che corrisponde a un criterio, la vende allo scoperto?»

«Se Melvin ritiene che il tempismo sia giusto, sì.»

«Perché ha deciso di concentrarsi sul lato corto anziché su quello lungo?»

«Altra buona domanda. Francamente, c'è meno concorrenza. Ci sono hedge fund che vanno long e short, ma non ci sono molti puri giocatori short sul mercato.»

«Perché crede che i venditori allo scoperto siano visti

diversamente da coloro che scommettono che un'azienda salirà?»

«È la psiche americana. Gli americani sono un popolo ottimista. Non tanto quanto una volta, ma crediamo ampiamente nei risultati positivi. La vendita allo scoperto va contro questa convinzione di base.»

«Riceve molte lettere di odio?»

«A volte, sì.»

«Considerando i licenziamenti in alcune delle aziende che ha venduto allo scoperto, pensa che sia giustificato?»

«Senta, quello che faccio è costringere queste aziende ad affrontare la realtà. Le persone possono perdere il lavoro mentre un'impresa fa degli aggiustamenti per tagliare i costi e rimanere a galla, ma il fatto è che io sto salvando posti di lavoro. Se non si adattassero, l'azienda fallirebbe e tutti si ritroverebbero per strada.»

Era tornato alla prima persona. «Quindi, considera quello che fa un servizio all'azienda e ai suoi dipendenti?»

«Melvin si rende conto che per la maggior parte delle persone è difficile da capire, ma lui accelera semplicemente ciò che sta per accadere. Quando vendiamo allo scoperto un'azienda, la costringiamo ad agire. Possono agire, oppure possono dissanguarsi lentamente fino a scomparire.»

«Le macro-opportunità sono facili da capire, come vedere cosa farà l'Intelligenza Artificiale a certe aziende. Ma Lei ha preso di mira aziende che sembrano andare bene, sostenendo che i loro dati finanziari non sono quelli che sembrano. Come ottiene queste informazioni?»

«Le mettiamo insieme pezzo per pezzo. Parliamo con molte persone, dipendenti, fornitori e concorrenti per avere una visione più completa di quella che i dirigenti presentano al pubblico.»

«Informazioni aneddotiche?»

«A volte.»

«Ma non possono essere interpretate male o essere sbagliate?»

«A volte può succedere.»

«E se qualcuno avesse un secondo fine, volesse creare problemi a un'azienda?»

«Non ci basiamo su un unico dato.»

«Mi pare giusto. Ha ricevuto delle critiche dalla stampa nel sud-ovest della Florida per quanto riguarda la South Florida Aeronautics. Gordon Whitmore è una leggenda locale.»

«'Locale' è l'aggettivo giusto. Guardi, sarà anche un brav'uomo e tutto il resto, ma Whitmore è abituato a giocare facile, e fare il salto di qualità si è rivelato molto più difficile di quanto pensasse.»

«Non conosco tutti i dettagli, ma aveva un'attività di successo e tutto andava bene finché non hanno cominciato a circolare voci che le cose non andavano bene come sembrava.»

«Infatti non andavano, e si è dimostrato che era vero.»

«Ma da quello che ho letto, e non ho letto tutto, non c'era niente dietro...»

«Prima mi ha chiesto del nostro metodo, be', il momento di agire è quando si sente odore di fumo. Se si aspetta che qualcuno gridi "al fuoco!", è troppo tardi.»

La porta scorrevole si aprì e Rosa uscì. «Mi scusi, signore. La signora mi ha chiesto di ricordarLe che deve essere al club tra mezz'ora.»

«Grazie, Rosa. Dobbiamo concludere. Mia moglie sta organizzando un evento per Youth Haven e vuole che io sia presente. Fa un ottimo lavoro per la comunità e ritengo sia mio dovere sostenerla.»

«Capisco. Ho sentito dire che è una buona organizzazione.»

«Lo è. Mia moglie, Cynthia, è nel consiglio di amministrazione e sabato pomeriggio daremo una festa per amici e donatori.»

«È gentile da parte sua restituire qualcosa alla comunità.»

«È una gran donna.»

«Da quanto tempo siete sposati?»

«Quasi quarant'anni.»

«Wow. Qual è il segreto?»

Indicò il registratore. Lo spensi.

«Sono stato fortunato con Cynthia. Senza di lei, non so dove sarei. Quando ci si sposa, bisogna lavorarci su. Siamo sposati da trentotto anni e posso dirLe che la cosa più importante che ho imparato è non deludere mia moglie.»

«È un buon consiglio. Ho avuto difficoltà a sistemarmi, sa, a impegnarmi con una sola donna.»

Weiss si sporse in avanti, abbassando la voce. «Ci si può divertire, basta che non diventi più di questo e che la moglie non lo scopra.»

Sorrisi. «La fa sembrare così facile.»

Lui fece spallucce. «Il suo lavoro di beneficenza e la sua ossessione per tutto ciò che è equestre offrono un sacco di opportunità.»

«A Cynthia piace andare a cavallo?»

«Direi che è un eufemismo. Abbiamo un ranch a Ocala e, quando lei va lì, io ho tempo per il mio hobby.» Sorrise e disse: «Mi dispiace, ma devo proprio andare.»

Mi alzai. «Non si preoccupi. Penso di avere abbastanza

materiale. In caso contrario, fisserò un altro appuntamento.»

«Va bene.»

«Le dispiace se uso il bagno prima di uscire?»

Mi tese la mano. «La toilette è sulla sinistra, di fronte alla sala da pranzo. È stato un piacere conoscerLa.»

Gli strinsi la mano curata. «Anche per me, signore. Mi ha dato molto su cui riflettere.»

Mi infilai nel bagno. Un lavabo era incassato in un blocco di marmo che Michelangelo avrebbe fatto carte false per avere. Un costoso pezzo d'arte moderna era appeso sopra il WC. Usai il telefono e scattai una dozzina di foto.

16

Seduto a un tavolo all'aperto da True Food, mi meravigliai di quanto fossero affollati gli Waterside Shops. Ricco di negozi di alta gamma, il centro commerciale sembrava a prova di recessione. Naples era in una bolla, ma non una destinata a scoppiare.

Frank Locastro si fece largo tra i tavoli. «Mi scusi, mi sono trattenuto al telefono con un cliente».

«Nessun problema. È molto impegnato alla Morgan Stanley?»

«Oh, assolutamente. Molti temono che il mercato sia troppo alto e, con i tassi d'interesse così elevati, tanti preferiscono rimanere liquidi».

«Dopo anni a non ricavarne nulla, i risparmiatori stanno finalmente ottenendo qualcosa».

«Sì e no. Non dimentichi che se le banche le danno il cinque percento, l'inflazione è più alta. La conclusione è che sta comunque perdendo terreno».

«Immaginavo». Presi un menu. «Mi piace la ciotola di cereali antichi».

«È quello che prendo sempre».

Ordinammo e io dissi: «Mi spieghi il lato positivo della vendita allo scoperto di un titolo».

«Non è un campo in cui vuole cimentarsi, Beck».

«Non è una cosa che intendo fare. Sto valutando se accettare un caso e ho bisogno di capire tutti i punti di vista. Quindi, qual è il lato positivo?»

«La vendita allo scoperto gioca un ruolo importante nell'efficienza dei mercati. Facilita i mercati secondari, migliora la scoperta del prezzo e ha un impatto sulla corporate governance».

«Scoperta del prezzo?»

«Il prezzo di un'azione. Lo abbiamo visto più e più volte, come con la corsa all'energia verde e ai veicoli elettrici, in particolare. La gente ci si butta a capofitto, ma a parte Tesla, nessuno è vicino a realizzare profitti. Queste aziende vengono scambiate a valutazioni non realistiche, bruciando liquidità, e i venditori allo scoperto possono avere l'effetto di riportarle con i piedi per terra».

«Sottolineando come non faranno mai il tipo di soldi necessario a sostenere il prezzo dell'azione?»

«In un certo senso, sì».

«E la questione della corporate governance. Me la spieghi».

«Beh, quando il prezzo delle azioni di un'azienda è alto, può mascherare la situazione sottostante. La dirigenza non sente la pressione di dover fare qualcosa per risolvere i problemi dell'impresa. Quando gli *shorter* attaccano, la dirigenza è costretta ad agire».

La cameriera ci portò le nostre ciotole. Frank disse: «Se vent'anni fa mi avesse detto che avrei mangiato una cosa del genere, le avrei dato del pazzo».

Presi una forchettata di quinoa. «Lo stesso vale per me. Ma è buona».

Mentre Frank iniziava a mangiare, dissi: «Quindi i venditori allo scoperto hanno un ruolo?»

«Sì. Hanno una pessima fama, ma quelli bravi hanno una loro utilità. Fanno ricerche approfondite sulle aziende, e sono analisi preziose».

«Chi sono quelli bravi?»

«John Paulson, ha guadagnato venti miliardi quando ha capito com'era veramente il mercato dei mutui nel 2008. Anche Jim Chanos è bravo, insieme a Ackman e Livermore».

«E Melvin Weiss dove si colloca?»

L'alzata di occhi fu eloquente. «Ha fatto bene, ma quello che ha combinato con la South Florida Aeronautics non la raccontava giusta».

«Ho sentito dire che mentiva».

«L'azienda aveva i suoi problemi, ma ho letto il rapporto di ricerca pubblicato da Morgan Stanley. Non sono un analista, ma la loro situazione finanziaria non era così male».

«Può mandarmelo?»

———

MI COLLEGAI alla mia VPN e cercai sul sito del *Gulf Shore Life* le foto della scena della beneficenza di Naples. Toby si raggomitolò accanto alla mia sedia. Il venditore allo scoperto Weiss e sua moglie comparivano nelle foto di quattro degli eventi del mese scorso.

Lo stomaco di Toby emise un suono strano. «Tutto bene, amico?»

Si strinse ancor di più. Era passato un mese dall'ultima volta che mi aveva tenuto sveglio tutta la notte. Non aveva fatto i suoi bisogni durante la nostra solita passeggiata delle sei. L'avrei portato di nuovo fuori prima di andare a letto.

Dividendo lo schermo del monitor in due, aprii il sito dello Youth Haven e confrontai le signore del loro consiglio di amministrazione con quelle nelle foto del Gulf Shore Life. Trovai tre corrispondenze. Copiai le immagini e annotai i nomi.

Facendo ulteriori ricerche sulla moglie di Weiss, scoprii che sia lui sia lei facevano parte dei consigli di amministrazione del Guadalupe Center e del Baker Senior Center. I Baker, il cui nome campeggiava ovunque a Naples, erano a capo della cerchia filantropica della città.

Andai al sito del Guadalupe Center. La loro homepage pubblicizzava un evento di gala chiamato A Night in Morocco. La ricorrenza annuale era l'evento di punta per la raccolta fondi dell'ente di beneficenza. Non fu una sorpresa vedere i nomi di Cynthia e Melvin Weiss elencati come co-presidenti.

Weiss sembrava abbastanza simpatico, ma era certo che fosse sua moglie la mente dietro le loro donazioni. Si diceva che il patrimonio del venditore allo scoperto si aggirasse intorno ai seicento milioni di dollari. Accumulare altro denaro veniva dopo la scalata sociale e il riconoscimento personale.

Stavo per fare un'altra ricerca, quando lo stomaco di Toby brontolò. Mi allontanai dalla scrivania. «Andiamo, amico. Facciamo una passeggiata.»

Gli misi il guinzaglio e uscimmo.

Una berlina scura procedeva lentamente lungo la strada. Era l'unica macchina. Toby mi trascinò verso una cassetta della posta. Fece i suoi bisogni, io li raccolsi, sperando che questo gli calmasse lo stomaco, e tornammo indietro.

Le luci posteriori dell'auto scomparvero dietro l'angolo. Mentre mi avvicinavo al mio vialetto, un fruscio proveniente dai cespugli al confine con la casa accanto attirò la mia attenzione. Mi fermai, scrutando quella zona buia come la pece.

Toby si mise ad abbaiare. Feci un passo verso il passaggio verdeggiante e una figura vestita di nero scattò via. Mi lanciai al suo inseguimento con Toby. Portava qualcosa.

Era una pistola?

Mi fermai, e l'uomo corse a sinistra verso il campo da golf, per poi sparire nel buio. Chi era? E cosa ci faceva qui? Dopo aver avvisato la pattuglia di sicurezza, mi rintanai in casa.

Mentre Toby masticava il suo snack dentale Greenies, inserii l'allarme e mi assicurai che le porte fossero chiuse a chiave. Chiamai la guardia all'ingresso: nessuno era entrato o uscito nelle ultime due ore da nessuno dei due cancelli.

La cosa mi sorprese. Se un professionista avesse voluto entrare in una comunità recintata, quella messinscena della sicurezza non l'avrebbe di certo scoraggiato. La domanda era se fossi stato preso di mira e, in tal caso, da chi?

17

MARIO ENTRÒ CON DISINVOLTURA NELL'AREA BAR ALL'APERTO del Rusty's. Era perfettamente a suo agio, con addosso dei bermuda cargo e una collana di perline. Fece un cenno col pollice in su e si diresse verso il tavolo alto su cui ero appollaiato.

Scivolò su uno sgabello. «Ehi.»

Mentre ci salutavamo battendo il pugno, percepii l'odore acre di marijuana. Che fumare erba fosse la ragione per cui era sempre così rilassato? Sembrava essersi scrollato di dosso l'esperienza in affido.

L'unica volta che avevo visto Mario arrabbiarsi era stato quando avevamo dato la caccia al padre affidatario che ci picchiava regolarmente. Quando l'opportunità di spingere quel bastardo ubriaco nel tumultuoso oceano Atlantico era andata in fumo, si era trasformato in un mostro di rabbia che non riconoscevo.

Annusai. «Ti sei appena fatto una canna?»

«Sì, perché?»

«Non esagerare con quella roba.»

Lui sorrise, indicando il mio bicchiere di vodka. «Non esagerare con la Tito's, vecchio mio.»

Aggrottai la fronte. «Almeno io so cosa c'è in una bottiglia. Tu non hai idea di cosa ci mettano nella roba che compri. Certi spacciatori mettono il fentanil dappertutto.»

«Ti preoccupi sempre. Devi darti una calmata, amico.»

Più facile a dirsi che a farsi.

Una cameriera con la coda di cavallo si avvicinò. «Cosa posso portarvi?»

Rispose Mario: «Una bottiglia di Heineken.»

«Qualcosa da mangiare?»

Dissi: «Che ne dici di dividerci un piatto di mini panini con bacon, lattuga e pomodoro?»

«Sì, sono buoni.»

La cameriera promise di aggiungere un altro panino ai tre previsti dal piatto e se ne andò.

Abbassando la voce, chiesi: «Cosa hai scoperto sul dottore?»

Mario alzò un dito. Comparve la cameriera, che posò la bottiglia di birra di Mario prima di andarsene.

«Non ha spina dorsale.» Mario bevve un sorso e continuò: «Khan sembra un tipo a posto, ma si lascia trascinare dalla corrente.»

«Questo perché è nuovo e non è americano.»

«È più profondo di così.»

Mescolai la vodka con la cannuccia invece di dire qualcosa sul fatto che dovevo tirargli fuori le informazioni con le pinze. «In che senso?»

«Ecco a voi, ragazzi. Buon appetito.» La cameriera posò i nostri BLT e un rotolo di carta assorbente.

Mario prese un panino e diede un morso. «Amico,

questo è buono. L'unico problema è che sono troppo piccoli.» Rise.

«E Khan?»

«Indovina un po' chi gli ha fatto da sponsor per la domanda di visto?»

«L'ospedale?»

«No.» Si ficcò in bocca il resto del panino.

Contai fino a dieci mentre si puliva la bocca. «Chi ha fatto entrare Khan nel Paese?»

«Simone Jackson.»

«Mi stai prendendo per il culo?»

Prese un altro panino. «No. Khan mi ha detto che un amico di suo padre lavora al Physician Regional e che loro non si occupano più di tutta la faccenda visto-carta verde perché gli costava troppo in avvocati specializzati in immigrazione. Comunque, questo tizio è amico della Jackson. Ha parlato a Simone di Khan e le ha detto che l'ospedale lo avrebbe assunto se fosse riuscito a entrare nel Paese. La Jackson ha fatto da sponsor.»

«E ora Khan è in debito con lei.»

«Senza dubbio.»

«Che tipo di esperienza ha nella cura dei neonati?»

«Nessuna che io abbia trovato. Khan è un medico generico, sai, di medicina generale. Lavora lì solo da un paio d'anni.»

«Merda. Probabilmente aveva appena iniziato quando hanno portato il piccolo Duber. Non c'era modo che si opponesse a ciò che voleva la Jackson.»

«Probabilmente no.»

«Ha detto qualcosa su di lei?»

«Khan ha detto che la Jackson lo controlla sempre; non si fida di lui. Ah, senti questa: ha detto che non gli ha approvato le ferie per andare a trovare i suoi genitori in India. Anche se gli spettavano tre settimane, lei lo ha costretto a fare il viaggio in una sola. Voleva andare alle Risorse Umane, ma aveva paura di una sua ritorsione.»

«È da pazzi andare così lontano per una settimana. Voglio dire, il volo dura venti ore. In pratica bruci due giorni di viaggio tra andata e ritorno.»

«Questa donna sembra una bulla, e noi conosciamo bene il tipo, no?»

L'immagine dell'ultimo padre affidatario che io e Mario avevamo avuto mi inondò la mente. «È tutta una questione di insicurezza. Quello stronzo di Bryant ci metteva i piedi in testa per sentirsi migliore.»

«Avremmo dovuto farlo fuori quando ne abbiamo avuto la possibilità.»

«Non importa, ora è morto.»

«Beh, a me importa, dannazione!» Scivolò giù dallo sgabello. «Abbiamo finito? Devo andare. Mi mettono le gomme nuove al bolide.»

«Certo. Pago io. Ci sentiamo dopo.»

La rabbia mi sorprese. Mario non era così accomodante come voleva far credere, o c'era qualcos'altro che lo tormentava? Lanciai una banconota da cinquanta sul tavolo, salutai il barista con un cenno e mi affrettai dietro a Mario.

Stava uscendo in retromarcia da un parcheggio vicino al Pet Oasis Animal Hospital. Bussai sulla fiancata dell'auto e lui frenò di colpo.

«Che c'è?»

L'auto era rovente. «Ho dimenticato di dirtelo, l'altra sera stavo portando fuori Toby. Era più tardi del solito e, tornando indietro, ho visto un uomo nascosto sul fianco di casa mia.»

«Chi era?»

«Non lo so. Hai notato qualcosa di strano? Qualcosa di sospetto?»

«No. Niente.»

«Okay. Tieni gli occhi aperti.»

«Probabilmente non era niente.»

«Nascosto dietro i miei cespugli alle dieci di sera?»

«Poteva essere un ladro. Non significa che stesse prendendo di mira te.»

«Forse. Sta' attento.»

Mario annuì e sgommò in strada.

«Forse.»

«Non preoccuparti.» Si allontanò.

Fissai i suoi fanalini posteriori finché non si spensero in lontananza. Sospirai ed entrai in auto.

La rabbia di Mario mi preoccupava. Era una reazione ritardata a un'infanzia terribile o c'era qualcos'altro che lo infastidiva?

Un'idea mi venne in mente: forse Mario aveva ragione e io stavo esagerando nel pensare che qualcuno mi stesse seguendo. Eppure, la sensazione di essere messo alle strette mi tormentava. Chiunque si fosse nascosto tra i cespugli sapeva dove vivevo. Non poteva essere una coincidenza.

Scossi la testa e tornai a casa.

Un'ora dopo, mi stavo addormentando nel mio letto quando un bip mi fece sussultare. Scattai a sedere. Era il mio telefono? Dove diavolo l'avevo messo?

Un altro bip. Sussultai. Il suono veniva dalla mia scrivania. Accesi la lampada, saltai giù dal letto e controllai il mio iPhone. Nessuna notifica. Un altro bip, più forte, mi fece sobbalzare. Mi guardai intorno, con il battito cardiaco accelerato.

Un quarto bip mi fece scoprire la fonte: il telefono usa e getta che mi aveva dato Weiss.

Lo afferrai e risposi.

«Pronto.»

Silenzio.

«Chi parla?» La mia voce era roca.

«È una trappola. Cancella tutto quello che hai.» La voce filtrata era roca e innaturale.

«Chi è?»

La linea si interruppe. Fissai il telefono, poi cancellai la cronologia delle chiamate.

«Forse. Ma in ogni caso, stai all'erta.»

Mario sorrise. «Non preoccuparti, fifone.»

————

Mi INFILAI in un parcheggio lungo Cape Hickory Court. La strada senza uscita era fiancheggiata dalle auto dei bagnanti. In diagonale, dall'altra parte del trafficato Hickory Boulevard, c'era la villa in cui ero già stato. Una coppia di parcheggiatori si stava preparando nel vialetto di casa Weiss.

Con il finestrino abbassato, mi sporsi, feci uno zoom con la macchina fotografica e scattai diverse foto alla coppia che stava scendendo da una Bentley blu. La donna, con un abito bianco che le fasciava le forme, mi era familiare.

Prima che raggiungessero le scale, accostò un'Aston Martin argentata. Una donna più giovane, che indossava jeans bianchi e un top rosso, porse le chiavi al parcheggiatore. Lei e la sua passeggera, una signora magra e dai capelli grigi con la postura da marine, attesero che una Mercedes si fermasse dietro di loro.

Scattai una dozzina di foto, per lo più alle signore più anziane, mentre si formava una fila di auto per accedere all'evento di beneficenza. Mancava appena un minuto all'orario d'inizio dell'evento. Stavano forse rispettando la propensione di Weiss per la puntualità?

Dopo aver fotografato un'altra mezza dozzina di invitati, me ne andai, soddisfatto di avere delle munizioni nel caso in cui Weiss non avesse giocato pulito.

18

MENTRE LE GRIDA PROVENIENTI DA UN TAVOLO DA CRAPS SI spegnevano, un giovane si sedette accanto a Simone Jackson a un tavolo da poker. Il dealer distribuì a ogni giocatore al tavolo due carte coperte. Tutti guardarono le proprie carte, e il primo giocatore lanciò una fiche verde al centro.

Il secondo giocatore rilanciò, gettando due fiches. Il giocatore successivo passò, spingendo le proprie carte verso il dealer.

Simone Jackson era seduta per ultima. Mentre il giovane accanto a lei vedeva la puntata, diede un'altra sbirciatina alle sue carte. Seguendo l'uomo, anche lei spinse due fiches nel piatto.

Il dealer dispose cinque carte comuni coperte sul tavolo. Scrutò rapidamente i giocatori e girò le carte del flop. La prima era un re di quadri, la seconda un otto di fiori e la terza un fante di quadri.

La Jackson fece scivolare dentro le sue carte. Il giocatore più giovane fece lo stesso. Si sporse verso di lei. «Avevo delle carte orribili.»

La Jackson sbuffò. «Le mie non erano da meno. Il flop non mi ha dato niente.»

«Ci sono quasi ventimila combinazioni diverse di flop.»

«Davvero?»

Mentre i giocatori rimasti facevano le loro puntate, il giovane disse: «Diciannovemila e seicento, per essere precisi.»

«Questo numero fa sembrare la vittoria impossibile.»

«La matematica è amica di chi gioca a carte. Si tratta solo di migliorare le proprie probabilità.»

«Io tengo il conto delle figure e degli assi, sai, e poi mi baso sul mio istinto per capire se qualcuno sta bluffando. Sono piuttosto brava in questo, tutti si tradiscono in qualche modo.»

«La maggior parte sì, ma noi professionisti cerchiamo di confondere le acque di proposito.»

«Sei un professionista?»

«Sì. Lo faccio da più di otto anni. Ho iniziato all'ultimo anno di università.»

«Wow. Comunque, io sono Simone.»

«Piacere di conoscerti.» Le porse il pugno. «Io sono Carl.»

La Jackson esitò prima di battergli il pugno. Abbassò la voce. «Ti guadagni da vivere così?»

Lui annuì. «E anche bene.» Si tirò il polsino della manica. «L'unico lato negativo è che nei casinò sparano l'aria condizionata a palla.» Sorrise mentre il vincitore della mano rastrellava le sue fiches.

«Non ti ho mai visto qui prima d'ora.»

«Sono appena tornato sulla West Coast. Ho frequentato la Florida State University e sono rimasto lì dopo la laurea, ma sono cresciuto a Bonita e volevo tornare; i miei genitori vivono ancora lì.»

Il dealer sfilò le carte dal sabot, passandone due a ogni giocatore. La Jackson raccolse le sue carte coperte e le guardò. Toccò la sua pila di fiches.

Un giocatore lanciò una fiche verde e il resto del tavolo vide la puntata da venticinque dollari.

Il dealer rivelò il flop: sei di fiori, otto di quadri e nove di fiori. Il turno di puntata arrivò a Carl, che prese tre fiches. «Settantacinque.»

La Jackson diede un'altra occhiata alle sue carte e vide la puntata insieme agli altri giocatori.

Il dealer rivelò la carta del turn, un sette di quadri.

La parola passò al primo giocatore, che bussò sul tavolo di feltro. Il giocatore alla sua sinistra gettò nel piatto fiches per un valore di cinquanta dollari. Il primo giocatore si ritirò insieme alla Jackson e a un altro concorrente. Carl rilanciò a cento. Il giocatore rimasto guardò Carl e spinse altre due fiches verdi nel piatto.

Il dealer girò la carta del river, un re di quadri. L'altro giocatore gemette. Lui e Carl mostrarono le loro carte coperte. Il colore di Carl batté la scala dell'avversario e lui rastrellò le fiches.

La Jackson osservò Carl impilare le sue fiches. Aveva sei colonne. Carl le fece scivolare verso il dealer. «Cambio.»

Il dealer ridusse le pile a colonne più piccole, ognuna del valore di cento dollari, e le scambiò con dodici fiches nere da cento dollari l'una. Carl si frugò in tasca e lanciò una fiche verde al dealer.

«Grazie.»

Carl si alzò e si mise in tasca le fiches nere. Disse alla Jackson: «Buona fortuna.»

«Grazie. Spero di rivederti.»

«Torno qui dopodomani.»

«Non giochi a Texas Hold'em?»

Lui sorrise. «Esiste forse un altro gioco?» e si allontanò.

La Jackson prese le carte coperte che il dealer aveva appena distribuito. «Wow, quel tipo sa giocare.»

La puntata era di venticinque dollari. Guardò di nuovo le sue carte: un cinque di fiori e un nove di picche. Ripensò alle carte comuni, si ricordò che Carl spesso passava subito, e fece scivolare dentro le sue carte.

La Jackson doveva risparmiare i suoi soldi. Aveva bisogno di trovare un modo più intelligente di giocare se voleva uscire dai debiti. C'erano video su YouTube che decantavano sistemi infallibili, e nel corso degli anni aveva comprato una pila di libri sul poker.

Osservò le carte del flop venire scoperte: una coppia di regine e un asso. Ritirarsi subito era stata la mossa giusta. Se avesse scelto la strategia corretta e l'avesse seguita, avrebbe avuto maggiori possibilità di andarsene da vincitrice.

Mentre veniva girata la carta del river, una donna si sedette sulla sedia lasciata libera da Carl. Seguì un rapido giro di puntate. L'uomo alla sinistra della Jackson vinse con una doppia coppia: assi e regine.

Venne distribuito un altro giro di carte coperte. La Jackson sbirciò le sue mentre il dealer disponeva le carte comuni.

Il cuore della Jackson accelerò. Aveva in mano una coppia di otto. Quando toccò a lei puntare, non rilanciò, ma la donna accanto a lei alzò la posta a cinquanta dollari. Quando il giro di puntate tornò alla Jackson, lei rilanciò a settantacinque.

Tutti si ritirarono tranne la nuova giocatrice, che

rilanciò a cento. La Jackson vide la nuova puntata, rimanendo con solo tre fiches.

Il dealer girò le carte del flop: un jack di picche, un due di cuori e un otto di fiori. La signora accanto a lei puntò cento. Jackson disse: «Credito». Il dealer lanciò un'occhiata alle sue spalle. Il pit boss annuì, mostrando cinque dita.

Il dealer contò cinquecento dollari in fiches e glieli posò davanti, con un marker da firmare. Lei scarabocchiò il suo nome e mise tutte le sue fiches nel piatto. «All-in».

La donna non esitò, contando quattrocentosettantacinque dollari in fiches. Jackson trattenne il respiro mentre il dealer scopriva il turn, un sette di quadri. Guardò entrambe le giocatrici prima di rivelare il river, un secondo due di cuori.

Jackson scoprì le sue carte coperte. «Tris di otto».

La donna sorrise e mostrò una coppia di jack. «Tris di jack».

Jackson espirò. «Per stasera ho chiuso». Si alzò e guardò il dealer. «Sono in debito con Lei. Salderò la prossima volta».

Si diresse verso il parcheggio, ripromettendosi di iniziare a leggere *Harrington on Hold'em*. Aveva iniziato a leggere il libro di poker più venduto della storia tre anni prima, ma la matematica al suo interno l'aveva convinta di essere una persona che impara visivamente. Era finita in un vortice, guardando decine di video di strategia su YouTube.

Jackson entrò nel parcheggio. Frugando in cerca delle chiavi, vide il marker. I cinquecento dollari che aveva preso in prestito portavano il suo debito con il casinò a quattromilacinquecento dollari.

Erano passati solo tre mesi da quando aveva ripianato i debiti con loro. La seconda ipoteca che aveva acceso sulla casa aveva saldato gli ottantamila dollari che doveva a due casinò e i cinquantamila che aveva preso in prestito dal suo fondo pensione (401k).

Se non avesse invertito la rotta, sarebbe stata costretta a vendere la sua casa una volta andata in pensione. Sarebbe stato un ritorno ai quartieri malfamati e agli appartamenti squallidi in cui aveva vissuto da bambina. Raddrizzò le spalle, promettendosi che avrebbe fatto di tutto per evitarlo.

Due uomini uscirono dal casinò, ridendo e dandosi il cinque. Mentre scendevano dal marciapiede, Jackson li riconobbe: erano all'altro tavolo da poker. Quanto avevano vinto?

Era la seconda volta quel mese che li vedeva festeggiare. Che strategie stavano usando? Jackson uscì dal parcheggio e giurò a se stessa che avrebbe letto quel libro sul poker per un'ora prima di andare a dormire.

19

Simone Jackson attese che un autobus finisse di caricare i passeggeri. Quando il flusso di anziani si esaurì, si infilò in un parcheggio.

Jackson frugò nella borsetta e tirò fuori un foglio di carta. Leggere il libro sul poker era stato difficile, ma gli aveva dato una scorsa e aveva preso appunti.

Rilesse ciò che aveva scritto su cosa fare quando si rilancia e un altro giocatore controrilancia:

- *Quando la tua puntata viene controrilanciata, pensa a quanti giocatori sono ancora in gioco. Più alto è il numero di giocatori, più forte è la minaccia.*
- *Quali sono le pot odds? Se nel piatto ci sono mille dollari e il costo per restare in gioco è solo cento, il rapporto è dieci a uno, una situazione molto favorevole se hai una mano solida.*
- *Quanti giocatori devono ancora decidere se vedere il controrilancio o meno? Più giocatori significano più rischi.*

- *Sei all'inizio della partita? Hai abbastanza fiches per resistere alla perdita e continuare a giocare?*

Sorrise e scese dall'auto. Era un buon inizio. Non era tutto, ma sperava che per stasera sarebbe stato sufficiente per vincere.

La porta scorrevole si aprì e una folata di aria gelida la accolse. Diede un'occhiata alla cassa. Avvicinatasi a una donna che non conosceva, Jackson cambiò ottocento dollari, quasi tutto il suo stipendio, in fiches.

Se le infilò nei jeans e si diresse verso i tavoli da poker.

Una voce maschile disse: «Ehi, come stai?».

Jackson si girò. Era Carl. «Oh, ciao».

«Giochi stasera?»

«Sì, e tu?»

«Non ancora. Non ho cenato. Vado a mangiare qualcosa, vuoi venire?»

«Ho già mangiato».

«Vieni a bere qualcosa o a prendere un caffè. Possiamo parlare di poker».

«Certo».

Entrarono nell'EE-TO-LEET-KE Grill. Jackson disse: «Sai cosa significa il nome di questo ristorante?».

«No. Ma scommetto che è indiano».

«È la parola Seminole per 'accampamento'».

«Interessante». Lui sorrise e indicò la moquette. «A quanto pare, a loro piace il rosso».

«Lo so». Lei aggrottò la fronte. «È quasi accecante».

Si sedettero a un tavolo e un cameriere porse loro i menu. «Posso portarvi qualcosa da bere per cominciare?»

Carl diede un'occhiata al menu e disse: «Controfiletto, cottura media, e una tisana».

Jackson disse: «Per me solo un caffè».

Il cameriere si allontanò e Jackson commentò: «Sei stato veloce. Ci sei già stato?».

«No. Il menu aveva tre tipi di controfiletto. Probabilmente è il loro piatto migliore».

«Probabilmente hai ragione».

«Non voglio intromettermi, ma non ti consiglio di bere caffè normale quando giochi. Rende troppo nervosi e questo porta a commettere errori».

«Giusta osservazione».

«Cosa fai nella vita?»

«È così evidente che non sono una giocatrice professionista come te?»

«Non prenderla male, ma sì, lo è».

«Sono la direttrice dei Servizi di Tutela dei Minori della Contea di Collier».

«Bello. È una vocazione importante».

«Lo è. Cosa ti ha fatto capire che non sono una professionista?»

«Non spaventarti, ma ti ho osservata giocare l'altro giorno, come faccio con tutti i giocatori. Prima di sedermi a giocare, voglio farmi un'idea di chi c'è al tavolo».

Jackson annuì. «Sei un bravo giocatore. Quell'ultima mano, quando avevi colore, l'hai giocata alla perfezione. Sapevi di averlo in pugno».

«No, in realtà non lo sapevo. Sapevo che le probabilità erano a mio favore. Lui aveva una scala e io avevo il cinquanta per cento di possibilità di fare colore».

«Cinquanta per cento? Come fai a dirlo? Con quattro semi, dovrebbe essere una possibilità su quattro».

«È qui che entra in gioco il tenere traccia di ciò che è già uscito».

Il cameriere portò loro da bere. Jackson disse: «Mi scusi, ma volevo chiedere un caffè decaffeinato».

«Nessun problema, signora. Torno subito».

Carl chiese: «Da quanto tempo giochi?».

«Da molto tempo».

«Quanto spesso te ne vai da vincitrice?»

Jackson si strinse nelle spalle. «Non abbastanza spesso».

«Puoi cambiare le cose, ma dovrai rivoluzionare il tuo modo di giocare».

«Sono tutt'orecchi».

«Beh, devi iniziare con i tuoi tell».

«I miei tell? Cosa faccio?»

«Quando hai una buona mano, tocchi la tua pila di fiches».

«Davvero?»

«Sì. È un segnale inequivocabile e sabota le tue possibilità di costruire un piatto grosso da vincere. Non devi vincere ogni mano, ma quando vinci, il piatto deve essere il più grande possibile».

«Ha senso».

«Vedo che non porti lo smalto».

«Non lo metto mai».

«Bene, non fa che attirare l'attenzione sulle tue mani e su quello che ci stai facendo».

Lei annuì. «Ci sono altri tell?»

Il cameriere posò la bistecca di Carl e il caffè decaffeinato di Jackson.

Carl tagliò un pezzo di bistecca e ne controllò il colore. «La cottura è la più vicina alla media che potessi aspettarmi in un posto come questo». Si mise il pezzo in bocca e masticò. «L'altra cosa evidente che fai è quando vedi una puntata o rilanci con una mano debole».

Lei sgranò gli occhi. «Cosa faccio?»

«Fai scivolare le fiches con forza».

«Caspita, si nota così tanto?»

«Se sai cosa guardare».

«Vedi altri giocatori fare le stesse cose?»

«Solo i giocatori migliori riescono a mascherare le proprie emozioni».

Jackson annuì. «Ci lavorerò su. Forse toccherò le fiches solo quando le sposto».

«Oppure giocarci sempre. Devi solo essere costante, in modo che non si crei uno schema riconoscibile.»

«Come hai imparato a giocare così bene?»

«Ci sono voluti anni e anni.»

«Ma non avrai neanche trent'anni.»

«Ventotto. Ma ci ho messo un sacco di tempo a imparare le probabilità di vincita e di perdita delle mani e delle varie situazioni.»

«Quanto tempo?»

Carl posò le posate e frugò nella tasca posteriore dei pantaloni. Mise un mazzo di carte sul tavolo.

«Vai in giro con un mazzo di carte?»

«Almeno uno.» Tirò fuori le carte dalla scatola e le smazzò con una mano sola.

«Lo fai sembrare facile.»

«Lo è, dopo che ci hai dedicato il tempo necessario.» Aprì le carte a ventaglio con una mano, le richiuse e, con l'altra, le fece scorrere come una molla per poi ricomporle.

«Dovresti fare giochi di prestigio con le carte.»

«Potrei, ma a meno che non finisca in TV o cose simili, i soldi si fanno giocando.»

«Ah, pensi che potresti insegnarmi? Posso pagarti e non ti romperò le scatole o cose del genere.»

«Ci vorrebbe tempo, molto tempo. La maggior parte della gente non ha la costanza necessaria. Magari ha buone intenzioni, ma non tiene duro abbastanza a lungo per raccoglierne i frutti.»

«Io ce l'ho. Sono tenace da morire.»

«Allora perché non l'hai già fatto?»

«Ho intenzione di farlo adesso.»

«Perché? Che cosa è cambiato?»

Jackson si sporse in avanti. «Perché sono stufa di perdere. Ho dovuto accendere una seconda ipoteca per pagare questo posto, e sono in un buco di merda. Uno profondo.»

Carl masticò un pezzo di bistecca e la fissò. Deglutì e posò la forchetta. «Ecco, questo sì che lo chiamo un fattore motivante.»

«Mi insegnerai?»

«Ci vorrà un po', forse da un anno a diciotto mesi, forse anche di più, prima che certe cose ti entrino nel DNA quando giochi.»

«Va bene. Ci sto.»

«Ti costerà il venti percento delle tue vincite. Sarà su base netta, tenendo conto dei giorni in cui perdi. Mi paghi ogni venerdì, senza scuse né ritardi.»

«È giusto.»

«E non chiedermi di prestarti soldi. È una cosa che non faccio mai.»

«Prometto che non lo farò.»

Carl sorrise. «Perfetto, allora, mettiamoci al lavoro.»

20

CARL PAGÒ IL CONTO E SI ALZÒ. JACKSON RIMASE A FISSARE I cinquanta dollari che aveva lasciato per il cameriere, poi lo seguì nel casinò. Tra i bip e i trilli delle macchinette, Carl disse: «Giocare alle slot è come comprare un biglietto della lotteria. So che c'è gente che ci passa la giornata, ma hanno tassi di RTP pessimi».

«RTP? Che cos'è?»

«Sta per *Return to Player*, ritorno al giocatore. La maggior parte delle slot ha una resa dall'ottanta al novanta per cento. Per ogni cento dollari che inserisci nella macchina, te ne restituisce solo da ottanta a novanta».

«Qual è il gioco con la resa migliore?»

«Blackjack, baccarat e craps si aggirano tutti intorno al novantanove per cento, a seconda della strategia».

«E il Texas Hold'em? Qual è il suo RTP?»

«Il poker è diverso, giochi contro altri giocatori, non contro il banco. Il banco prende una rake da ogni piatto, ma non è un grosso problema. Se giochi d'astuzia, puoi vincere».

Carl si fermò a circa mezza lunghezza di una macchinetta da un tavolo da poker. «Adesso osserveremo questo tavolo. Voglio che tu studi quello che fa ogni giocatore e lo metta in relazione con la mano che ha e con le sue puntate».

«Okay. Terrò d'occhio il loro linguaggio del corpo».

«Esatto. Osserverò il gioco per quindici o venti minuti prima di decidere se sedermi o no. Non voglio che tu giochi, tieni solo gli occhi aperti. E anche le orecchie; alcuni giocatori usano la bocca per intimidire e distrarre».

«Lo farò».

«Osservare ti insegna come giocano i giocatori, e ci sono sempre delle somiglianze nelle cose che facciamo noi esseri umani. Ti insegna anche la pazienza, che non ha prezzo. Non essere così ansiosa di sederti a giocare. È fondamentale capire chi partecipa alla partita in cui ti stai per inserire e come vengono giocate le carte».

«Come fai a ricordare tutte le carte? E quelle che hanno in mano? Non le vedi».

«Manteniamoci sul semplice per ora. Potremo arrivare a conoscere le probabilità esatte quando terremo traccia di quali carte sono state giocate. Per adesso, lavoreremo con gli out. Sai cosa sono gli out nel poker?»

«Probabilmente dovrei, ma...»

«Non fa niente. Gli out sono le carte che possono migliorare la tua mano. Diciamo che hai due carte di fiori in mano e sul flop ce ne sono due dello stesso seme. Te ne serve un'altra per fare colore. Dato che sappiamo che ci sono tredici carte di fiori in un mazzo, ne restano altre nove, chiamate out».

«Certo, questo lo so».

«Bene. Questo è il primo passo per calcolare la probabilità di vittoria, chiamata *equity*, nel poker». Carl indicò un punto sulla parete lontano dal trambusto. «Andiamo a parlare là».

Si appoggiò al muro. «Ora, c'è un sacco di matematica dietro al calcolo delle probabilità. Cerca di seguirmi, la farò semplice. Nell'esempio di cui parlavamo prima, tu hai due fiori e ce ne sono due tra le carte comuni. Ci sono cinquantadue carte in un mazzo e noi possiamo vederne solo cinque: le tue due carte coperte e le tre del flop. Questo ci lascia quarantasette carte sconosciute».

Jackson annuì.

«Dato che abbiamo nove possibilità, o out, per fare colore, il calcolo è nove diviso quarantasette. Arrotondiamo a dieci diviso cinquanta, che fa il venti per cento».

«Giusto. Dieci è un quinto di cinquanta. Quindi, venti per cento. Ho capito».

«Esatto, e non sono probabilità grandiose».

«Giusto».

«Ma devono ancora uscire due carte: il turn e il river. Diciamo che il turn non è un fiore, quindi abbiamo nove possibilità sulle quarantasei carte rimaste, che è circa il diciannove e mezzo per cento. È una probabilità un po' più alta di quella al turn. La chiave è sommare le due cose, quindi equivale all'incirca a una probabilità di vittoria di oltre il quaranta per cento prima che venga rivelata la carta del turn».

«Mmm».

«Vedo che hai gli occhi vitrei».

Jackson sbuffò e Carl disse: «So che è difficile, ed è particolarmente tosto fare i calcoli sotto la pressione del gioco. Quindi, per semplificare le cose, lavoriamo con la regola del due e del quattro».

«Semplificare mi sembra un'ottima idea».

«Rimanendo sullo stesso esempio, hai due fiori in mano e ce ne sono due sul flop, quindi ne restano nove nel mazzo. Moltiplichiamo il nove per quattro, ottenendo un trentasei per cento sul flop, e per due — nove per due — al turn, ottenendo un diciotto per cento. Puoi vedere che il totale è cinquanta-quattro per cento, più alto ma più o meno corretto rispetto a quanto abbiamo calcolato prima con tutta la matematica».

«Questa scorciatoia mi piace».

«È tutt'altro che perfetta, è solo un punto di partenza».

«Lo so, ma quella del due e del quattro è un bel trucco per aiutarti a vincere».

«Non devi vederlo come un trucco. Si tratta di usare la matematica per capire le probabilità, migliorando le tue chance di vittoria».

«Ho capito, ma sono entusiasta di essere in grado di conoscere le probabilità».

«È un piccolo passo. Ci si può guadagnare bene da vivere sulla differenza tra il quaranta e il cinquantaquattro per cento».

«Ne sono sicura».

«Inoltre, non dimenticare che l'esempio che ti ho fatto era con solo due giocatori. Diciamo che ci siete tu e altri cinque. Le probabilità sono molto diverse, perché devi tenere conto delle carte che hanno gli altri. Oltre a come giocano, bluff inclusi».

«Come faccio a...»

«Non adesso. Assimila la regola del due e del quattro e tienila a mente».

«Lo farò».

«Andiamo».

Si misero dietro a un tavolo, osservando il dealer che

distribuiva le carte ai giocatori. Dopo sei mani, Carl sussurrò: «Notato niente?»

Jackson si accigliò. «Non proprio. Cioè, la signora a destra continua a toccarsi gli occhiali, ma non riesco a vedere uno schema».

«Continua a guardare, potrebbe essere un tell».

«Vedi qualcosa?»

Carl inclinò la testa. «Diamo un'occhiata al tavolo dei dadi.»

Jackson lo seguì. «Pensavo che non giocassi a dadi.»

«E infatti non ci gioco.» Abbassò la voce. «Hai notato qualcosa in quei due tizi seduti alle estremità?»

«No. Cosa? Mi sono perso qualcosa?»

«Fanno squadra.»

«Davvero?»

«Già. Si stavano segnalando le carte coperte.»

«Stai scherzando?»

«Quando ci sono di mezzo i soldi, non si scherza.»

«Non ne avevo idea. Non stavo neanche facendo caso a una cosa del genere.»

«Quando ti siedi a un tavolo, entri in un altro mondo; tutto e tutti sono in gioco.»

«Li hai visti fare qualcosa? Cosa? Dimmi, così so a cosa devo fare attenzione.»

«Il primo tizio univa le mani a cuspide e picchiettava le punte delle dita le une contro le altre. Poi, le stringeva e tornava a unirle a cuspide e a picchiettare, contando il valore delle sue carte coperte.»

«Porca miseria. È pazzesco, ma è una buona idea, no?»

«Chi bara viene sempre scoperto. Inoltre, avere un complice aumenta il rischio di essere beccati.»

«Andiamo a guardare. Voglio vedere se riesco a capire cosa stanno facendo, ora che me l'hai fatto notare.»

21

Più guidavamo verso est, più mi sentivo rilassato. Un rapido viaggio sulla East Coast per raccogliere informazioni su Weiss mi dava anche la possibilità di passare un po' di tempo con Laura e di mantenere un basso profilo.

Laura indicò verso est. «Sembra che stia piovendo, laggiù.»

«E qui c'è il sole. Le Everglades sono così vaste che hanno un clima tutto loro.»

«Hai mai visto un alligatore su questa strada?»

«No, ma immagino che non la chiamerebbero Alligator Alley se non ci fossero alligatori. Oggigiorno, la recinzione li tiene lontani dalla strada.»

«Pensavo servisse a proteggere le pantere, per non farle finire investite.»

«Probabilmente serve a entrambi. Sai che da queste parti hanno un grosso problema con i pitoni.»

«Serpenti?»

«Sì, sono enormi.»

«Che schifo.»

«I pitoni non sono originari della zona, ma alcune persone li tenevano come animali domestici.»

«Animali domestici? È disgustoso.»

«Diventano così grandi e hanno bisogno di così tanto da mangiare che li hanno liberati nelle Everglades, e la popolazione è esplosa. Ora l'equilibrio è saltato, e la maggior parte della fauna autoctona, come conigli e volpi, è stata spazzata via.»

«Oh, no. Non possono farci niente?»

«Lo Stato paga le persone a ore e, a seconda della lunghezza, un tanto al piede, per catturarli.»

«La gente lo fa? Esce a cercarli? È così pericoloso, insomma, è una palude gigante.»

«Ho letto che ne hanno già catturati circa ventimila.»

«Oh, mio Dio. Ce ne sono così tanti?»

«Già. Quelli che catturano vengono soppressi.» Vidi il cartello per l'area di sosta. «Devi fermarti per andare in bagno?»

«No, sono a posto. Quanto manca a Miami?»

«Un'ora.»

Dirigendomi a sud sulla Interstate 95, apparve all'orizzonte lo skyline di Miami. «Stanno costruendo un sacco.»

«Non vengo qui da un paio d'anni. Sembra diversa. Un sacco di edifici fighi.»

«E un sacco di traffico.»

Svoltai su Brickell Avenue. Laura disse: «È bella, con tutti questi alberi.»

«Ti lascio in un hotel vicino al mare. Puoi usare il bagno e fare una passeggiata sul lungomare.»

«Quanto ci metterai?»

«Un'ora, al massimo. Sarò proprio laggiù, al Mandarin

Oriental.» Indicai un piccolo ponte che portava a un'isola chiamata Brickell Key.

«Che bel posto per viverci. Scommetto che è bello e tranquillo, e sei a due passi da tutto.»

«Immagino di sì. A dopo.»

La hostess mi accompagnò a un tavolo all'ombra. Conner Pell si alzò, abbottonandosi la giacca sportiva color tan. Mancava solo il papillon. «Signor Beck.» Allungò una mano coperta di macchie senili.

«Piacere di conoscerla, signor Pell.»

«Altrettanto. La prego, mi chiami Conner. Si sieda, si sieda.»

«È un posto splendido.»

«Lo è. Bella vista, e tira sempre una brezza leggera.»

«La ringrazio per aver accettato di vedermi.»

«Un amico di Ray è sempre il benvenuto. Suo padre e io abbiamo lavorato insieme alle grida della borsa, molto tempo fa. Siamo cresciuti insieme.»

«La Borsa di New York?»

«Sì. A quei tempi la sala era, per usare un eufemismo, un caos. Niente computer, tutto era fatto a mano e le relazioni contavano.»

«Ho visto delle foto della sala delle contrattazioni, gente che urlava e sventolava fogli.»

«Era così che si incontravano compratori e venditori. Non era il mercato più efficiente, ma neanche le negoziazioni ad alta frequenza sono questo granché. Potremmo usare di più l'elemento umano. Dia un'occhiata al menù. Io lo conosco a memoria.»

Gli diedi un'occhiata. «Solo un'insalata per me.»

Si avvicinò una cameriera sorridente. «Siamo pronti, signori?»

«Sì. Il mio solito, Leslie.»

«Certamente. E per Lei, signore?»

«La Farmer's Salad.»

«Eccellente.»

La musica proveniente da uno yacht si fece più forte man mano che l'imbarcazione si avvicinava. Pell disse: «C'è un nuovo tipo di gente in città. Temo che la Miami in cui mi sono ritirato sia persa per sempre.»

«L'unica costante è il cambiamento. C'è un detto che mi piace, potrebbe essere di Marco Aurelio: il destino di ogni cosa è cambiare, trasformarsi, perire. Affinché possano nascere cose nuove.»

«Non sono mai state pronunciate parole più vere.» Sorrise. «Il problema è che io mi sto avvicinando alla parte del perire.»

«Lei ha un aspetto fantastico.»

«Mi sento bene, rimango in movimento e mi tengo impegnato. È l'unica difesa contro l'invecchiamento che sembra funzionare.»

La cameriera servì a Pell un uovo in camicia con toast all'avocado, e a me l'insalata.

Era in forma. Gli avrei dato ottantacinque anni. «Forse è l'avocado.»

Ridacchiò e si infilò il tovagliolo nel colletto della camicia. «Ray mi ha aggiornato, e spero di poterle essere d'aiuto. A cosa è interessato nello specifico?»

«Ancora una volta, apprezzo questa opportunità, e non vorrei metterla in una posizione scomoda per via di qualsiasi informazione confidenziale di cui potrebbe essere a conoscenza.»

Infilzò un pezzo di toast con la forchetta, lo portò alla bocca e annuì.

«Durante il periodo in cui Lei ha servito nella Securities and Exchange Commission, furono fatte delle accuse riguardo a Melvin Weiss. Se lo ricorda?»

«Vividamente. Il signor Weiss stava appena emergendo. Aveva avuto un paio di successi minori, ma era prima della vendita allo scoperto che lo rese famoso. Subito dopo che fui invitato a unirmi alla SEC, la commissione ricevette una chiamata che denunciava un'irregolarità che aveva portato a una pesante attività di vendita allo scoperto sulla Star Enterprises, un'entità di dispositivi medici specializzata in protesi articolari.»

«Quali erano le accuse?»

«Il prezzo delle azioni della Star era salito sulla scia delle sue protesi d'anca in titanio. Era un progresso che avrebbe esteso la vita della protesi.»

«Non usano più il titanio, vero?»

«Per fortuna non ho subito alcuna sostituzione, ma credo che sia una combinazione di ceramica e una plastica speciale, chiamata polietilene.» Spostò il pranzo, mangiato a metà, di qualche centimetro verso il centro del tavolo.

Forse mangiare poco era parte del segreto per mantenersi lucidi. «Mi scusi se la interrompo.»

«Niente affatto. Sia curioso e non si annoierà mai.» Si tolse il tovagliolo dal colletto. «Cominciarono a circolare voci secondo cui il titanio causava alti tassi di infezione. Il titolo crollò rapidamente e i venditori allo scoperto si accanirono. La Star si difese, ma la novità del materiale era accompagnata da un certo scetticismo. Un venditore allo scoperto, sulla piazza da decenni, contattò il nostro ufficio sostenendo che il signor Weiss lo avesse contattato per chiedergli di unirsi a lui nell'assalto alla Star. Quando gli chiese delle prove, il signor Weiss rispose che era troppo presto perché i dati sulle infezioni emergessero.»

«Quindi come faceva a saperlo?»

«Potrebbe essere iniziata come un'intuizione, ma alla fine era tutta un'invenzione. La Star fornì una mole di dati che dimostravano come l'uso del titanio non avesse alcun effetto. Anzi, i dati mostravano che i tassi di infezione erano leggermente diminuiti.»

«Weiss ha mentito?»

«Sono riluttante a definirla in questo modo. Forse credeva che sarebbe successo, dato che delle scanalature microscopiche forniscono un luogo in cui i batteri possono eventualmente svilupparsi, ma sta di fatto che non esistevano dati a sostegno dell'attacco alla Star.»

«Cosa fece la SEC?»

Lui scosse la testa. «Niente. Eravamo senza presidente e avevamo un altro posto vacante nel consiglio in attesa della conferma del Senato. All'epoca, il comitato era oberato. Io volevo andare a fondo della questione, ma in qualità di nuovo membro, la mia voce fu, diciamo, messa a tacere dal presidente facente funzione.»

«Secondo lei cosa si sarebbe dovuto fare?»

«A mio parere, avevamo prove sufficienti per interdire a vita il signor Weiss dal settore dei valori mobiliari.»

22

Il mio amico avvocato, Larson, era seduto a un tavolo all'aperto da Pinchers, a Tin City. Tenendo gli occhi sull'acqua, gli chiesi: «Hai visto delfini?».

«Non ancora, ma la settimana scorsa c'era una coppia di lamantini proprio vicino al molo. Sono rimasti qui per tutto il tempo che ho pranzato».

Tirai fuori una sedia a sdraio marrone. «Non venivo qui da prima dell'uragano Ian».

«Sono stati colpiti duramente».

«Ho visto le foto del Kelly's Fish House. L'acqua era alta, tipo, due metri».

«Il modo in cui la comunità si è ripresa è una lezione sulla resilienza della gente del sud-ovest della Florida».

«Sì, è stato incredibile. Solo che non so quante volte potrei sopportare di essere allagato prima di andarmene».

Si avvicinò il cameriere. Larson ordinò un'insalata della casa con mahi-mahi e io chiesi un tortino di granchio.

Larson disse: «Cosa ne pensi di Ruta?».

«Se anche solo metà di quello che ha detto è vero, con gente come Kravitz a Washington, il paese è messo peggio di quanto pensassi».

«Non è più un servizio pubblico; l'hanno trasformato in una carriera. E anche redditizia. Lo sai che possono speculare in borsa? In teoria non dovrebbero usare informazioni privilegiate, ma se ci credi, come si suol dire, ho un ponte da venderti».

«È deprimente. Cosa sai di Kravitz?».

«Più di quanto vorrei».

«Davvero?».

«Volevo che parlassi con Ruta, che ti facessi un'opinione personale prima di dirti quello che so».

Le informazioni e il mio tempo erano le cose che mi spingevano, ma lasciai perdere perché rispettavo Larson. «Che storia ha?».

Lo sguardo di Larson si spostò sul cameriere che portava il nostro pranzo. Dopo che il cibo fu servito, Larson prese il condimento e lo versò sull'insalata. «Kravitz viene da una famiglia con una storia di pratiche corrotte. Suo padre era il presidente del sindacato dei metalmeccanici a New York. Ha sottratto seicentomila dollari, per quanto ne sappiano, e l'ha fatta franca. Ci sono voluti tre anni per costringerlo ad andarsene, e ora passa metà dell'anno a Destin e l'altra metà nella sua casa sulla baia a Long Beach Island. E quella serpe ha un appartamento ad Aruba».

Il tortino di granchio era buono. «Non è stato arrestato?».

Larson infilzò un pezzo di mahi-mahi. «Hanno fatto un accordo che puzza più della discarica di Staten Island. Il sindacato lo ha difeso... l'uomo che li stava derubando?

Questo la dice lunga su quanto sia profonda la corruzione in alcuni di questi sindacati».

Dissi: «Tale padre, tale figlio. Non capisco perché l'inchiesta del Congresso non abbia portato a nulla».

«È come chiedere a tua madre di sgridarti in pubblico. Si proteggono a vicenda. Ogni istituzione sulla terra fa quadrato quando uno dei suoi è nei guai».

«Capisco, ma nemmeno una censura? Una tirata d'orecchi? Come hanno fatto a farla franca senza fare nulla?».

«Usando la collaudata strategia di definire un informatore come qualcuno che fa trapelare informazioni sensibili. È particolarmente efficace quando la incartano negli» – Larson mimò le virgolette con le dita – «interessi della sicurezza nazionale».

«Hanno fatto passare Ruta per la cattiva?».

«Esatto, trasformando le tutele apparentemente offerte agli informatori in carta straccia».

«Come hanno fatto?».

«Kravitz siede nella Commissione per le Relazioni Estere. Ha sostenuto che Ruta avesse divulgato informazioni sensibili sulla sorveglianza russa, quando le mie fonti mi dicono che sia stato Kravitz o il suo capo di gabinetto».

«Ma come hanno potuto ignorare il fatto che Kravitz usasse illegalmente i fondi della campagna elettorale?».

«Prima di tutto, lo fanno tutti, non ai livelli di Kravitz, ma i politici vengono sempre beccati con le mani nel sacco. Ma in questo caso, non appena hanno invocato la sicurezza nazionale, la stampa è stata esclusa. Kravitz ha iniziato a infangare Ruta e la storia si è spostata sulla fuga di notizie prima di spegnersi».

Ingoiai l'ultimo boccone del mio pranzo e gettai il tovagliolo sul piatto. «Proviene da una famiglia ricca?».

«Dipende da quanto ha rubato suo padre».

«La sua casa ad Aqualane Shores vale circa otto milioni. Le tasse sono ventimila dollari al mese».

«E ha un appartamento nel cuore di Washington. Deve valere un paio di milioni, come minimo».

«Tutto con uno stipendio di centosettantaquattromila dollari. Sua moglie lavora?».

Larson sorrise. «Se consideri lo shopping un lavoro».

«Ho intenzione di fare un'indagine approfondita su Kravitz e mi servirebbe il tuo aiuto».

———

Io e Laura eravamo sul divano a guardare una serie su Netflix. La trama era decente, ma i sottotitoli e la pessima recitazione del cast turco la rendevano difficile da guardare.

Dissi: «Stanno esagerando da matti».

«Non è poi così male». Prese il telefono dal tavolino.

«Pensavo fossimo d'accordo, niente telefoni».

«Voglio solo vedere di quand'è. Sai, per capire se Istanbul è così oggi».

«Chissà quando l'hanno girata. I servizi di streaming stanno tirando fuori qualsiasi cosa.»

Lei continuò a digitare. «È stata fatta cinque anni fa. Pensavo fosse più vecchia. Istanbul ha un'aria antica, no?»

«Credo di sì.»

«Perché ha lasciato il bambino con quel tipo?»

«Non ha senso.»

Il cellulare squillò per la notifica di un'email in arrivo. Mi alzai. «Devo andare in bagno.» Toby si alzò e mi trotterellò dietro.

Dopo averglielo dovuto ricordare, il mio amico della

Morgan Stanley mi aveva finalmente inviato il rapporto di ricerca sulla South Florida Aeronautics, la società che Weiss aveva venduto allo scoperto. Entrai in punta di piedi nello studio e feci l'accesso al mio portatile usando la VPN.

Il rapporto era lungo dieci pagine. L'avrei letto senza che Laura se ne accorgesse. Morningstar e Morgan Stanley avevano un rating *hold* sul titolo. Non ne raccomandavano l'acquisto, ma ritenevano che il potenziale di rialzo fosse maggiore delle possibilità di ribasso.

Il mio sguardo cadde sulla sezione relativa ai rischi: *La corporate governance è un'incognita. Sebbene l'AD Whitmore abbia svolto un lavoro ammirevole, restano dei dubbi sulle competenze necessarie per competere nello spietato settore spaziale. Tale preoccupazione è esemplificata dalla loro fallimentare incursione nel settore dei viaggi con jet supersonici.*

Whitmore sostenne l'investimento, dissipando le preoccupazioni espresse dalla comunità degli investitori durante un'assemblea annuale di cinque anni fa con una presentazione appariscente. Le proiezioni si rivelarono eccessivamente ottimistiche e non tennero mai conto di un oneroso quadro normativo governativo.

L'uscita dal settore portò a svalutazioni che, col senno di poi, avrebbero dovuto essere effettuate con un'unica, sgradevole operazione.

Whitmore è un manager solido con forti capacità motivazionali. Tuttavia, il consiglio di amministrazione potrebbe voler considerare una mano più esperta per il suo viaggio nel settore spaziale-

Bussarono alla porta. Alzai lo sguardo. Era Laura. «Hai detto che andavi in bagno.»

«Sì, ci sono andato e poi mi è arrivato un messaggio di lavoro e...»

«Cinque minuti fa mi facevi la predica perché non usassi il cellulare, ed eccoti qui.»

«Ma...»

«Non sei affatto meglio dei ragazzini di dieci anni a cui insegno.» Scosse la testa e se ne andò.

Mi alzai. «Ehi, aspetta un attimo.»

23

UNA BREZZA LEGGERA SOFFIAVA DAL GOLFO. MI SFILAI LE infradito, misi i piedi sulla sabbia e mi diressi al chiosco di Cabana Dan.

«Ehi, come va?»

«Un delirio, amico.»

«Larson è al suo solito posto?»

«Sì, amico. Appena a nord del confine del Ritz.»

Schivando gruppi di adoratori del sole carichi di sedie, camminai lungo la linea degli arbusti. Avvicinandomi all'area degli sport acquatici, mi voltai verso il Golfo e vidi Larson.

Il mio avvocato e confidente si stava spruzzando la protezione solare.

«Bella giornata, eh?»

«Assolutamente.» Mi porse il flacone di protezione. «Mettine un po'.»

«Resto all'ombra.»

«Le radiazioni rimbalzano sulla sabbia. Mettitela.»

Mi chinai sotto il suo ombrellone. «Sto bene, grazie.»

«Sono arrivato alle nove e il posto era già pieno zeppo.»

Un frisbee si schiantò contro la mia sedia. Lo rilanciai mentre Larson si sdraiava su una chaise longue.

«Sei riuscito a superare la burocrazia?»

Larson sorrise. «Come il sindaco di una piccola città.»

«Ottimo. Cos'hai ottenuto?»

Sollevò un angolo della sua coperta arancione, rivelando una busta gialla. «Ecco a te.»

Aprii la linguetta ed estrassi un paio di documenti. «La dichiarazione finanziaria del membro del Congresso Kravitz. Ottimo.»

«Prego.»

«Grazie per i compiti a casa.»

———

QUANDO LA CAPSULA nella macchina da caffè Nespresso finì di gocciolare, presi il caffè e mi sedetti sulla poltrona reclinabile. Toby era sdraiato accanto alla mia poltrona mentre sorseggiavo un po' di caffè. Mi chinai, gli accarezzai la testa e iniziai a leggere.

L'Ethics in Government Act imponeva a membri, funzionari e altre figure di presentare dichiarazioni finanziarie annuali. Il problema era che, come la maggior parte delle norme governative, c'era un ampio margine di manovra per la «squadra di casa», a partire da scadenze flessibili.

La dichiarazione di Kravitz era vecchia di quasi due anni, nonostante fosse un obbligo annuale. Ciò era in linea con quanto avevo letto; oltre il sessanta per cento dei membri del Congresso era in ritardo nel dichiarare i propri redditi e beni.

C'era anche il problema che il rapporto non era una valutazione accurata della ricchezza di Kravitz, poiché la mancanza di veridicità e le omissioni in ciò che veniva dichiarato venivano raramente punite. Era il sistema di Washington: scrivere leggi che non si applicavano a chi le scriveva.

Nel documento, la casa di Kravitz a Naples era valutata due milioni di dollari. Una rapida ricerca su Zillow fissava il prezzo a quasi sei milioni. La sua proprietà a Washington si avvicinava ai due milioni.

Otto milioni in immobili con uno stipendio di centosettantaquattromila dollari? La sezione successiva della dichiarazione era un riepilogo dei valori dei suoi conti di investimento. Il valore totale di titoli e contanti era stimato a cinquecentomila.

La sezione finale, etichettata Altri Beni, elencava un trust di cui Kravitz era l'unico beneficiario. Il trust, denominato Ellie Family Trust, dichiarava un valore di seicentomila dollari in beni immobiliari.

In totale, il patrimonio netto di Kravitz superava di poco i nove milioni. Una grossa somma di denaro per il figlio di una famiglia operaia. Non aveva sposato una donna ricca; anche sua moglie proveniva da umili origini.

Aprendo il sito web dell'Ufficio del Catasto della Contea di Collier, feci una ricerca sotto il nome di Kravitz. L'unica proprietà che risultò era la sua casa. Inserii Ellie Family Trust e apparve un elenco di sei proprietà.

Controllando ciascuna delle proprietà, scoprii che tutte erano state acquisite dal trust negli ultimi otto anni. Il valore totale delle proprietà a nome del trust era di otto milioni.

A meno che Kravitz, figlio unico, non fosse il Warren Buffett del Congresso, i suoi soldi erano sporchi. Quello che aveva fatto a Ruta era spregevole, ma qualunque cosa stesse facendo per accumulare quella ricchezza era un affronto a ogni americano.

24

HO RIEMPITO LA CIOTOLA DI TOBY D'ACQUA E GLI HO DATO UN premietto. «Ci vediamo dopo, amico.»

Mi ha seguito lungo il corridoio e si è voltato quando ho inserito l'allarme. Uscendo dal vialetto, ho visto un uomo infilarsi in una berlina blu. Era parcheggiata in strada, quattro case più in là. Ho fatto retromarcia con tutta calma.

Ho svoltato a sinistra su Crayton Road e poi di nuovo a sinistra. L'auto ha continuato a seguirmi. Ho accostato e la berlina mi ha superato. Al volante c'era un uomo, che ha distolto lo sguardo mentre mi passava accanto.

Dopo aver aspettato un minuto, ho ripreso la strada per Bonita Beach. Ho svoltato su Hickory Boulevard, costeggiando il Golfo del Messico per un miglio prima di rallentare.

La casa di Weiss era ancora impressionante. Parcheggiando sul vialetto pavimentato, ho studiato la villa.

L'attenzione per i dettagli era sbalorditiva, e costosa. Uno spreco di soldi, ma almeno gli artigiani che l'avevano costruita erano stati pagati bene per i due anni che dovevano esserci voluti per finirla. Osservando le fasce di rame intrecciate intercalate in una sezione di legno scuro sopra i garage, mi sono diretto alla porta.

Chiedendomi a quanto ammontassero i costi di manutenzione, ho suonato il campanello. Ha aperto la stessa donna in uniforme. «I signori Weiss sono in biblioteca.»

Fissai il Golfo del Messico; era ipnotico.

«Signore, da questa parte.»

La seguii fino a un ascensore e dissi: «Potremmo prendere le scale.»

Mi lanciò un'occhiataccia, come se le avessi chiesto di camminare sui carboni ardenti. L'ascensore si aprì, rivelando un balcone con una vista mozzafiato. Spalancò due porte a doppio battente che davano su una stanza rettangolare e buia. Ci vollero un paio di secondi prima che i miei occhi potessero apprezzare le librerie in lucite retroilluminate che rivestivano la stanza.

Il re e la regina del castello erano seduti agli angoli opposti della stanza.

«Signora, signore, il signor Beck.»

Lo short-seller Weiss mi fece cenno di avvicinarmi. «Grazie, Rosa.»

«Le serve altro, signore?»

«No. È tutto.»

Mentre Rosa usciva, chiudendosi le porte alle spalle, Weiss disse: «Cynthia, questo è il giovanotto di cui ti ho parlato.»

L'esile signora Weiss sfoderò un sorriso studiato e si avvicinò. «Molto piacere di conoscerla.»

Secondo i dati della motorizzazione, aveva dieci anni meno del marito, ma sarebbe potuta passare per una delle sue figlie. Probabilmente, mantenerla era tanto costoso quanto mantenere la casa.

«Piacere mio, signora Weiss.»

«La prego, mi chiami Cynthia.»

«Sediamoci qui. Ha fame, Beck?»

Weiss si aggirava intorno a un tavolo pieno di vassoi di panini, frutta e verdura. Dopo un leggero bussare, un'altra donna in uniforme entrò nella stanza camminando all'indietro con un vassoio di pasticcini. Sembrava una scena di *Downton Abbey*.

«Ho già mangiato.»

«Prenda qualcosa.»

«Assaggerò un po' di frutta.»

«Bene. Cynthia, vuoi qualcosa?»

«No. E non mangiare troppo; abbiamo una prenotazione da Butcher sul presto.»

Non mi sorprese che fossero membri di uno dei circoli privati con ristorante che stavano spuntando a Naples.

«Giusto, prenderò uno di questi.» Weiss prese mezzo panino imbottito di carne e lattuga.

Infilzai un pezzo di melone e lo mangiai mentre Weiss divorava il suo panino.

«Il signor Weiss mi ha parlato della sua passione per l'equitazione.»

Il suo viso si illuminò. «Vado a cavallo da quando avevo dieci anni. Ho gareggiato in un gran numero di tornei equestri.»

«E ne ha vinti parecchi. Principalmente nel dressage, ma ha vinto anche una gara di salto a ostacoli.»

«Wow. Notevole.»

«Non gareggio più, ma il mio amore per l'equitazione, e per i cavalli in generale, non morirà mai.»

«Anche un mio amico ne è un grande appassionato. Ha una sella speciale fatta da Hermès.»

I suoi occhi si sgranarono. «La linea su misura di Hermès è magnifica. Il suo amico deve avere degli ottimi agganci, dato che credo accettino solo un paio di ordini all'anno.»

«Ha molte conoscenze.»

Melvin Weiss si alzò e indicò un angolo della stanza. «Sediamoci laggiù.»

Ci accomodammo su poltroncine club disposte intorno a un tavolino di bambù. Weiss disse: «Siamo lieti che scriverà delle nostre attività filantropiche. Forse motiverà altre anime fortunate a farsi avanti.»

Cynthia disse: «Melvin, la comunità filantropica qui è infinitamente più attiva di quanto non fosse in città.»

Aprendo il mio blocco, dissi: «Interessante. Mi dica, cosa motiva le vostre donazioni benefiche?»

Lei disse: «Abbiamo avuto la benedizione di trovarci nella posizione in cui siamo. Consideriamo nostro dovere lasciare un mondo migliore.»

Mi voltai verso Weiss. «C'è qualcosa che vorrebbe aggiungere?»

«Beh, sono d'accordo con Cynthia», sfoggiò la sua dentatura di porcellana, «tranne che sulla parte della fortuna che ci ha portati in cima alla proverbiale montagna.»

Cynthia accavallò le gambe ma non disse nulla.

«Oltre ai contributi monetari, lei è attivo in diversi consigli di amministrazione. Vorrebbe dire qualcosa su questi ruoli?»

Weiss disse: «I soldi sono importanti; senza di essi, non ci sarebbero consigli in cui sedere.»

Cynthia lo fulminò con lo sguardo e disse: «Sì, il denaro è potente, ma senza una supervisione e una visione adeguate, non sarebbe neanche lontanamente così efficace. So che è un vecchio adagio, ma credo fermamente che 'se dai un pesce a un uomo, non avrà fame per un giorno, ma se gli insegni a pescare si nutrirà per tutta la vita'.»

«Verissimo.»

«Cynthia ha ragione. Non c'è abbastanza ricchezza per tutti e, anche se ci fosse, quando si regala qualcosa non gli si dà il giusto valore. Bisogna guadagnarsela, crearla, per poterla apprezzare.»

«Melvin ha ragione, fino a un certo punto, ma che ne è di coloro che non sono in grado di cavarsela da soli? I bambini nati in circostanze disperate, tanto per fare un esempio».

«È per questo che si è interessata a Youth Haven?»

«Esattamente. Anche se io e Melvin siamo cresciuti in famiglie umili, abbiamo avuto genitori che hanno fatto del loro meglio, stabilendo delle regole, assicurandosi che facessimo i compiti e che dessimo una mano in casa. Questo, di per sé, è un dono più grande di qualsiasi somma di denaro. Ci ha dato una serie di valori secondo cui vivere».

E che valori decadenti. «Avendo perso mia madre e mio padre in giovane età, non potrei essere più d'accordo».

Cynthia trasalì. «Mi dispiace per la sua perdita prematura».

«Grazie. Da quando si occupa di Youth Haven, l'organizzazione ha ampliato la sua missione e sta aiutando più bambini bisognosi. I progressi sono incredibili. A cosa li attribuisce?»

«Come dicevamo prima, i fondi sono importanti, ma

nonostante le ingenti somme che noi e altri abbiamo donato, credo che l'impatto maggiore sia stato ottenuto aiutando a dirigere e guidare gli amministratori quotidiani».

«Sta gestendo attivamente il centro?»

«No. Niente che assomigli a una gestione quotidiana. Ma le persone che gestiscono la struttura e i suoi programmi sono benintenzionate e hanno a cuore il benessere dei bambini, solo che le loro competenze sono principalmente nel campo dei servizi sociali. Noi forniamo l'acume imprenditoriale per aumentare l'efficienza necessaria ad aiutare il maggior numero possibile di bambini in un modo che sia d'eccellenza».

«Mi è stato detto che ha contribuito a rinnovare le loro iniziative di raccolta fondi».

«Adottiamo un approccio olistico, esaminando le operazioni, le spese in conto capitale, il reclutamento e la raccolta fondi. Tutto dovrebbe essere esaminato in un'ottica di miglioramento».

«Mi piacerebbe molto saperne di più sulla raccolta fondi. Ho appena iniziato a fare volontariato al Guadalupe Center e potrebbero avere bisogno di aiuto con gli eventi di beneficenza che organizzano».

«Ben fatto. È una buona organizzazione che fa un lavoro meraviglioso».

«Ha qualche consiglio da darmi?»

«Io e Melvin presiederemo Uncorked, un evento a tema vinicolo al Mediterra. È un evento più raccolto, quindi se partecipa dovremmo avere il tempo di discutere il nostro approccio in tempo reale».

«Sarebbe fantastico. Come posso acquistare i biglietti?»

«Sarà nostro ospite».

«È molto gentile da parte vostra».

«È un piacere».

«Oh, le dispiacerebbe se venisse anche una delle donne con cui lavoro?»

«Nessun problema».

Conclusi con il venditore allo scoperto e sua moglie e me ne andai. Durante il viaggio di ritorno, chiamai una conoscente di nome Ginger. Accettò di accompagnarmi e riattaccai, soddisfatto che il mio piano stesse prendendo forma.

25

DOPO AVER AFFIDATO LA MIA AUTO AL PARCHEGGIATORE, IO E Ginger entrammo nella clubhouse del Mediterra per l'evento di beneficenza di Weiss. Il vestito rosso con la schiena scoperta di Ginger fece girare parecchie teste mentre ci avvicinavamo al tavolo del check-in. Ci diedero le palette per l'asta e un catalogo.

Dissi: «Prendiamo un bicchiere di vino prima di cercare Weiss».

Ci facemmo largo tra tre tavoli da buffet stracolmi di cibo e ci fermammo a una delle cinque postazioni dove venivano serviti vini di pregio.

Mentre ci versavano dei calici di Cabernet Sauvignon della Round Pond Estate, diedi un'occhiata alla sala. C'erano un paio di partecipanti più anziani, ma la maggior parte della gente aveva la mia età. Una folla di donne era raggruppata vicino agli articoli dell'asta silenziosa.

Presi il mio vino e feci un brindisi con Ginger. «Alla salute e alla felicità».

Una voce alle mie spalle disse: «Vuoi tutto, non è vero?».

Mi voltai. Melvin Weiss indossava una giacca sportiva blu reale e pantaloni di lino bianchi.

«Signor Weiss».

Squadrando Ginger, disse: «Melvin. Chiamami pure Melvin».

«Melvin, ti presento Ginger. Ginger, lui è Melvin Weiss, il nostro ospite di oggi».

Le prese la mano. «Grazie di essere venuta».

«È molto gentile da parte tua organizzare tutto questo».

«È un piacere».

«Mi piace la tua giacca, si abbina perfettamente ai pantaloni».

Raggiò come un bambino di dieci anni che avesse appena vinto la fiera della scienza. «C'è qualcosa che Melvin può procurarti?».

Lei abbassò la voce. «So che questo è un evento enologico, ma ci sarebbe modo di avere una vodka con ghiaccio?».

«Certo. Hai mai provato la vodka Chopin?».

«Come il compositore?».

Weiss sorrise. «Si scrive allo stesso modo, ma è una vodka di patate super premium. Ti piacerà».

«Spero non mi piaccia troppo, perché sembra costosa».

«Non preoccuparti, cara, Melvin può fornirti tutto ciò che desideri».

La sua voce salì di un'ottava. «Sei così gentile».

Weiss le mise una mano sulla parte bassa della schiena. «Vieni con Melvin, ti prenderemo da bere».

Mentre i due si confondevano tra la folla, un cameriere mi si avvicinò. «Posso riempirle di nuovo il bicchiere, signore?».

«Sono a posto, grazie. Sa dov'è Cynthia Weiss?».

Indicò un punto. «È fuori nel patio a parlare con quella giornalista di WINK».

Riconobbi la conduttrice del telegiornale delle cinque mentre si dirigeva all'interno. Con i capelli raccolti, Cynthia indossava un tailleur color bianco sporco. Incontrai il suo sguardo e lei sorrise. «Ce l'hai fatta».

Mi diede un paio di baci sulla guancia alla francese.

«Grazie ancora per avermi invitato».

«Quando vuoi. Ricordo quando ho iniziato a occuparmi di raccolta fondi. Non è stato facile e finivo per staccare assegni per ciò che serviva. Ma ho capito che se il lavoro di organizzazioni come Youth Haven deve continuare dopo che non ci saremo più, è necessario ampliare la base di sostegno».

«Sono d'accordo con te. Aumenta la consapevolezza della missione».

Scrutò oltre le mie spalle. «Esatto. Hai visto Melvin?».

«Sì, si è fermato a salutarmi, ma qualcuno l'ha portato via».

«Chi?».

«Oh, non so, non si sono presentati».

«Una donna?».

«Uhm, sono quasi sicuro che fosse una coppia».

Il suo viso si rilassò.

Dissi: «Prima che mi dimentichi, ho parlato con il mio amico Jake, quello con il contatto da Hermès. Gli ho parlato di te e indovina un po'? Ha detto che un atelier dalla Francia verrà a Naples».

«Davvero?».

«Così ha detto. Mi farà sapere quando e fisserò un appuntamento».

«Sarebbe fantastico. Grazie».

«Sono contento di poter ricambiare il favore che mi stai facendo qui».

Lei sfoderò un sorriso smagliante e disse: «Entriamo. Abbiamo messo in pratica una nuova idea e vorrei vedere come stanno andando le aste silenziose per quegli articoli».

Un tavolo, degno di una sala riunioni di un'azienda Fortune 500, era carico di cesti, cartelli e tavolette con clip per le offerte. Fece scorrere il dito lungo una lista di offerte. Chiesi: «Cosa avete fatto di diverso?».

«Stiamo provando tre tattiche diverse, anche se non sugli stessi articoli». Indicò con un dito curato un testo in rosso. «Chiediamo che le offerte vengano fatte con incrementi di cento dollari. Stiamo cercando di evitare che qualcuno vinca offrendo un dollaro in più rispetto all'offerta precedente».

«Quanto pensi che frutterà?».

«Abbiamo sessantatré articoli all'asta silenziosa e speriamo di generare quattromila dollari in più».

«Niente male».

«Abbiamo anche aggiunto tre bottiglie di vino agli articoli che sono buoni regalo per un ristorante. L'idea era di assicurarsi che un vincitore portasse a casa qualcosa. Probabilmente aggiungerà cento o duecento dollari alle loro offerte, ma è una cosa che fa sentire bene».

«Mi piace. Hai parlato di tre novità».

«Stiamo sperimentando con articoli che forniscono un valore mensile a un donatore e all'azienda che fa il regalo. Invece di un buono regalo da mille dollari per un ristorante, li abbiamo divisi in tre o quattro buoni regalo. Ricorda al vincitore l'evento e incentiva più visite al ristorante. Lo stiamo provando anche con un salone di bellezza e un dentista».

«Sembra una buona idea».

«Vedremo. Una cosa posso dirtela: testare, testare, testare».

Alzai la mia paletta. «Questa è per l'asta dal vivo?».

«Sì. Quando abbiamo iniziato a darle a tutti i presenti, la partecipazione in sala è salita alle stelle».

«La gente si sente spinta a fare un'offerta».

«Sì, e potrà sembrare brutale, ma sono venuti a un evento di beneficenza e, be', siamo qui per raccogliere fondi».

Alzai il bicchiere. «A un bel bottino stasera».

Sorridente, fece tintinnare la sua flûte contro il mio bicchiere. Il suo sorriso si spense. Seguii il suo sguardo. Ridenti, Mel e Ginger si stavano dirigendo fuori.

«Devo parlare con un membro del consiglio. Ci aggiorniamo dopo».

«Certo. Buona fortuna, e grazie ancora per avermi invitato».

Si diresse dritta verso suo marito. Mel salutò in fretta Ginger, che se ne andò sculettando verso un tavolo pieno di cibo.

Feci un giro della sala, riconoscendo cinque delle donne che avevano partecipato all'evento pomeridiano tenuto da Weiss a casa sua subito dopo la mia prima visita. Di abbigliamento femminile sapevo molto poco, ma ero sicuro che i loro abiti costassero diverse migliaia di dollari l'uno.

Un battitore d'asta con un microfono disse: «Signore e signori, posso avere la vostra attenzione, per favore?». La sala si quietò. «La parte più entusiasmante della serata inizierà tra soli quindici minuti. Prendetevi qualcosa da bere o da mangiare e accomodatevi ai vostri posti. Se non avete avuto l'opportunità di fare un'offerta per un articolo dell'asta silenziosa, non preoccupatevi, ci sarà tempo dopo l'asta dal vivo per controllare le offerte sugli splendidi pacchetti disponibili stasera. Fatemi vedere le vostre palette, per favore».

Insieme al resto dei presenti, sventolai la mia paletta.

«Fantastico. Assicuratevi di alzarle quando l'asta comincerà! Procureremo a questi bambini i fondi di cui hanno bisogno per vivere una vita produttiva. Ci vediamo tra un quarto d'ora».

Presi un foglio che descriveva gli articoli all'asta. Mentre leggevo, Mel mi si avvicinò di soppiatto. «Sa dov'è Ginger?».

«Ha dovuto andarsene».

Si sentì quasi il tonfo della sua delusione. «Così presto?».

«È una donna notevole, non trova?».

Lui sorrise. «Mi ha detto che aveva bisogno di un consiglio su un investimento che stava valutando. Stavo per darle il mio biglietto da visita quando è arrivata Cynthia. È molto suscettibile quando si tratta di altre donne».

Suscettibile, o esperta? «Lei è la persona giusta a cui chiedere un consiglio».

«Mi spiacerebbe che facesse un errore, ma non ho modo di mettermi in...»

«Vuole il suo numero?».

Soffocò il sorriso che gli stava spuntando sul viso e annuì. «Così potrei aiutarla. Perché non me lo manda per e-mail?».

26

Carl guidò Simone Jackson attraverso la sala del casinò, fermandosi brevemente a tre tavoli di Texas Hold'em prima di tornare al primo.

Disse: «Questo sembra un tavolo interessante».

Jackson chiese: «Cosa te lo fa dire?».

«Beh, mi piace la composizione: due donne, entrambe piuttosto attraenti, e tre uomini più o meno della stessa età».

«E questo cosa c'entra?».

«Ognuno è diverso, ma come specie la maggior parte degli esseri umani condivide dei tratti fondamentali: i maschi cercheranno di impressionare le femmine e gli uomini competeranno tra loro per la supremazia».

«Giocheranno in modo aggressivo?».

«Esatto. Le donne probabilmente cercheranno di approfittare di questi corteggiatori al tavolo e andranno di bluff con gli uomini».

«Davvero? Corteggiatori?».

«Lascia che mi spieghi meglio. I maschi con i soldi sono desiderabili per la maggior parte delle femmine».

Jackson sbuffò. «È così superficiale».

«Sì, ma nel corso della storia umana le donne sono state attratte dagli uomini con risorse. Un tempo significava cibo, riparo e protezione. Oggi potrebbe non essere un'attrazione altrettanto potente, ma sarebbe un errore credere che non esista più».

«Nel caso te lo fossi perso, non siamo più nell'età della pietra».

Carl sorrise. «Certo che no. Tutto quello che sto cercando di dire è che è ancora un fattore».

«Fai sembrare le donne superficiali, come se fossero solo un branco di sciocche. E gli uomini, sono perfetti o cosa?».

«I maschi possono essere altrettanto sciocchi; lo status e la stima sono potenti motivatori. E in molti casi, la cieca ricerca di diventare il gallo del pollaio porta a un comportamento irrazionale. Non prenderla sul personale, cerca di individuarlo e di approfittarne».

Jackson rimase a labbra serrate.

Carl disse: «Sei un'assistente sociale, hai studiato il comportamento. Ci sono certi tratti presenti nella maggior parte di noi. I casinò hanno potenti vantaggi: hanno soldi illimitati, tempo e sono impassibili. Pertanto, per battere il banco, devi usare tutte le informazioni a tua disposizione».

«Non è la stessa cosa».

«Non ho detto che lo fosse. Tutto quello che cerco di farti capire è che la gente fa cose stupide per ottenere ciò che vuole. E una volta che c'è più di una persona coinvolta, specialmente in un ambiente competitivo, è probabile che ci siano un sacco di, diciamo così, manovre».

«È vero che i comportamenti cambiano a seconda di chi

si ha intorno. Ricordo i casi di studio che abbiamo approfondito su questo argomento, in particolare per quanto riguarda l'uso di droghe e il reclutamento e l'attività delle gang».

«Ottima osservazione. La pressione dei pari può essere un fattore determinante. Perché non osserviamo per un po' e poi, se il tavolo sembra promettente, gioco io?».

«Ancora non vuoi che giochi io?».

«Non ancora. Quando ti siederai, vorrei che fossi più preparata».

«Come vuoi, prof». Jackson sorrise.

Si avvicinarono al tavolo. Jackson cercò di seguire lo sguardo di Carl per vedere che cosa stesse studiando. Dopo aver osservato le donne senza notare nulla, si concentrò sugli uomini.

Giocavano in modo più aggressivo, rilanciando le puntate più spesso delle donne. C'era in palio uno dei piatti più grossi e, dopo un giro di rilanci, erano rimasti solo una signora in rosso e un uomo con un pizzetto alla Brad Pitt.

Il flop e il turn erano composti da un otto di cuori, un otto di fiori, un re di fiori e un sette di quadri. Jackson suppose che uno dei giocatori avesse in mano due fiori.

Il mazziere girò il river, un due di picche. L'ultima carta comune non sembrava servire a nessuno dei due giocatori. La donna in rosso spinse avanti tre fiches nere.

L'uomo fece scivolare una piccola pila di fiches, raddoppiando la puntata. «Seicento».

La signora strinse le labbra e gettò altre tre fiches. «Vedo».

Girarono le carte coperte. La donna aveva il colore, ma l'uomo fece un full con un re e un altro otto. Si prese il piatto, dicendo: «Mi dispiace».

Le scuse potevano essere prese come chiacchiere di cortesia. Ma Carl aveva ragione? C'era una dinamica nel gioco? Voleva parlarne con Carl, ma lui disse: «Mi siedo. Tieni gli occhi aperti».

«Buona fortuna».

Carl sogghignò. «Un po' di fortuna c'entra, ma non è quella che ti fa vincere».

Si accomodò sulla sedia vuota. Carl fu il secondo giocatore a ricevere le carte coperte. Le sbirciò. Il primo giro di puntate iniziò con il giocatore alla sua sinistra. Puntò cinquanta. Toccava a Carl. Fece scivolare dentro le sue carte, in attesa di una mano migliore.

Jackson ricordò il consiglio che le aveva dato: i migliori giocatori passano il settantacinque percento delle loro mani prima del flop. Era una cosa che lei non aveva fatto e che, secondo Carl, equivaleva a contare sulla fortuna per migliorare una mano cattiva. Lui sottolineò che partire forte non solo migliorava le possibilità di vincere, ma faceva anche risparmiare soldi.

Lei era stata troppo impaziente e aveva messo in dubbio le sue scelte ogni volta che il flop le avrebbe dato una buona mano. Jackson guardò Carl gettare le carte per la quarta volta consecutiva. Non aveva speso un centesimo, e lei immaginò che fosse arrivato il momento che gli capitasse una mano vincente.

Carl rifiutò da bere mentre il mazziere distribuiva le carte coperte ai giocatori. Coprì le carte con la mano sinistra e, usando il pollice destro, le guardò.

Vide la puntata e andò a vincere un piatto che Jackson stimò di seicento. Carl si ritirò dal piatto successivo dopo il flop, ma vinse le tre mani seguenti.

Jackson notò qualcosa che faceva la signora in rosso.

Non vedeva l'ora di dirlo a Carl, ma pensò che forse l'avesse visto anche lui.

Nell'ora successiva, Carl si ritirò dalla maggior parte delle mani prima del flop. Vinse ogni mano, tranne una, che giocò fino alla fine e si ritirò da altre sei dopo il flop.

Mentre le carte venivano distribuite, Jackson contò le pile di fiches davanti a Carl; c'erano nove pile nere e due verdi. Gli stava andando bene.

Carl vide la puntata pre-flop. Il mazziere girò le carte comuni, una coppia di otto e un re. Il giocatore alla sua sinistra, che indossava un berretto da baseball, puntò cento. Il giocatore successivo rilanciò a duecento. Tutti i giocatori, tranne uno, passarono. Carl mise dentro due fiches nere.

Il mazziere rivelò il turn, un nove di quadri.

Il giocatore con il cappellino puntò trecento. Carl fece scivolare le sue fiches al centro. Anche l'uomo alla sua destra vide la puntata.

Il dealer fece una pausa prima di girare la carta del river. L'uomo alla sua destra fece check. Carl fece lo stesso e il signor Berretto da Baseball disse: «Cinquecento».

Carl spinse in avanti una piccola pila di fiches. «Rilancio a ottocento».

L'altro giocatore si ritirò e l'uomo con il berretto da baseball fece una smorfia mentre aggiungeva trecento al piatto.

Carl mostrò le sue carte e il suo avversario borbottò: «Maledizione».

Carl rastrellò il piatto e disse: «Cambio, per favore».

Il dealer gli cambiò le fiches con altre di taglio più grande. Carl lanciò una fiche nera al dealer, raccolse la vincita e disse: «Buonanotte, signori».

Si diresse verso la cassa e Jackson gli si affiancò.

«Hai giocato davvero bene».

«Grazie».

Jackson abbassò la voce e si avvicinò. «La signora in rosso, ho visto cosa ha fatto...»

«Metteva le mani in grembo quando bluffava».

«Sapevo che te ne saresti accorto».

«La gente crede che agendo con nonchalance non sembri che stia bluffando».

«Ricordo che al college dicevano che le persone si agitano quando mentono. Ma questo era diverso».

«Esatto. Ottimo lavoro a notare il tell. È esattamente quello che devi fare».

«Grazie. Però, in quell'ultima mano, hai proprio incastrato quel tizio col cappello. Come facevi a sapere di averlo battuto?»

«Sul flop sono usciti un re, un otto e un due, tutti di semi diversi. Ho pensato che o avesse un tris, forse di otto, o magari una coppia d'assi come carte coperte. E io avevo in mano un tris di re. Quando ha raddoppiato la puntata, ho capito che era un tris».

«Ma hai visto la sua puntata. Perché non hai rilanciato?»

«Volevo che pensasse che stessi inseguendo un progetto di scala o di colore e volevo anche far crescere il piatto tenendo in gioco uno degli altri giocatori».

«Solo uno è rimasto in gioco per il turn».

«E ho apprezzato il suo contributo». Carl sorrise.

«Hai intenzione di partecipare a un'altra partita stasera?»

«No. Ho guadagnato abbastanza. E poi, ho bisogno di una bella dormita; domani gioco un torneo a Miami».

«Magari potessi partecipare a uno di quelli».

«Ci arriverai. Studia e potresti essere pronta per uno. Ne

sto tenendo d'occhio uno che potrebbe fare al caso tuo. Te lo dirò quando».

«Grazie. E credimi, mi sto impegnando per migliorare».

«Studia quelle tabelle dei range di mani pre-flop e post-flop. Una volta che le avrai imparate a menadito e userai la regola del due e del quattro, allora potrai nuotare con i giocatori più esperti».

27

SQUILLÒ UNO DEI MIEI TELEFONI USA E GETTA. RICONOBBI IL numero. «Ehi, Ginger. Come va?»

«Ciao, Beck. Volevo farti sapere che mi vedo con Melvin Weiss per pranzo.»

«Ottimo. Vedi di non finire nei guai.»

Lei rise. «So badare a me stessa.»

«Certo che lo sai. Tienimi aggiornato.»

«Lo farò.»

Tirai fuori il mio cellulare normale e feci un'altra chiamata. «Cynthia, sono Beck.»

«Salve, Beck. Va tutto bene?»

«Sì. Mi scuso per il poco preavviso, ma il mio amico Jake mi ha appena comunicato che il designer di Hermès è in città, purtroppo solo per oggi. Posso farLa ricevere per una sella, se Le interessa.»

«Oggi?»

«Sì, François parte domattina per Dallas.»

«Capisco. Dove si terrebbe l'incontro?»

«Al Ritz-Carlton sulla spiaggia.»

Lei esitò e io dissi: «So che un hotel è una situazione strana, ma si senta libera di portare un amico o due, uomo o donna.»

«Vado spesso a cavallo con un'amica che vive a Port Royal e ha sempre desiderato una sella Hermès. Pensa sia possibile che abbia l'opportunità di acquistarne una?»

«Jake si lascia persuadere facilmente e, francamente, mi deve un paio di favori. Mi assicurerò che si occupi di qualunque cosa serva a Lei e alla sua amica.»

«Oh, grazie. La chiamo subito.»

«Perfetto.»

«Oh, a che ora dovremmo essere lì?»

«Ho detto loro che saremmo arrivati alle due. Le va bene?»

Lei esitò, poi disse: «Sì.»

«Bene. E se la sua amica cavallerizza non potesse venire, porti qualcun altro se questo La fa sentire più a suo agio.»

«Grazie. Credo che lo farò.»

«Ottimo, allora La aspetto nella hall dell'hotel, diciamo all'una e quarantacinque.»

«È perfetto. Grazie, Beck. Questa è una gradita sorpresa.»

───────

La hall rinnovata del Ritz aveva un'atmosfera elegante e moderna, tipica della nuova Florida. Una donna suonava del jazz al pianoforte, intrattenendo i clienti che si attardavano dopo pranzo e altri che anticipavano l'ora dell'aperitivo.

Giravano voci incontrollate su quanto avessero speso per costruire una nuova torre e modernizzare l'intero complesso, ma sembrava che l'investimento stesse dando i suoi frutti.

Telefono in mano, tenevo gli occhi puntati sull'ingresso. Cynthia e una donna che avevo visto all'evento dello Youth Haven entrarono con passo tranquillo. Inviai un messaggio e mi avvicinai alle due.

Indossavano gonne al ginocchio, Cynthia in bianco e la sua compagna in rosa, sormontate da giacche corte. Le raggiunsi appena oltre la postazione del concierge. «Salve, signore.»

Cynthia sorrise e disse: «Questa è Rebecca.»

La fronte della sua amica non si mosse mentre sorrideva. «Piacere di conoscerLa.»

Le strinsi la mano carica di gioielli. «Piacere mio. Signore, siete pronte a fare un po' di shopping?»

Rebecca disse: «Siamo nate pronte.»

«Fantastico. François ci sta aspettando di sopra.»

Cynthia disse: «Non è in una delle sale per banchetti più piccole?»

«No. Ha preso una suite nella nuova torre.»

Fece un passettino indietro. Dissi: «Mi creda, capisco se, uhm, non si sente a suo agio.» Feci un cenno verso l'area del concierge. «Chiederemo a qualcuno di accompagnarci.»

Lei guardò l'amica e disse: «No, è del tutto superfluo.»

«Ottimo. Andiamo.»

L'ascensore suonò e si fermò al nono piano. Seguii Cynthia Weiss e la sua amica in un corridoio ampio e moderno.

«Da questa parte, signore.»

Svoltai a sinistra, fermandomi davanti alla terza porta. Le donne si tennero a distanza. Sorrisi e bussai.

La porta si spalancò. A Cynthia cadde la mandibola.

Melvin Weiss, in un accappatoio di spugna bianco, guardò prima noi e poi gli altri.

Dall'interno, la voce di Ginger arrivò fino alla porta. «Mel, è il servizio in camera?»

Cynthia disse: «Come hai potuto? Piccolo bastardo!» Lei e la sua amica si allontanarono a grandi passi.

Melvin uscì in corridoio. «Cynthia, aspetta. Non è come pensi.»

Entrai nella sontuosa stanza dal pavimento in legno. Ginger era sul balcone con vista sul Golfo del Messico. «Grazie a Dio. Un altro minuto e me ne sarei dovuta andare.»

Gettai un'occhiata a un secchiello che conteneva una bottiglia. «Com'era lo champagne?»

Lei afferrò la borsetta e si diresse verso la porta. Weiss disse: «Che diavolo sta succedendo?»

Gli passammo accanto.

«Beck, esigo di sapere! Mi hai incastrato?»

Mentre le porte dell'ascensore si aprivano, Weiss uscì in corridoio, urlando: «Ti rovinerò, bastardo!»

28

CONTROLLAI L'ORA E DISATTIVAI IL VOLUME MUTO DEL televisore. La terza pubblicità politica di fila stava volgendo al termine e ricominciò il telegiornale.

Una meteorologa era in piedi di fronte a una mappa del sud-ovest della Florida.

Quasi fastidiosa quanto le pubblicità era l'infinita copertura del meteo. Era un ciclo continuo, un'ansia per un possibile acquazzone con massime intorno ai ventotto gradi.

Dopo aver fornito le temperature attuali e future di una dozzina di località, la meteorologa promise un aggiornamento e restituì la linea al conduttore.

«E ora passiamo in diretta a una notizia inquietante da Bonita Springs Beach. A coprirla per WINK c'è Amanda Brighthouse, che si trova sul posto. Amanda?»

Il cielo dietro la reporter dai capelli biondi era di un rosso rosato.

«Grazie, Scott. Mi trovo di fronte alla villa sulla spiaggia di Melvin Weiss. Il signor Weiss e sua moglie, Cynthia, sono figure di spicco nella comunità filantropica del sud-ovest della Florida. Tuttavia, è probabile che questo cambi, dato che il ricco finanziere è stato accusato di aver filmato delle donne nei bagni di questa stessa casa.»

Lo schermo si divise a metà, con un'inquadratura della reporter accanto a quattro immagini di donne. «Come potete vedere in queste immagini raccapriccianti, le ospiti del signor Weiss sono state filmate a loro insaputa e senza il loro consenso. Abbiamo sfocato i volti per proteggere la loro privacy, ma WINK News ha parlato con due delle donne, che hanno confermato di aver partecipato di recente a un evento di beneficenza a casa Weiss.»

Le immagini delle donne furono sostituite da una di Weiss in smoking.

«Non si sa da quanto tempo venissero effettuate le registrazioni segrete né quante donne siano state riprese dalla telecamera nascosta.

«Nella giornata di oggi la polizia ha perquisito la casa di Weiss. Le nostre fonti ci dicono che non hanno trovato alcun dispositivo di registrazione. Ci è stato detto che la polizia crede che il signor Weiss abbia ricevuto una soffiata prima del blitz. L'ufficio dello sceriffo della contea di Collier ha rilasciato una dichiarazione secondo cui il signor Weiss sarà interrogato domani.

«Abbiamo chiesto al signor Weiss un commento sulle accuse, ma il suo ufficio ci ha indirizzati al suo avvocato, James Stockton. Il signor Stockton ha negato che il suo cliente fosse responsabile delle registrazioni. Ha sostenuto che si trattasse di un tentativo di screditare il signor Weiss e ha ribadito che nessun dispositivo è stato trovato durante la perquisizione.

«Quando abbiamo insistito con il signor Stockton per avere informazioni su chi stesse cercando di danneggiare la reputazione del suo cliente, Stockton ha detto che il signor Weiss aveva molti nemici. Ha proseguito dicendo che l'attività principale della società di Weiss, nota come Chernobyl, era scommettere contro le azioni di società che Weiss riteneva sopravvalutate. Il termine per tali attività di investimento è noto come vendita allo scoperto.

«Il nostro desk economico ha confermato che Chernobyl è finita nel mirino per scommesse controverse contro molte aziende, inclusa una società della nostra zona, la South Florida Aeronautics, la cui famiglia fondatrice è originaria di Naples.

«WINK News seguirà questa storia e vi fornirà aggiornamenti non appena saranno disponibili.»

Accarezzai la testa di Toby. «E si fa così, ragazzo.»

Balzando in piedi dal divano, dissi: «Andiamo, Toby, facciamo una passeggiata.»

Agganciai il guinzaglio al suo collare e uno dei miei cellulari usa e getta squillò. «Salve, signor Whitmore.»

«Salve, Beck. Ha visto il servizio su Melvin Weiss?»

«Sì, l'ho visto. Pazzesco, vero?»

«Lei non c'entra niente, vero?»

«Con cosa?»

«Con quello che faceva Weiss, filmare quelle donne.»

«Se sei malvagio, il male ti colpirà. E se sei buono, il bene verrà a te.»

«È un ammiratore dei Salmi?»

«Non proprio. Mia madre lo diceva sempre.»

«Quindi, lei non è stato coinvolto in…»

«Devo scappare. Buona giornata.»

«Oh, eccome. Stasera porto mia moglie a cena fuori, in un posto speciale, per festeggiare.»

Lanciai il telefono sul divano e uscimmo. Toby tirò il

guinzaglio e io affrettai il passo. La bella sensazione che mi aveva pervaso quando era uscita la notizia aveva già iniziato a svanire.

Cercai di trattenerla, ripercorrendo la sequenza di eventi che aveva incastrato Weiss. Non servì a niente. Perché non durava? Era perché Weiss era un bersaglio facile? La sua arrogante sicurezza mi aveva dato materiale su cui lavorare, ma sviluppare il piano su due fronti e metterlo in atto era una cosa che pochi avrebbero saputo fare.

Mentre Toby alzava una zampa vicino a un albero, riflettei se la soddisfazione si fosse dissipata perché la pena inflitta a Weiss, sebbene imbarazzante, non era fatale. Dovevo forse superare il limite che avevo giurato di non oltrepassare?

Tornato in casa, diedi un bocconcino a Toby e afferrai il telefono. Cliccai sulla notifica del *Naples Daily News* e fui reindirizzato alla loro home page. Non si poteva non notare la notizia di apertura:

«Finanziere caduto in disgrazia interrogato dalla polizia»

Melvin Weiss, di Bonita Springs Beach, è stato interrogato dall'ufficio dello sceriffo della contea di Lee in merito a delle foto che sarebbero state scattate a delle donne mentre usavano il bagno nella sua villa sulla spiaggia.

Le immagini offensive sono state fatte trapelare in forma anonima a WINK News e hanno dato il via a un'indagine. Weiss sostiene di non saperne nulla e il suo avvocato crede che sia stato incastrato. Una perquisizione del bagno in questione, un bagno per gli ospiti al primo piano, da parte degli investigatori non ha portato alla luce alcun dispositivo di registrazione.

Il signor Weiss non ha rilasciato commenti all'uscita dall'interrogatorio. Il suo legale ha rilasciato una dichiarazione in cui, tra le altre cose, si afferma che avrebbero organizzato una difesa energica per riabilitare il buon nome del suo cliente.

Lessi la riga successiva due volte: *Melvin Weiss, sessant'anni, e sua moglie, Cynthia, vivevano da dieci anni nella casa dove sono state scattate le foto. I Weiss sono stati attivi nella comunità filantropica del sud-ovest della Florida.*

I due sono sposati da trentotto anni, ma la coppia si è separata di recente e Cynthia Weiss, che ora vive nel ranch della coppia a Ocala, si è rivolta a un avvocato divorzista. Non è noto se le riprese segrete siano state la causa della rottura.

La tensione nel mio collo si allentò dopo aver capito che il dolore di Cynthia sarebbe stato probabilmente di breve durata. Che fosse il danno collaterale che era diventata a togliere il sapore della rivalsa su Weiss?

Sarebbe stata meglio senza di lui. La sua vita sociale sarebbe stata stravolta, ma l'accordo di divorzio le avrebbe garantito una vita nel lusso fino alla fine dei suoi giorni.

Nonostante l'imbarazzo, suo marito, Melvin, sarebbe rimasto smisuratamente ricco. Probabilmente si sarebbe trasferito, magari a Miami, e si sarebbe rifatto una vita. Un'immagine di lui su uno yacht nella baia di Biscayne mi balenò in mente.

Mi tornò la tensione nelle spalle. Bastava ciò che avevamo fatto a Weiss? Andava eliminato del tutto? Weiss aveva fatto del male a un sacco di persone, ma non fisicamente. E se si fosse dovuto toglierlo di mezzo, ne sarei stato in grado?

E se l'avessi fatto, quella bella sensazione che derivava dal vendicare gli altri sarebbe rimasta?

29

Io e Laura ci stavamo attardando in veranda dopo cena. Dissi: «C'è un cielo così terso. Si vedono un milione di stelle».

«Pensi che ci sia vita da qualche altra parte?»

«Intendi su un altro pianeta?»

«Sì».

«Non so, immagino sia possibile, dato che dovrebbero esserci un'infinità di sistemi solari là fuori».

«Pensi che qualsiasi forma di vita ci sia là fuori sia più avanzata di noi?»

Feci spallucce. «Chi lo sa? Magari siamo un esperimento che stanno conducendo».

«Cosa intendi?»

«A noi piace andare allo zoo o altrove a osservare gli animali; magari qualche razza aliena ci sta guardando per intrattenimento. Sai, una forma avanzata di reality show».

Sbuffò. «No, sul serio. Credi che nel corso della nostra vita riceveremo la visita degli alieni?»

Il mio telefono vibrò e mi allontanai dal tavolo. «Chi dice che non siano già stati qui?»

Tirai fuori il telefono. «È Larson. Devo rispondere».

Entrai in casa. «Ehi, Ray, che succede?»

«Ho pensato che ti avrebbe fatto piacere sapere che la CNBC manderà in onda un servizio domattina sul fondo Chernobyl di Weiss».

«Ottimo. Qual è il taglio?»

«Sembra che gli investitori istituzionali si stiano ritirando in massa. Non possono rischiare che emergano altri problemi su Weiss».

«È un colpo mortale per la sua società?»

«Gli istituzionali rappresentano circa il sessanta per cento del denaro che gestisce. Terrà duro, magari chiuderà il fondo e lo trasformerà in un family office o qualcosa del genere».

«Quindi sopravviverà e continuerà a fare quello che fa?»

«Probabilmente. Ma non credo che si arrischierà a manipolare i fatti; qualsiasi posizione prenderà d'ora in poi sarà passata al setaccio».

Sbuffai. «Non durerà, la gente passerà ad altro».

«Hai fatto un ottimo lavoro con lui. Whitmore potrebbe darci un bonus».

«Non so, forse saremmo dovuti andare oltre».

«Hai paralizzato i suoi affari e hai aperto gli occhi a sua moglie. Che altro potevi fare?»

«Non lo so, ma c'è qualcosa in Weiss che...»

«È finita. Passa oltre, devi occuparti di Jackson e Kravitz».

«Entrambi i casi stanno procedendo a meraviglia, proprio mentre parliamo».

Laura aprì la porta scorrevole ed entrò in casa.

Larson disse: «Bene, devo dire che i piani sembrano perfetti».

«Speriamo. Senti, devo scappare. Ci sentiamo dopo».

Laura disse: «Cosa voleva Ray?»

«Qualcosa riguardo a un caso».

«Quale caso?»

«Niente di che. Torniamo fuori».

«Non capisco perché non puoi parlarmi del tuo lavoro. Non è giusto. Mi fa sentire un'estranea».

«Non è vero. È solo che, sai, ci sono questioni di riservatezza e non posso proprio entrare nei dettagli».

«Va bene. Non puoi dirmi tutto. Lo capisco».

«Grazie».

Mise le mani sui suoi splendidi fianchi. «Fammene un riassunto».

«È complicato e riguarda un sacco di roba finanziaria che neanche io capisco».

«Provaci».

«Ok. C'è un tizio che fa soldi quando le azioni scendono. E non gioca pulito. Diffonde menzogne e convince altri a coalizzarsi contro l'azienda, così il titolo crolla».

«Non sembra una brava persona».

«Non lo è, tradisce anche sua moglie. E ha un ego smisurato».

«Che stronzo».

«Già. Molto pieno di sé».

«Cosa avete fatto?»

«L'abbiamo messo in imbarazzo pubblicamente, e ora è praticamente fuori dai giochi».

«Come avete fatto?»

«Questo è tutto ciò che posso dire al riguardo».

«Sua moglie sa che le è stato infedele?»

«Ci siamo assicurati che lo venisse a sapere».

Lei sorrise. «Bene. Sono contenta che non venga più presa in giro».

«Si sono già lasciati, e quel tizio ha altri problemi in arrivo».

«Cosa intendi?»

Avevo detto abbastanza. «Niente, ma perderà metà del suo patrimonio a favore della moglie, i suoi affari stanno andando a rotoli e chissà cos'altro succederà».

30

Era bello essere solo, nel mio letto, ma avevo il naso chiuso. Mi girai sul fianco destro per lasciarlo liberare, quando sentii un rumore. Mi immobilizzai. Tesi l'orecchio, ma non sentii nulla. C'era silenzio.

Toby dormiva profondamente. Mi rilassai. Non era niente.

Con il naso che si liberava, mi girai sulla schiena e mi riaddormentai.

Un solletico in fondo alla gola mi fece tossire. C'era qualcosa nell'aria. Toby balzò in piedi. Scattando a sedere, annusai l'aria: fumo!

Saltando giù dal letto, aprii il cassetto del comodino. Impugnando la Glock, dissi: «Forza, ragazzo».

Il corridoio era avvolto nella foschia. *Bip. Fiiii!* Un rilevatore di fumo scattò. Aprii la porta scorrevole che dava sul retro. «Fuori, Toby. Forza!»

Toby abbaiò, ma non si mosse. Afferrai il telefono dal bancone della cucina, un odore acre mi bruciò le narici. C'era un incendio.

Composi il 911 mentre ispezionavo la casa. Il corridoio che portava al garage era pieno di fumo.

«Forza, ragazzo.» Con un guaito, Toby mi seguì fuori mentre i rilevatori di fumo stridevano.

Le luci con sensore di movimento illuminarono il lanai. L'erba era bagnata. Girai l'angolo della casa e mi fermai. La finestra del garage lampeggiava di arancione. Una sirena in avvicinamento mi trattenne dal rientrare di corsa.

Che diavolo era successo? Era stata la macchina? Non era elettrica, non poteva essere un incendio della batteria.

«Merda, Beck! La tua casa sta andando a fuoco!»

Dave, il mio vicino, si avvicinò con una corsetta.

«Già, per ora solo il garage.»

«Amico, sei stato fortunato a svegliarti.»

«Sono sensibile al fumo. Non ne ho sentito l'odore, ma qualcosa mi ha fatto tossire.»

Dave accarezzò la testa di Toby. «Scommetto che ti avrebbe svegliato lui, se non l'avessi fatto tu.»

«Probabile. Fammi un favore, tienilo con te finché non è tutto finito.»

«Certo.»

Suonando il clacson, un'autopompa rallentò fino a fermarsi. Cinque pompieri saltarono giù dal camion. «State indietro!»

Ci vollero un paio di minuti per domare l'incendio. Il capitano della squadra mi scortò in casa dalla porta d'ingresso. Pozze d'acqua si erano raccolte sul pavimento della cucina. Le pareti del corridoio verso il garage erano fradice e imbrattate dai resti neri del fumo.

Ero grato che la casa fosse stata risparmiata, ma l'acqua aveva fatto più danni del fuoco. «Siete arrivati giusto in tempo.»

«C'è un motivo se il regolamento edilizio prevede che le porte d'ingresso dal garage debbano essere piene. Altrimenti, avrebbe perso la casa.»

Sbirciai nel garage. «Come è iniziato? È stata la macchina o qualcosa nel garage?»

«È stato intenzionale.»

«Incendio doloso?»

«Certo al novantanove virgola nove per cento.»

Mentre dicevo: «Ne è sicuro?», un paio di auto della polizia si fermarono dietro l'autopompa.

«Il tastierino numerico del portone del garage pendeva. Hanno torto i fili per creare un contatto. È così che sono entrati.»

La telecamera di sorveglianza che avevo installato avrebbe identificato chi aveva cercato di farmi arrosto? «Ci sarà un'indagine?»

«Assolutamente. Faremo i dovuti accertamenti e poi vedremo come procedere.»

«Okay.» Mi voltai e misi la mano sulla maniglia di un piccolo armadio dove si trovava l'impianto elettronico. Tutta l'attrezzatura era fradicia.

«Dovrà sostituire tutto. Non potevamo correre rischi.»

«Capisco. Senta, devo fare un paio di telefonate.»

Telefono in mano, girai intorno alla casa fino al lanai. «Mario?»

Rispose con la voce impastata dal sonno: «Che succede?»

«Qualcuno ha dato fuoco a casa mia.»

«Che cazzo? Chi è stato?»

«Non lo so ancora. Ma è meglio che tu stia attento. Potrebbe essere legato a qualcosa che abbiamo fatto.»

«Un caso?»

«È quello che penso.»

Lui sbuffò: «Una vendetta per una vendetta».

«Potrebbe essere. Non so perché mi è venuto in mente, ma pensi che possa essere stato Mallory?»

«Quello del conservificio?»

«Sì.»

Mario disse: «Sono passati anni. Nah, non può essere».

«Tu dici sempre che la miglior vendetta è quella che non si aspettano.»

«Sì, ma è passato troppo tempo. È successo tipo vent'anni fa.»

«Disse che me l'avrebbe fatta pagare, fosse stata l'ultima cosa che faceva.»

«Sì, ma ormai è un vecchio.»

«Avrà solo una cinquantina d'anni.»

«Non mi convince. Non dimenticare che la faccenda di Royal e Caden ti ha fatto finire sui giornali.»

«Quello stronzo dell'ufficio di O'Leary ha spifferato tutto. Anche se poi hanno ritrattato.»

«E Royal e la sua banda?»

«Non è rimasto molto di quei delinquenti.»

«Royal potrebbe muovere i fili dalla prigione.»

Le mie spalle si irrigidirono. «Forse.»

«Non ha niente da perdere.»

Ricordarmelo non era d'aiuto. «Dobbiamo sondare il terreno.»

Una voce chiamò: «Signor Beck?»

«Devo andare, mi cerca il capitano dei pompieri. Mi raccomando, stai all'erta.»

Andai verso il pompiere. Disse: «La polizia vuole parlarle».

———

LARSON APRÌ la porta con una maglietta della Ferrari e dei pantaloncini da ginnastica. «Stai bene?»

«Sì, grazie per avermi ospitato per la notte.»

Lo seguii in cucina. «Dov'è Toby?»

«L'ho lasciato a un vicino.»

«Che diavolo è successo?»

Posai il borsone. «Non c'è dubbio che sia stato un incendio doloso.»

«Cavolo, avrebbero potuto ucciderti.»

«Credo che fosse proprio quello l'obiettivo.»

«Qualcuno sta cercando di ucciderti?»

«A quanto pare. La polizia ha detto che le lampadine del sensore di movimento erano state svitate. Sono entrati dal tastierino del garage e hanno appiccato il fuoco vicino alla porta che dà sulla casa. Meno male che la tengo chiusa a chiave.»

«Un lavoro da professionisti?»

«Difficile da dirsi, ma hanno usato un accelerante con un mucchio di asciugamani e giornali.»

«Molti danni?»

«La mia macchina è andata, e dentro ci sono danni causati dall'acqua. Ho bisogno di una nuova porta del garage e...»

«Non importa. L'importante è che tu stia bene.»

La domanda era: per quanto tempo? «Lo so, ma dobbiamo stanare chiunque ci sia dietro.»

«A chi stai pensando?»

«A questo punto, il nostro vecchio amico Royal potrebbe essere il primo della lista. Se non è lui, potrebbe essere qualcuno a cui l'abbiamo fatta pagare... c'è una remota possibilità che sia qualcuno del passato, ma ne dubito.»

«A chi ti riferisci?»

«Quando io e Mario siamo scappati dalla casa famiglia, abbiamo fatto di tutto per sopravvivere e abbiamo trovato lavoro in un impianto di lavorazione del pesce sulla Delaware Bay.»

«Me lo ricordo. Cos'era successo, di preciso?»

«C'era questo stronzo, Bob Mallory. Era il capo ed era un gran figlio di puttana. Mi spintonava sempre, mi punzecchiava con il suo bastone e mi urlava nelle orecchie. Dicevano tutti che ce l'aveva con me, ma nessuno sapeva perché.»

«Raccontami cos'è successo.»

Scossi la testa. «Un giorno, mi stava guardando mentre aprivo le pance dei pesci che scorrevano sulla linea. Mi stava col fiato sul collo, criticandomi a destra e a manca. Quando non ne tagliavo uno alla perfezione, mi punzecchiava con quel suo maledetto bastone. Gli dissi di smetterla, e lui mi fulminò con lo sguardo. Tornai a sventrare i pesci e lui ricominciò a urlare. Gli dissi di chiudere quella cazzo di bocca e lui mi colpì, proprio qui, dove mi aveva colpito quello stronzo di padre affidatario. Persi il controllo. Mi girai di scatto e lo pugnalai con il coltello che stavo usando.»

31

IN PIEDI SUL MIO PRATO, GUARDAVO LA SQUADRA DI BONIFICA rimuovere le macerie dal garage. Era difficile credere che qualcuno avesse dato fuoco a casa mia. Mentre ero dentro.

Il mio cellulare squillò. Era Larson. «Ehi.»

«Sono arrivati?»

«Sì. Grazie per avermi fatto il favore.»

«Quando vuoi. Con tutta Fort Myers Beach in ricostruzione, tutti hanno più lavoro di quanto riescano a gestirne.»

«E i prezzi sono folli.»

«L'assicurazione coprirà la maggior parte dei costi.»

«Il perito è venuto stamattina come prima cosa.»

Una Crown Victoria blu scuro si fermò, bloccando il mio vialetto. Dissi: «Devo andare, Ray. È appena arrivato il detective Moreno.»

Ci stringemmo la mano sul marciapiede. «Che diavolo è successo qui?»

«Non lo so. Stavo dormendo e non ho sentito niente. Credo che mi abbia svegliato il fumo.»

«Il tuo cane non si è svegliato?»

«Magari potessi dormire profondamente come lui.»

«Chi non lo vorrebbe. Però, cazzo, sei stato fortunato ad alzarti.»

«Lo so. L'allarme antincendio è scattato mentre stavamo uscendo di casa, quindi mi sarei svegliato comunque.»

«Ho sentito che è stato doloso.»

«Non c'è dubbio. Sono entrati dalla tastiera del garage e hanno usato un accelerante.»

Lui scosse la testa. «Hai idea di chi ci sia dietro?»

«Non proprio.»

«Qualcuno che hai fatto incazzare?»

«Potrebbe essere. Solo che non mi viene in mente nessuno.»

«E Royal? Potrebbe essere un suo avvertimento dalla prigione.»

«L'incendio doloso non è il suo stile.»

«Ma che dici? I suoi uomini erano implicati nell'incendio del condominio a Cape Coral andato in fumo un paio di mesi prima dell'uragano Ian.»

«Me n'ero dimenticato. Ma non hanno mai arrestato nessuno per quello.»

«Royal ha sempre coperto le sue tracce, finché non l'hai fregato tu. Avrebbe senso se cercasse di vendicarsi.»

Che Royal stesse invadendo il mio territorio? «Un paio di sere fa, stavo portando fuori Toby più tardi del solito. Tornando indietro, ho visto un uomo di fianco a casa mia. È scappato prima che potessi muovermi e si è dileguato.»

«Mmm. Potrebbe aver perlustrato la zona.»

«È quello che ho pensato.»

«Farai meglio a stare attento.»

«Lo sono sempre.»

«Dirò al capitano di assicurarsi che una pattuglia passi di qui due o tre volte a notte.»

«Grazie.»

«Hai bisogno di qualcosa? Un posto dove stare?»

«No, grazie. Non vado da nessuna parte. Gli operai della bonifica hanno detto che ci vorranno dagli otto ai dieci giorni per sistemare tutto e fare i controlli.»

«E la macchina?»

«La Enterprise me ne sta portando una. Dovrebbero arrivare da un momento all'altro.»

«Va bene. Sento la squadra degli incendi dolosi e ti faccio sapere se salta fuori qualcosa da quello che hanno raccolto.»

«Grazie.»

«D'accordo, allora. Sta' attento.»

Moreno si avviò verso la sua auto e io dissi: «Ehi, grazie di essere passato a controllare, Moe.»

«A questo servono gli amici.»

Un'ora dopo, la squadra di riparazione se ne andò e io saltai sul veicolo a noleggio. Era un SUV enorme. Avevo guidato di tutto e dappertutto, ma quando salii sul Tahoe, provai una sensazione di disagio.

Era la cosa più grossa al cui volante mi fossi mai seduto. Il nervosismo era legato alle dimensioni o a dove mi stava portando?

Laura sarebbe dovuta venire a cena da me stasera. Se avessi rimandato, si sarebbe arrabbiata. Se avessi tardato a dirle cos'era successo, l'avrebbe scoperto e le cose sarebbero andate peggio.

Parcheggiai nel piazzale vicino a Rosedale Pizza e mi diressi verso Magnolia Square. Il complesso di appartamenti era stato aperto un paio d'anni prima e stava iniziando a perdere il suo lustro. Laura si era trasferita in un piccolo appartamento qualche mese prima.

Alzando lo sguardo, la vidi. Era seduta sul minuscolo terrazzo che si affacciava sulla piscina. Le mandai un messaggio: *Indovina chi sta aspettando di sotto?*

Oh, mio Dio. Sei qui? Sono al telefono con un paziente. Scendo subito.

La sua camicetta gialla era luminosa quanto il suo sorriso. «Che bella sorpresa!»

Mi avvolse con le braccia. «Hai fumato?»

«No.»

«Hai addosso un odore di posacenere.»

«È successo qualcosa a casa.»

«Cosa? Oh, no. Hai avuto un incendio?»

«Sì. In garage.»

Mi squadrò da capo a piedi. «Stai bene?»

«Sto bene.»

«E Toby?»

«Sta benissimo. La mia macchina è andata.»

«Cos'è successo?»

«Perché non ci sediamo a bordo piscina?»

Scrutò il mio viso. «Okay, ma cosa sta succedendo?»

Mi diressi verso un tavolo rotondo e aprii l'ombrellone. Ci sedemmo all'ombra e Laura disse: «Cosa non mi stai dicendo?»

«Calmati. C'è stato un incendio e va tutto bene. Tranne la mia macchina.»

Strinse le labbra. «Quando è successo?»

«Ieri notte.»

«E me lo dici solo ora?»

«Ho dovuto parlare con il perito dell'assicurazione e trovare un'impresa edile per...»

«Non potevi chiamarmi? Ci vuole solo un minuto.»

«Volevo dirtelo di persona.»

«A che ora ieri notte?»

Fui tentato di mentire, ma sapendo che un giorno mi avrebbe smascherato, dissi: «Verso l'una. Stavo dormendo e mi sono svegliato…»

Mi afferrò le mani. «Oh, mio Dio. Avresti potuto farti male o… o…»

«Va tutto bene, è andato tutto per il meglio. Come ho detto, l'auto è distrutta e il garage necessita di grandi lavori, ma a parte una piccola parte del corridoio, tutto il resto è a posto.»

«Non capisco, com'è iniziato? La batteria dell'auto?»

«No.»

«E allora cosa? Qualcosa di elettrico?»

Scossi la testa. «Il capo dei vigili del fuoco non ne è sicuro, ma pensa che possa essere doloso.»

Lei sgranò gli occhi. «Cosa? Un incendio doloso?» Ritrasse le mani. «Che sta succedendo, Beck?»

«Non ti preoccupare, sto bene.»

«Qualcuno ha cercato di dare fuoco a casa tua, con te dentro, e tu te ne esci con la tua solita tiritera del 'non preoccuparti'?»

«Va tutto bene. Davvero.»

«Mi prendi per una scema o cosa?»

Le allungai la mano, ma la ritrasse di scatto. «No. Certo che no.»

«E allora come puoi dirlo? Qualcuno ha cercato di ucciderti. Non lo capisci?»

«Non fare la drammatica.»

«E tu come lo chiami, svegliarsi nel cuore della notte con la casa in fiamme? Non c'è niente di più drammatico.»

«Non è così grave.»

Si alzò. «O mi dici cosa sta succedendo o io me ne...»

«Dai. Siediti e ti dirò quello che so.»

Con il broncio, si risedette. «Ti avverto, è meglio che non mi nasconda niente.»

Mi chinai verso di lei. «Non lo farò. Come ho detto, mi sono svegliato e ho sentito odore di fumo. Io e Toby siamo usciti e abbiamo chiamato il nove-uno-uno. Sono arrivati i vigili del fuoco e l'hanno spento. È tutto qui.»

«Ehm, e la parte dell'incendio doloso?»

«Sì, be', hanno detto che era doloso.»

«Quindi ora è sicuramente doloso e prima forse lo era?»

«Non volevo spaventarti.»

«Qualcuno ha visto la persona che l'ha appiccato?»

«No, hanno trovato un accelerante, tipo benzina, sparso per tutto il garage, e io non tengo mai benzina in giro.»

«Come sono entrati?»

Sarebbe una brava detective. «Dal tastierino numerico esterno.»

Socchiudendo gli occhi, disse: «Cosa hai fatto per spingere qualcuno a darti la caccia?»

«Non ne ho davvero idea.»

«Dai, Beck. Smettila con questi giochetti.»

«Onestamente, sto impazzendo nel tentativo di capire chi possa essere stato.»

Si appoggiò allo schienale della sedia. «Deve essere per il tuo lavoro o qualunque cosa tu faccia, giusto?»

Feci spallucce. «Forse.»

Laura si alzò. «Se non riesci a essere sincero con me, questa relazione non funzionerà.»

«Ehi, aspetta un attimo.»

«Devo andare. Ho una chiamata su Zoom per la scuola.»

32

HO PARCHEGGIATO DALL'ALTRA PARTE DELLA STRADA RISPETTO al Lowdermilk Park e ho scrutato la strada. Solo gente in infradito che trasportava sedie da spiaggia. L'edificio basso di Mario era così tipico della Florida degli anni Settanta. Sono salito di corsa per le scale di cemento e ho bussato alla sua porta.

Mario, in jeans tagliati e maglietta, ha aperto la porta. «Ehi, amico.»

Nonostante i soffitti bassi, il mio sguardo è andato dritto alla vista. Sono entrato. «Chiudi la porta.»

«Che succede?»

«Ha chiamato Larson. Ha una pista su chi ha cercato di bruciarmi vivo.»

«Chi è questo figlio di puttana?»

«Ricordi Switzer, il tizio di Punta Gorda?»

«Porca miseria. Ha dato fuoco all'auto della moglie. Non posso credere che non ci abbiamo pensato.»

«È stato rilasciato sulla parola un paio di giorni prima che dessero fuoco a casa mia.»

«Dovremmo affrontare quel bastardo. Dove abita?»

«Stai calmo. La tempistica potrebbe essere una coincidenza.»

«Non sei tu quello che dice che le coincidenze non esistono, che sono prove?»

«Per ora, tutto quello che abbiamo è il suo rilascio e il fatto che ha già appiccato incendi in passato.»

«A me basta. Che vuoi fare?»

«Ecco una sua foto. Tieni gli occhi aperti. Il detective Moreno intensificherà le pattuglie intorno a entrambe le nostre case.»

«Ma...»

«Larson verificherà con il suo contatto alla Verizon per vedere se riesce a ottenere i tabulati telefonici di Switzer senza un mandato.»

«Pensi che li otterrà?»

«Tutto ciò che vogliamo sapere è se quella notte era a North Naples.»

«Okay. Incrociamo le dita. Se è lui, lo incastriamo, quel bastardo.»

———

CON IL SOLE che si rifletteva sul cofano, la mia nuova auto era parcheggiata su un carro attrezzi a pianale. Il tempismo era perfetto. Ho chiamato Laura, che stava facendo shopping da Lululemon a Waterside Shops. L'autista ha abbassato il pianale e io l'ho indirizzato sul vialetto.

Mi ha porto una cartellina. «Devo farLe firmare i documenti.»

Ho girato intorno alla BMW. «Nessun problema.» Dopo un rapido esame dei documenti, li ho firmati. Lui mi ha dato le mie copie e io gli ho allungato una banconota da venti dollari.

«Grazie. Se ha le vecchie targhe, posso montargliele io.»

«Non si preoccupi. Ci penso io. Buona giornata.»

Ho messo i documenti sul sedile del passeggero e sono entrato a prendere la targa.

Targa in mano, sono tornato fuori. Un furgone si è fermato davanti a casa mia: l'imbianchino. Ho posato la targa e ho aspettato che scendesse.

«Salve, sto solo controllando cosa c'è da fare.»

«Non finisce oggi?»

«Non oggi. Probabilmente domani. Ho un altro lavoro da concludere a Marco. A seconda di cosa c'è da fare qui, potrei riuscire a infilarcelo domani.»

«Lo spero. Vorrei togliermi il pensiero una volta per tutte.»

«Lei, come tutti gli altri.»

L'ho portato dentro e cinque minuti dopo era di nuovo nel suo furgone.

Mi sono inginocchiato dietro la macchina. Mentre avvitavo la prima vite della targa, è arrivata Laura. È balzata fuori dal suo veicolo.

«Ehi.» Le ho dato un bacio sulla guancia.

«Wow. È una bella macchina. Il bianco è più bello di quanto pensassi.»

«Lo so, vero? Ha una sua profondità.»

«La targa pende.»

Ho alzato il cacciavite. «La stavo mettendo quando sei arrivata.»

«Meglio che lo fai subito, o potresti dimenticartene.»

«Okay. Guarda gli interni, hanno l'odore del nuovo.» Mi

sono inginocchiato mentre Laura si accomodava al posto di guida.

Ci è voluto un minuto per fissare la targa, poi ho aperto la portiera del passeggero. «Niente male, eh?»

Lei ha annuito a malapena.

«Che c'è?»

Ha raccolto il tagliando dell'assicurazione dal sedile e l'ha sollevato. «Mike?»

«Uh, sì. Il mio secondo nome è Beck.»

È scesa dall'auto. «Non c'è nessuna iniziale del secondo nome su nessuno dei documenti.»

Volevo dirle di tenere le mani a posto e di non toccare i miei documenti, ma sapevo che sarebbe stata la fine. «Forse, ma il mio secondo nome è Beckstoffer. È il nome di mio nonno.»

«E io devo scoprire per caso che il tuo vero nome è Michael?»

«Io... io... uso Beck da così tanto tempo che non ho nemmeno pensato di...»

«Smettila con le scuse, okay? È da quando ci conosciamo che mi nascondi delle cose.»

«Non è giusto.»

«Davvero?»

«Non è vero. Mi piace solo avere un po' di privacy.»

Ha sbuffato. «Non pensi di essere misterioso?»

«No. Non è che...»

«Non parli della tua famiglia, del tuo lavoro, e non usi il tuo vero nome? Come pretendi che io, o chiunque altro, mi fidi di te? Come puoi avere una relazione con qualcuno se...»

«Andiamo. Certo che puoi fidarti di me.»

«Come potrei? Quando non so niente di te.»

«Stai esagerando.»

«Dici? Non mi dici mai cosa fai veramente per vivere. Per quanto ne so, potresti essere uno spacciatore o qualcosa del genere. Con te è tutto così misterioso.»

«È ridicolo. Ti ho parlato di quel tizio di Wall Street…»

«Parlami della tua famiglia.»

«Andiamo dentro. Ti dirò tutto.»

33

Presi la mano di Laura e la condussi in casa. «Vuoi qualcosa da bere?»

«No.»

Andai al congelatore e presi una bottiglia di vodka Tito's.

«Che stai facendo? Sono solo le due.»

«Sento di aver bisogno di bere qualcosa.»

Si mise le mani sui fianchi. «Quello che stai per dirmi è così grave?»

«No. Non è quello. Andiamo a sederci in salotto.»

Buttai giù il drink e mi sedetti accanto a lei. Il calore dell'alcol si diffuse nel mio petto. «Cosa vuoi sapere?»

«Perché qualcuno ha provato a incendiarti la casa.»

«Davvero non lo so. Devi credermi.»

Si alzò. «Lo sapevo, altre stronzate.»

«Aspetta.» Le tirai la mano. «Siediti. Non lo so, ma ho un paio di idee.»

«E allora?»

Diedi un colpetto sul divano e lei si sedette.

«Pensiamo possa essere qualcuno legato al lavoro, ma non ne siamo sicuri.»

«Cosa fai veramente per vivere?»

«Aiuto la gente.»

«Come?»

«Sai, a volte il sistema giudiziario non funziona. Qualcuno subisce un torto e il sistema fa cilecca. Io cerco di rimettere le cose a posto per loro.»

Aggrottò la fronte. «O me lo dici chiaramente, o tra noi è finita.»

«Sto cercando di farlo.»

«Fammi un esempio concreto di quello che fai.»

«Ti ho parlato di quel tizio della finanza che mentiva per fare soldi.»

«Assecondami. Fammi un altro esempio.»

«Beh, avevamo un cliente la cui moglie è stata uccisa in un incidente d'auto. Il conducente era sotto l'effetto di sostanze, ma ha evitato le accuse per un vizio di forma.»

«È terribile.»

«Lo è. Non posso entrare nei dettagli; sai, firmiamo accordi di non divulgazione e tutto il resto.»

«E quindi, cosa avete fatto?»

«L'abbiamo fatto arrestare.»

«Come avete fatto?»

«Non posso entrare in questi dettagli, ma ha avuto quello che si meritava.»

«Fammi un altro esempio.»

«Okay. Vorrei poterti parlare dei casi a cui stiamo lavorando ora, ma non posso proprio.»

«Sei una specie di investigatore privato?»

«No, ma facciamo indagini e lavoriamo con le forze dell'ordine. Anzi, a volte la polizia ci chiede aiuto in situazioni complicate.»

«Sembra che tu faccia cose che loro non possono fare.»

«A volte.»

«Deve essere pericoloso.»

«Siamo molto attenti e non accettiamo tutto quello che ci capita. Siamo molto selettivi.»

«Continui a dire "noi". Oltre a Mario, chi è questo "noi"?»

«Un paio di avvocati e alcune persone nelle forze dell'ordine.»

«Quello che fai è legale?»

«Mi considero un consulente. Pago le tasse e non ho mai avuto problemi.»

«Tranne quando qualcuno ha cercato di bruciarti vivo.»

«Ogni lavoro ha i suoi rischi.»

«Ma dai. Se fai il barista, nessuno cerca di ucciderti. Perché qualcuno ce l'ha con te?»

«Potrebbe essere qualcuno che ha subìto le conseguenze di ciò che facciamo, ma non ne siamo sicuri. Abbiamo una pista su una persona e la polizia sta facendo dei controlli.»

«La polizia vi sta aiutando?»

«Sì. Lavoriamo spesso insieme.»

Si fece silenziosa.

«Questo spiega tutto?»

«È per questo che usi il tuo secondo nome?»

Esitai.

«Non inventarti una storia.»

«Tanto tempo fa, lavoravo in un impianto di lavorazione del pesce sulla Delaware Bay. Era un lavoro terribile, orari lunghi e una paga di merda, ma ero minorenne e mi servivano i soldi. Lì c'era un caposquadra che era un bastardo miserabile. Mi prese di mira dal primo giorno. Mi tormentava e mi spintonava. Sapeva che non potevo lamentarmi perché non avevo il permesso di lavoro, e un giorno si spinse troppo oltre e, uhm, sono sbottato.»

I suoi occhi si spalancarono. «L'hai ucciso?»

«No. Abbiamo litigato e l'ho picchiato piuttosto forte. Sanguinava, mi sono spaventato e sono scappato, finendo in Florida. È stato allora che ho iniziato a usare il mio secondo nome. In realtà non serviva a nascondermi, ma l'ho usato e mi è rimasto.»

«È successo nel Delaware?»

Annuii.

«Pensavo fossi del New Jersey.»

«Infatti. È complicato.»

«Sei scappato di casa?»

Tecnicamente, l'avevo fatto. «Sì.»

«Quanti anni avevi?»

«Quindici.»

Mi prese la mano. «Oh, mio Dio. Così giovane per stare da solo.»

«È andata bene. Ormai è il passato.»

«Fa bene parlarne.»

Non era vero. «Sono sopravvissuto. Molte persone attraversano ogni genere di difficoltà. Non è un grosso problema.»

«Cosa facevi a quindici anni? Non potevi guidare o altro.»

«Siamo partiti poco prima dell'inizio dell'estate e siamo andati a Wildwood. Trovammo lavoro sul lungomare.»

«Chi, "noi"?»

«Io e Mario.»

«Siete scappati insieme?»

Stavo disseppellendo fossili che non volevo riportare alla luce. «Sì.»

«Le vostre famiglie non sono venute a cercarvi?»

«Non proprio.»

«Oh. È per questo che eri così suscettibile riguardo a tua madre?»

«No. Era una madre fantastica.»

«Ne sono certa, ma perché non ha cercato di trovarti?»

Scattai in piedi. «Perché era morta. Va bene? E prima che tu me lo chieda, è morto anche mio padre.»

Le ci volle un secondo per mettere insieme i pezzi. «Eri in affidamento?»

Annuii.

«Oh, mio Dio. Cosa è successo ai tuoi genitori?»

Mi risedetti. «Mia madre è stata uccisa da un fottuto recidivo. Quel bastardo era fuori su cauzione. Mio padre non riuscì a sopportarlo e si è ammazzato con l'alcol.»

I suoi occhi si inumidirono. «È così triste. Non avevi altri parenti con cui stare?»

Scossi la testa.

«Non c'è da stupirsi che tu non voglia parlarne.» Mi prese l'altra mano. «Sai, non devi vergognarti di nulla.»

Non lo è stato. «Ho superato tutto. Non dico che sia stato facile, ma io e Mario siamo caduti in piedi.»

«Dopo aver lavorato sul lungomare del New Jersey, che cosa hai fatto? Non sei andato a scuola?»

«Ho dovuto lasciare gli studi. Ma ho compensato leggendo come un matto. Sai, si può imparare solo in due modi: da un'altra persona o da un libro.» Sorrisi. «O di questi tempi, immagino, dai video di YouTube.»

«Dove vivevate?»

«In una località di mare era facile. Io e Mario condividevamo una stanza in una pensione, dove stavano i bagnini.»

«Che schifo. Dev'essere stato disgustoso.»

«Non era male. Dopotutto, la stanza che avevamo in affido era un buco.»

«Finita l'estate, che cosa avete fatto?»

«Avevamo stretto amicizia con uno dei bagnini, un bravo ragazzo di nome Ricky. Mario gli aveva detto che eravamo in fuga, e lui si è preso cura di noi. Gli abbiamo detto che avevamo bisogno di lavorare. Suo fratello lavorava in un impianto di lavorazione del pesce sulla baia del Delaware, e Ricky ci ha sistemati, anche se eravamo minorenni.»

«È lì che hai fatto a botte e siete scappati di nuovo?»

«Sì. Siamo scesi in Florida. Lavoravamo nei campi, e ti dirò, dovrebbero far provare una cosa del genere per un paio di mesi a ogni ragazzo che vuole lasciare la scuola. È un lavoro durissimo.»

«Mi dispiace che tu ne abbia passate tante. Che...»

«Sto facendo del mio meglio per aprirmi, ma è davvero estenuante. Possiamo mettere da parte l'argomento?»

«Certo, certo.»

«Questo pomeriggio devo partecipare a una raccolta fondi per il deputato Kravitz.»

«Guarda un po', dal raccogliere arance a un evento politico. Come hai fatto a essere invitato?»

«Tramite un contatto di Larson.»

«È per lavoro?»

«Che ne dici se ci vediamo per cena?»

«Certo.»

Le diedi un bacio sulla guancia. «Passo a prenderti alle sette.»

Dopo che Laura si fu allontanata in auto, spostai il tavolino dal tappeto e arrotolai quest'ultimo. Mi inginocchiai e appoggiai le impronte digitali sulla cassaforte. *Click.* Aprii lo sportello e tirai fuori una mazzetta di banconote da cento dollari. Ne contai cinquemila, le infilai in una busta e ricoprii la cassaforte.

34

Ogni singolo posto nel parcheggio del LaPlaya Golf Club era occupato. Parcheggiai lungo il marciapiede e mi infilai nella sala da pranzo.

Il nome del deputato Kravitz, a caratteri rossi, bianchi e blu, dominava la sala circolare. Drappi degli stessi colori adornavano il tavolo delle registrazioni. Mi registrai e mi appiccicai un'etichetta con il mio nome sulla giacca sportiva.

Mi diressi verso la terrazza, dove Kravitz e un'assistente erano circondati da donatori. La donna accanto a Kravitz indossava un tailleur azzurro e un cordoncino con tesserino al collo. Era la sua capo di gabinetto.

Attesi mentre un Kravitz sorridente dispensava strette di mano alla cerchia di presenti. Il mio rilevatore di stronzate suonò forte come non mai. La sua capacità di apparire sincero si sarebbe adattata alla perfezione a Washington o a Hollywood.

Catturai lo sguardo della sua assistente e sorrisi. «Vorrei solo ringraziare velocemente il deputato».

Il suo sguardo si posò sulla mia etichetta. «Certo, signor Beck».

«Grazie».

«Oh, giusto, lei è un amico del signor Larson».

«Sì. Mi ha suggerito di conoscere il deputato».

«Molto gentile da parte sua». Sollevò un dito e sussurrò qualcosa all'orecchio di Kravitz.

Il deputato sorrise e tese la mano. «Signor Beck, è sempre un piacere conoscere un amico di Ray. Come sta?».

«Le manda i suoi saluti».

«E io ricambio. Tra i viaggi a Washington e i miei doveri legislativi, è stato difficile rimanere in contatto, ma gli dica che farò del mio meglio per fissare qualcosa in agenda».

«Gli farebbe piacere. So che è impegnato, ma volevo solo ringraziarLa per tutto quello che fa per la nostra comunità».

Ci volevano gli occhiali da sole per non rimanere accecati dal suo sorriso. «È gentile da parte sua dirlo, ma è il mio lavoro e lo prendo sul serio».

«Lo so, ed è per questo che sono felice di contribuire a farLa rimanere in carica».

«Lo apprezziamo. Quest'autunno sarà una corsa serrata».

Non sarebbe stata affatto serrata, ma non si poteva certo dirlo alla platea di donatori. «Non si preoccupi, signore, faremo in modo che mantenga la carica».

L'assistente gli picchiettò sulla spalla. «Deputato, è ora di cominciare. Cory deve scambiare due parole con Lei prima che inizi».

Kravitz disse: «Grazie a tutti. Devo dare il via».

Mentre Kravitz si dirigeva verso l'angolo, mi parai davanti alla sua assistente. «Gradirei un minuto in privato».

«Ehm, stiamo per...».

«Riguarda una donazione».

«Certo».

La seguii nell'atrio. Dando le spalle alla sala, tirai fuori una busta dalla tasca interna della giacca. «Ecco un contributo». Sollevai la linguetta, mostrandole un fascio di banconote. «Ci sono cinquemila dollari qui dentro».

Lei esitò.

«Sono della vecchia scuola. L'ho preso da mio padre; non si è mai fidato delle banche».

Diede un'occhiata in giro e prese la busta. Infilandosela nella borsetta, disse: «Grazie. Le spediremo una ricevuta».

«Non sarà necessario. Voglio solo aiutarlo a essere rieletto».

«Siamo grati per la sua generosa donazione».

«E ce n'è ancora da dove viene questa».

«Posso chiederLe di cosa si occupa?».

«Rappresento gli interessi di diverse aziende che apprezzano il lavoro che sta facendo il deputato».

«È un lobbista?».

«Si potrebbe dire così».

«Per quale studio lavora?».

Le porsi un biglietto da visita. «Sono legato alla Winter and Partners».

Corrugò la fronte. «Non li conosco. Hanno sede a Washington?».

«No, siamo una piccola azienda locale. E non si preoccupi, ci concentriamo su questioni della Florida e non lavoriamo mai per conto di un'entità o di un governo straniero».

Lei sorrise e rientrò attraverso le porte aperte. La osservai aspettare che Kravitz finisse di parlare. Gli sussurrò qualcosa all'orecchio. Annuendo, la linea dello sguardo del deputato si posò su di me. Gli feci un pollice in su e mi diressi verso la mia auto.

Lasciando la portiera aperta, misi l'aria condizionata al massimo e chiamai Larson. «Ciao, sono Beck».

«Sei ancora in spiaggia?».

«No, sono tornato a casa un'ora fa. Che succede?».

«Ho incontrato Kravitz e ho dato uno dei miei biglietti da visita della Winter Partners alla sua assistente».

«Bene. Mary sa cosa dire se chiamano».

«Non se chiamano. Vorranno fare dei controlli su di me».

«Nessun problema, è tutto sistemato».

———

C on la mente a K ravitz, appoggiai le buste da asporto sul bancone. Laura disse: «Dentro o fuori?».

«Preferirei mangiare fuori. Lasciami pulire il tavolo. Prendi i tovaglioli e le posate».

Laura tirò fuori i contenitori di polistirolo a conchiglia e me ne porse uno. «Questo è il branzino».

Infilzò un pezzo di pesce dal suo piatto. «Nemo fa la migliore insalata di dentice».

«Quel posto è sempre una garanzia».

«È un manicomio in alta stagione, ma il cibo è sempre impeccabile».

«Impeccabile come un politico che mente».

«Cosa?».

«Sto solo dicendo che ci puoi contare, come su un politico che ti propina un sacco di stronzate».

Lei scosse la testa. «Posso avere l'olio d'oliva?»

Mentre le passavo la bottiglia, mi suonò il cellulare. «Devo rispondere».

Mi spostai sul bordo della veranda. «Ehi, Moe. Che succede?»

«Non era Switzer».

Ero sicuro che fosse il tizio contro cui avevo testimoniato. «Ne sei sicuro?»

«Sì. I suoi tabulati telefonici lo danno nella contea di Lee».

«Potrebbe averlo lasciato a casa».

«Switzer si è mosso quella notte, ma non è mai entrato nella contea di Collier».

«Dannazione. Pensavo fosse lui».

«Non sembra. Altre idee?»

«Sto iniziando a pensare che possa essere qualcuno di molto tempo fa, di prima che arrivassi in Florida».

«Chi?»

«Te lo dirò quando ci vediamo. Grazie per aver controllato Switzer».

Mi voltai e Laura era in piedi dietro di me. «Chi era?»

«Il detective Moreno».

«Chi è Switzer?»

Sarebbe bravissima negli interrogatori. «Ricordi che ti ho parlato di quel caso che avevo e del tizio che pensavo potesse aver appiccato l'incendio?»

«Sì. L'uomo che aveva bruciato la macchina della sua ex».

«Già, ma non era in zona quella notte».

«Hanno rintracciato il suo cellulare?»

Dovevo stare attento con lei. Era capace di rimettere insieme i pezzi. «Sì».

«Quindi, chi pensi che sia stato, allora?»

«Non lo so».

«Hai appena detto al detective che era qualcuno di molto tempo fa».

«Possiamo finire di mangiare?»

Mise le mani sui fianchi. «Hai detto a quel poliziotto che era qualcuno che conoscevi. Chi è?»

«Non ne sono sicuro, ma potrebbe essere quel caposquadra della fabbrica del pesce dove lavoravo».

«Il tizio che hai picchiato?»

«Sì».

«Perché dovrebbe perseguitarti ora, dopo tutti questi anni?»

«Siediti».

Si sedette. Dissi: «È successo tanto tempo fa. Avevo a malapena sedici anni e avevamo appena trovato lavoro alla catena di montaggio, e il caposquadra, questo stronzo, Mallory, si approfittava di me e Mario, ma ce l'aveva con me».

«Me ne hai parlato. Non capisco, lo hai picchiato anni fa. Perché dovrebbe darti la caccia adesso?»

«Non lo so. Semplicemente non gli piaccio. Mi dava sempre il lavoro più schifoso ed era costantemente alle mie calcagna. Aveva questo bastone da passeggio o quel che era con sé, e mi punzecchiava, tipo venti volte a turno».

Socchiuse gli occhi. «Hai intenzione di dirmi cosa è successo veramente?»

«Okay, okay. Un giorno mi è stato addosso appena è partita la linea. Stavo sventrando pesci».

«Che schifo».

«Ci si abitua».

«Io non ci riuscirei».

«Beh, quel giorno era proprio dietro di me, a criticarmi

senza sosta. Mi ha punzecchiato un paio di volte e poi mi ha colpito sul lato della testa. Proprio dove ho la cicatrice, e ho semplicemente perso la testa».

«È terribile. Lo hai picchiato anche tu?»

Mi guardai le mani. «L'ho accoltellato».

«Oh mio Dio. Tu, tu hai ucciso...»

«No. No, non ho ucciso nessuno. L'ho ferito gravemente, molto gravemente. È sopravvissuto».

«Sei finito nei guai?»

«Sono scappato. Io e Mario siamo andati ad Atlanta per un po' e poi siamo venuti in Florida».

«Ed è per questo che hai iniziato a usare il tuo secondo nome?»

Sarebbe stata di grande aiuto in alcuni dei casi di cui mi occupavo. «Sì. Cioè, ad Atlanta facevo il lavapiatti con un nome falso, ma quando sono venuto qui ho usato semplicemente Beck».

«La polizia non ti sta cercando?»

«No. Mallory non ha mai sporto denuncia o altro. Voglio dire, era legittima difesa, ma non potevo correre il rischio. Lui era il capo e io ero solo un ragazzino».

«Perché pensi che sia lui?»

«Disse che me l'avrebbe fatta pagare, fosse stata l'ultima cosa che avrebbe fatto».

35

IL CELLULARE VIBRÒ SUL COMODINO. LO AFFERRAI E SALTAI
giù dal letto. Era un avviso del mio sistema di sorveglianza.
Qualcuno era alla porta d'ingresso di casa mia.

Un uomo con una felpa e il cappuccio calato stava
spiando da una finestra sul davanti. Chi era? L'immagine in
bianco e nero era sgranata. L'uomo si spostò sul lato della
casa e fu ripreso da un'altra telecamera. La sua zoppia mi
fece pensare a qualcuno della banda di Royal.

Laura si mise a sedere. «Beck? Che succede?»

Andai nell'angolo più lontano della stanza d'albergo.
«Niente. Torna a letto.»

«Che cos'è?»

«Niente. Solo una notifica dall'app della telecamera.
Sembra un malfunzionamento.»

«Torna a letto.»

«Un minuto.» Chiamai la guardiola all'ingresso. «Salve,
sono Beck. Può mandare una pattuglia a casa mia? Sembra
che qualcuno stia cercando di entrare.»

«No, no. Io sono a Miami.»

«Mi faccia sapere.» Prima che potessi chiudere la telefonata, Laura era già scesa dal letto.

«C'è qualcuno vicino a casa tua?»

«Non lo so. Sto solo cercando di assicurarmi che sia tutto a posto, tutto qui.»

«Non mentirmi! Hai detto loro che qualcuno stava cercando di entrare.»

«Calmati.»

«Calmarmi? Qualcuno ti dà la caccia e dovrei calmarmi?»

«Stai calma. È...»

«Oh, adesso ho capito perché siamo venuti a Miami, per scappare da qualcuno che ti perseguita.»

«No. Non è vero.»

Con le mani sui suoi fianchi stupendi, disse: «Beh, dimmi cosa sta succedendo, o me ne vado.»

«Andartene? Ti sei dimenticata che sei a Miami?»

«Cosa credi, che non sappia prendermi cura di me stessa?»

«Certo che no.» Feci un passo verso di lei, ma indietreggiò.

«Se non mi dici cosa sta succedendo, me ne vado. E per sempre, dico sul serio.»

Le misi le mani sulle spalle. «Okay, okay. Rilassati e ti racconto tutto.»

Si sedette sul bordo del letto. Mentre trascinavo una sedia verso di lei, una sirena stridette dalla strada sottostante. Avevano un tempismo di merda.

«Questa volta la voglio senza filtri, niente giri di parole.»

«La verità è che non ho idea di chi diavolo mi dia la caccia.»

«Fantastico. Qualcuno ha cercato di bruciarti vivo e ti aspetti che io creda che non sai chi sia?»

«Se lo sapessi, agirei. Avviserei i miei amici della polizia. Pensi che voglia fare da bersaglio a chiunque sia?»

«È legato al lavoro, vero?»

«Potrebbe essere. Ma onestamente non riesco a immaginare chi.»

«Dimmi i tuoi primi tre sospettati e perché vorrebbero vendicarsi di te.»

Se ci fosse stato un allarme antincendio, l'avrei azionato. «Se proprio devo pensare a qualcuno, potrebbero essere due persone.»

Si sporse in avanti. «Chi e perché?»

«Beh, un tizio è un medico corrotto. Si inventerebbe di tutto pur di spillare soldi alle aziende.»

«Cosa gli hai fatto?»

«Ehm, noi, ehm, l'abbiamo fermato.»

I suoi occhi si sgranarono. «L'avete ucciso?»

«No, no. Non faccio cose del genere. L'abbiamo solo colto in flagrante. Ho agito in incognito e ho detto di essere scivolato da Walmart, e lui mi ha risposto che mi avrebbe fatto fare una risonanza magnetica per mostrare i danni e un sacco di altre assurdità. L'abbiamo smascherato e ha perso la licenza per esercitare la professione medica.»

«Oh. Pensi che un medico cercherebbe di uccidere qualcuno?»

«Potrebbe aver assoldato un professionista.»

«Un sicario come quello che abbiamo visto in quella serie su Hulu? A Naples?»

Non volevo dirle che tutto il sole che avevamo proiettava anche ombre che nascondevano un mondo di crimine e pericolo. «Sembra pazzesco, ma a parte lui, potrebbe essere il tizio di cui ti ho parlato, quello del Delaware.»

«Perché la gente sente il bisogno di vendicarsi quando è lei ad aver cominciato? Voglio dire, quel bullo all'impianto di lavorazione del pesce, continuava a tormentarti.»

A quei tempi, "tormentare" non era neanche una parola. «È nella natura umana vendicarsi.»

«Natura umana? È distruttivo, ecco cos'è. Portare rancore è come lasciare che qualcuno viva nella tua testa senza pagare l'affitto.»

Questo faceva di me un padrone di casa. Mi sedetti accanto a lei sul letto. «Comunque, ecco cosa sta succedendo. Okay?»

Mi prese la mano. «No. Non va bene per niente. Qualcuno ti dà la caccia. Non è sicuro tornare a casa. Dovremmo restare qui.»

«A Miami?»

«Sì, finché questa storia non sarà finita. Ho il portatile e posso lavorare da qui.»

Scappare non era nel mio DNA. «Non risolverà niente. Se non sono nei paraggi, non scopriremo mai chi è.»

«Quindi farai da esca?»

«Non è così.»

«Davvero? E allora com'è?»

«La polizia sta indagando sul dottore e su Mallory, il tizio del Delaware. Non succederà niente.»

«Potresti stare da me finché non lo prendono.»

«Grazie, ma non siamo a quel punto.»

«Quindi, a meno che tu non sia in pericolo imminente, non vuoi stare con me?»

«Non è così, e lo sai.»

«E allora perché non sei mai rimasto a dormire da me? Neanche una volta?»

«È solo più facile quando vieni tu da me. Io ho una casa. Aspetta.» Il mio telefono vibrò. Era la guardia giurata del mio quartiere. La chiamata fu breve e riattaccai.

«Non hanno trovato nessuno.»

«Hanno controllato il video?»

«Sì, non si vedeva niente.»

«È una cosa interna.»

Era una medaglia d'oro olimpica nel salto alle conclusioni. «Non è un vicino. Qualcuno potrebbe aver scavalcato la recinzione.»

«Nessuno ha visto niente?»

«Dai, torniamo a letto.»

«Non riesco a dormire con questa storia.»

Le baciai la spalla. «Perfetto. Visto che siamo svegli, so cosa possiamo fare.»

36

Percorrendo la Route 41 in direzione sud, ho svoltato a destra su Bayshore Drive e mi sono fermato in uno dei centri commerciali che tappezzavano il sud-ovest della Florida.

Stretto tra un Big Lots e il Grand Buffet c'era un negozio che ospitava l'ufficio di Marty Kravitz, rappresentante del diciannovesimo distretto congressuale della Florida. Le vetrine erano coperte di poster del deputato, tutti con i colori della bandiera statunitense.

Il patriottismo era un tema usato dalla maggior parte dei politici. Era accolto con calore nel sud-ovest della Florida, ma la verità era che non si trattava di ciò che era un bene per il Paese, ma di ciò che andava a vantaggio dei politici e degli interessi economici che li ricoprivano di soldi.

Uno dei quattro ragazzi sulla ventina dall'aspetto impeccabile, seduti dietro le scrivanie, scattò in piedi. «Benvenuto all'ufficio del deputato Kravitz. Come possiamo aiutarLa oggi?»

«Ho un appuntamento con il signor Kravitz».

«Fantastico. Lei è un elettore del deputato?»

«Sì».

Mi porse una cartelletta con clip. «Deve registrarsi».

«D'accordo».

«Vado a sentire il deputato».

Gli piaceva pronunciare quella parola? Lo faceva sentire importante?

Mi tolsi la giacca e compilai il modulo. Certo che sarei stato inondato di richieste di donazioni per la sua campagna, usai un account e-mail di Yahoo che controllavo una volta al mese. Restituii la cartelletta e fui accompagnato nell'ufficio di Kravitz.

L'ufficio era angusto, con una scrivania, una credenza carica di foto di Kravitz con il presidente e vari senatori, e due sedie.

La sua stretta di mano era più decisa di quanto ricordassi. «Lieto di rivederLa. Si sieda. Possiamo offrirLe qualcosa?»

Diedi un'occhiata a un foglio al centro della sua scrivania. C'era scritto il mio nome. «No, sto bene».

«Grazie per la Sua donazione. Portare avanti una campagna è incredibilmente costoso di questi tempi».

«Ne sono sicuro. L'inflazione ha fatto impennare i costi di ogni cosa».

Lui diede un'occhiata al documento. «Come possiamo aiutarLa oggi? Riguarda il rifugio di cui ha parlato al mio staff?»

«Sì. Penso sia qualcosa di cui la comunità ha bisogno e che Washington dovrebbe sostenere».

«Mi parli di cosa sta cercando di fare».

«Beh, possiamo farlo, se riusciamo a ottenere i fondi. Ora, so che Lei fa parte della Commissione Bilancio, che controlla i cordoni della borsa del governo federale, giusto?»

Raddrizzò le spalle. «Non tutta, ma la maggior parte della spesa discrezionale deve passare attraverso la nostra commissione».

«Non è un segreto che molte donne subiscano abusi dai loro partner e non abbiano i mezzi finanziari per lasciarli. Come prima priorità, vogliamo fornire un porto sicuro per queste donne maltrattate».

«È un'idea lodevole, ma la contea ha già il Rifugio per Donne e Bambini Maltrattati, che il HUD, il Dipartimento per l'edilizia abitativa e lo sviluppo urbano, contribuisce a finanziare. Non so quanta voglia ci sarebbe di creare un doppione».

«Sono un'organizzazione meravigliosa, ma crediamo che il mercato sia poco servito. Il Rifugio per Donne Maltrattate ha due strutture da sessanta posti letto, una a Naples e l'altra a Immokalee. L'anno scorso, l'ufficio dello sceriffo della contea di Collier ha risposto a duemila chiamate per violenza domestica».

Lui scosse la testa. «Un numero triste ed enorme, ma non sono sicuro che quelle chiamate si traducano in un bisogno di accoglienza».

«I nostri studi hanno dimostrato che, se l'opzione fosse disponibile, più donne ne approfitterebbero».

«Una piccola ma crescente fazione di membri sta cercando di eliminare i programmi doppi. Temo che qualcosa del genere possa essere difficile da far approvare».

«Confido che Lei sarà in grado di convincere i Suoi colleghi a finanziare questo progetto vitale».

«Quanti soldi servirebbero per costruire una struttura?»

«Meno di quanto si penserebbe, perché la proprietà

viene donata. Abbiamo un'offerta vincolante da un costruttore che ha realizzato una struttura simile a Sarasota. Useremo i loro progetti per risparmiare e accelerare i tempi».

«Intelligente. Quanto costerà?»

«Dodici milioni, una goccia nel mare a Washington».

«Ha verificato con che cifra potrebbe contribuire la contea?»

«Sono a secco, ma lo Stato della Florida ha detto che se i federali fossero coinvolti, contribuirebbe fino a due milioni».

«Quindi Le servono dieci milioni?»

«Sì. È un affare, soprattutto di questi tempi».

«Ci vorrà del tempo. Il governo federale si muove a passo di lumaca. Dovrò trovare un motivo per motivare i miei colleghi della commissione».

Tirai fuori una busta dalla tasca e la posai sulla sua scrivania. «Ecco un incentivo per smuovere le acque».

Kravitz guardò la porta, che era chiusa. «I contributi per la campagna fanno sempre comodo. Grazie». Sollevando il lembo, sbirciò la mazzetta di banconote da cinquanta prima di far scivolare la busta in un cassetto della scrivania.

«Prego».

Mi sporsi in avanti e abbassai la voce. «Se i contanti sono un problema, ho un paio di opzioni, nessuna delle quali tracciabile».

«Interessante». Indicò dove aveva messo la busta. «Cose come questa devono essere digeribili».

«Con me non Le verrà mai la gastrite».

Kravitz sorrise. «Allora andremo d'amore e d'accordo».

«Non vedo l'ora di instaurare un rapporto lungo e reciprocamente vantaggioso».

Lui sospirò. «È questo il problema di Washington, tutti vogliono un accordo a senso unico».

Il problema della capitale era che c'erano troppe persone come Kravitz. «È un peccato. Quindi, con che rapidità può far partire questa cosa?»

«Mi lasci sondare il terreno. Una volta determinata la disposizione della commissione, potrò fornire un quadro più chiaro delle possibilità di finanziamento. Ma, come detto, è improbabile».

«Lei ha la fama di fare ciò che è un bene per i Suoi elettori, e questo progetto calza a pennello».

«Sono orgoglioso di ciò che siamo riusciti a realizzare; tuttavia, e non sto prendendo alla leggera la situazione di troppe donne maltrattate, esistono già programmi per occuparsi di quella fascia di popolazione».

Mi alzai. «Grazie per il Suo tempo, onorevole. Quando avrò Sue notizie?»

«Parto per Washington stasera. Mi dia un paio di giorni».

Uscii alla luce del sole. Il mio telefono vibrò di nuovo. Era Susan, la ragazza di Mario. Le mandai un messaggio: *Ti richiamo appena posso.*

Mi rispose: *Mario è in ospedale.*

Chiamai il numero di Susan. «Ehi, che succede?»

«Non posso parlare, è appena entrato il dottore. Siamo al North Naples NCH».

«Qualcuno l'ha aggredito?»

Click.

«Pronto? Susan?»

Aveva riattaccato. Saltai sulla mia BMW. Che le stesse persone che avevano dato fuoco a casa mia se la fossero presa anche con Mario?

37

Parcheggiai con una sgommata e mi precipitai all'ingresso del pronto soccorso dell'ospedale. Mario era nella stanza numero quattro. Feci una pausa prima di guardare dietro la tenda.

Mario, con indosso una maschera per l'ossigeno, dormiva. Mentre Susan scattava in piedi, gli scrutai il corpo. Non c'erano segni fisici di un'aggressione.

Susan mi abbracciò e si mise a piangere. Le chiesi: «Cos'è successo?»

«Dicono che sia andato in overdose».

«In overdose? Ne sei sicura?»

«È quello che hanno detto. L'ho trovato sul pavimento e stava avendo una crisi convulsiva o qualcosa del genere».

«Quanta ne stava usando?»

«Non così tanta».

«Smettila con le stronzate. È qui per un motivo. Era cocaina?»

«Non ne fa davvero un uso esagerato. Almeno per quanto ne so. Cioè, fuma troppa erba, ma niente di più».

«Apri gli occhi. Sapevo che sniffava quella merda. Gli avevo detto di smetterla...»

Una donna in camice bianco entrò nella stanza. «Salve, sono la dottoressa Varita».

Dissi: «Salve. È sicura che Mario sia andato in overdose?»

«Temo di sì».

«Di cocaina?»

«Sì. Abbiamo fatto un test tossicologico ed è risultato positivo».

«Quanta doveva assumerne per andare in overdose?»

«È difficile stabilirlo. Il rischio di overdose è estremamente imprevedibile. Si può andare in overdose con una quantità minima, mentre altri tollerano dosi più elevate prima di cedere».

«Che cosa gli è successo?»

«L'uso di cocaina comporta un rischio significativo per il sistema neurologico e, nel caso del suo amico, ha provocato una crisi convulsiva. Poteva andare peggio; abbiamo visto troppi consumatori finire in coma».

«A causa del fentanyl?»

«Non solo per il fentanyl. La cocaina da sola può indurre il coma. È una droga pericolosa».

«La gente è pazza a prendere quella schifezza».

«Il suo amico è fortunato a non aver avuto un arresto cardiaco. Gli infarti sono un rischio enorme, dato che la cocaina influisce pesantemente sul ritmo del cuore. Ha avuto una crisi convulsiva».

Scossi la testa. «Starà bene, vero?»

«Se smetterà di farne uso, starà bene».

«Ci saranno effetti collaterali?»

«Non crediamo che ci saranno conseguenze a lungo termine da questo episodio. Ma c'è mancato poco».

Susan disse: «Lo spero. Per quanto tempo dovrà restare qui?»

«Lo terremo qui per la notte in via precauzionale. Se rimarrà stabile, potrà tornare a casa domattina».

«Ok. Grazie».

La dottoressa si tolse gli occhiali. «Incoraggiamo vivamente il suo amico a cercare un aiuto professionale. Affrontare la dipendenza è complicato. L'ospedale può consigliare diverse buone strutture in zona».

Susan disse: «Va bene, dottoressa, glielo chiederò».

La dottoressa annuì. «È molto importante che riceva il supporto di cui ha bisogno».

«Spero che accetti».

Speranza, ecco di nuovo quella parola. La speranza non era altro che una prigione per i pigri. Sperare non aveva mai portato a nulla. Bisognava prepararsi, pianificare e agire se si voleva qualcosa. Sperare lasciava le cose al caso.

La dottoressa se ne andò. Mi voltai verso Susan. «Mario deve farsi aiutare».

«Non sta così male. La usa solo ogni tanto».

«È un tossicodipendente».

«No, non lo è!»

«Hai sentito cosa ha detto la dottoressa? Deve seguire un programma».

«Non vorrà andarci».

«Lo sai che sua madre si faceva di crack quando è nato? Hanno dovuto svezzarlo come un tossico».

Si incupì. «Me l'aveva detto».

Il mio telefono vibrò. «Devo rispondere, è Larson».

Uscii nel corridoio. «Ehi, Ray. Che succede?»

«Ho saputo che Mario è in ospedale».

La sua rete era migliore di quanto pensassi. «Sì, stava cazzeggiando con la coca e ha avuto una crisi convulsiva. Ma ora sta bene».

«Gesù. Perché diavolo si sta rovinando con quella spazzatura? Con la sua storia...»

«Lo so. Lo convincerò a entrare in un programma, così riceverà l'aiuto di cui ha bisogno».

«Ho un contatto al Celadon. Sistemo io le cose».

«Oh, cavolo, sarebbe fantastico».

«Nessun problema. Ci parlo io e ti faccio sapere».

«Grazie, amico».

«Ehi, volevo farti sapere che Kravitz ha fatto delle verifiche su di te. Ha chiamato la Winter and Partners e loro hanno confermato la tua copertura».

«Perfetto».

———

MARIO ERA SEDUTO sul letto d'ospedale ad allacciarsi le scarpe da ginnastica. Il mio fratello adottivo sorrise quando mi vide entrare.

Lo abbracciai. «Ehi, fra'. Come ti senti?»

«Alla grande. Pronto a levare le tende da qui».

«Bene. Ti hanno dimesso?»

Susan disse: «Sì, ha appena firmato per l'uscita».

«Ottimo. Andiamo».

Susan disse: «Devo accompagnare mia madre dal medico. Ci vediamo a casa».

Mario le diede un bacio sulla guancia. «Okay, a dopo».

Condussi Mario alla mia macchina. Salì e disse: «Sto morendo di fame, il cibo in quel posto è terribile».

«Tutti dicono che è molto meglio di una volta».

«È pur sempre cibo da ospedale. Andiamo al North Naples Country Club. Muoio dalla voglia di uno smoke-house burger».

«Conosco un posto migliore a Fort Myers».

«Dove?»

«Vedrai».

Entrammo a Fort Myers e percorremmo Palm Beach Boulevard. Fermo a un semaforo su Freemont Street, mandai un messaggio. Svoltai, guidando verso l'acqua.

«Questo posto è sull'acqua?»

Tirai giù l'aletta parasole. «Sì. Ha una vista incredibile».

Mi immisi in un vialetto circolare che serviva il Celadon Recovery Campus.

«Che cazzo?»

«Stai calmo».

«Io lì dentro non ci entro!»

«Ne abbiamo parlato ieri sera. Ti farà bene».

«Ho detto che non ci vado. Non ho bisogno di queste stronzate».

Lo afferrai per un braccio. «Dai, amico, ammettilo, hai un problema e questo posto ti aiuterà a superarlo».

«Me la sbrigherò da solo».

«Ascoltami, fratello. Perché vuoi fare tutta questa fatica? Devi usare tutti gli strumenti a disposizione».

«Posso farcela da solo».

«Probabilmente sì, ma perché rischiare? Perché tirarla per le lunghe?»

«No, amico. Dai. Sai che io…»

«Devi fidarti di me. Ti fidi di me, vero?»

«Sì, amico. Ma questa è una follia».

«Se non vuoi farlo per te, allora fallo per me. Non posso perderti, fratello. Okay?»

Lui chinò la testa. «Quanto tempo devo stare qui?»

«Dipende da te. Fai progressi e in trenta giorni sei fuori».

«Trenta giorni! È troppo».

«Il tempo vola».

«Non ho niente con me».

«Susan sta prendendo i tuoi vestiti. Andrà tutto bene. Dai, facciamola finita».

Il labbro di Mario tremò. «Verrete a trovarmi, tu e Susan?»

«Certo». Non potevo dirgli che sarebbe stato Celadon a decidere quando avrebbe potuto ricevere visite.

Fece un respiro profondo e aprì la portiera. «Okay. Sono pronto».

Mentre ci avvicinavamo all'ingresso, un uomo dalla stazza di un linebacker uscì dalla struttura. «Benvenuti a Celadon. Mi chiamo Paul, sono il direttore».

«Grazie. Io sono Beck e lui è Mario».

Ci stringemmo la mano e Paul disse: «Da qui ce ne occupiamo noi, Beck. Entri pure, Mario, Le faccio fare un giro. Vedrà che si troverà bene con noi».

Mario mi guardò. Ricacciai indietro una lacrima. Ci abbracciammo. Dissi: «Andrà tutto bene, fratello. Ci vediamo tra un giorno o due».

Con un groviglio di serpenti nello stomaco, mi affrettai verso la macchina e mi guardai alle spalle. Mario scomparve dentro la struttura. Non potei fare a meno di sentirmi in colpa. Era per il suo bene, ma mi sentivo uno schifo a lasciarlo lì.

Non riuscivo a togliermi dalla testa la sua espressione. Era la stessa aria mesta che aveva Bev quando la lasciammo in affidamento. Diedi un pugno al cruscotto. Come diavolo eravamo arrivati a questo punto? Ce l'avrebbe fatta o sarebbe sprofondato ancora di più nell'abisso della droga?

38

UNA BREZZA TIEPIDA E LEGGERA AIUTAVA UN PADRE E UN figlio a far volare un aquilone giallo nel cielo, e un paio di famiglie si godevano un picnic nel tardo pomeriggio sull'immenso prato di Baker Park. Il mio cuore si strinse di fronte alla semplicità di quelle interazioni.

Ci sarei mai arrivato?

Il suono di un campanello mi fece spostare di lato dal sentiero. Un uomo che assomigliava a Larson stava andando in bicicletta con sua figlia.

Li guardai allontanarsi pedalando, pensando che Larson sembrava felice delle piccole cose della vita. Gli piaceva sedersi su una spiaggia e aveva un cospicuo conto in banca. Larson non era un solitario, ma sembrava aver trovato la pace, anche dopo la morte della moglie. Vedere suo figlio Tommy, di tanto in tanto, gli bastava?

Larson usciva raramente con qualcuno ed era soddisfatto della sua vita. Mentre mi chiedevo come facesse, vidi Kravitz arrivare dal parcheggio. Infilai gli occhiali e mi avvicinai a lui.

Ci stringemmo la mano. «È un piacere rivederla, onorevole».

«Anche per me. Non venivo qui dall'inaugurazione».

Perché venire se non c'era copertura mediatica? «Hanno fatto molto. Andiamo dove c'è più tranquillità e possiamo parlare».

Salimmo sulla passerella. Il sole si rifletteva sul Gordon River mentre lo attraversavamo. Kravitz disse: «Questa è una bellissima risorsa per la comunità».

«Lo è, e lo sarebbe anche il rifugio che ho proposto».

«Lei è molto determinato, non è vero?»

«È dire poco. Per me è una questione personale».

«Sua madre?»

Feci un respiro profondo e scossi la testa.

«Una sorella?»

La mia sorella adottiva, Bev, e mia madre mi balenarono nella mente. «No. Ho perso due care amiche a causa della violenza domestica».

«Due sue amiche sono state assassinate? Che tragedia».

Sembrava quasi sincero. «Tecnicamente, non è stato un omicidio, ma Jeanine si è rifugiata nella droga per fuggire dal mondo in cui viveva e Christine si è impiccata».

«Santo cielo, è terribile».

Erano bugie, ma rientravano nelle possibilità di ciò che sarebbe potuto accadere a Bev e alla signora Bryant. «Si sentivano in trappola. Se avessero avuto un posto dove cercare rifugio, sarebbero ancora vive».

«Capisco perché il rifugio sia importante per lei. Vorrei poterla aiutare, ma i miei colleghi della commissione non ritengono che sia una priorità in questo momento».

Scendemmo dalla passerella su un sentiero asfaltato. «È un peccato. Qual è il problema?»

«C'è una lunga lista di cose. Diciamo solo che non è il momento ideale».

Smisi di camminare e mi voltai verso Kravitz. «Come ho già detto, l'idea di fornire un porto sicuro mi sta molto a cuore, e sono più che disposto ad aiutarla a convincere i suoi colleghi che si tratta di una necessità urgente».

Kravitz scrutò l'area prima di dire: «Incentivarli sarebbe un'impresa costosa».

«Lo capiamo».

«Quanto è disposto a spendere? Devo spartire i soldi».

Mi chinai verso di lui. «Per un finanziamento da dieci milioni di dollari, lei ne ottiene centomila. Se riesce a ottenere dodici milioni, alzerò la cifra a centocinquantamila».

Kravitz sorrise. «Centomila per dieci milioni? È l'uno per cento. A malapena la si può chiamare una commissione».

«Cosa vuole?»

«Trecentomila per dieci, quattrocentomila se ottengo l'approvazione per dodici milioni».

Esitai. «Mi sembra giusto, ma procurarmi quel tipo di contanti è un problema per me e, francamente, darebbe nell'occhio».

«Posso gestirlo io, ma è fondamentale restare sotto i radar».

«Sarebbe difficile. Quello su cui posso mettere le mani sono i diamanti».

«È un'idea interessante. Non li ho mai usati prima».

«Io li uso sempre. Concentrano un valore enorme in poco spazio».

«Dovrò pensarci».

«Si fidi di me, si usano di continuo. I federali non li tracciano come fanno con i contanti».

Kravitz annuì leggermente. «Okay. Ci proverò».

«Bene. Quando convincerà i suoi colleghi?»

«Avrò delle spese anticipate. Ci sono persone di cui mi devo occupare. Mi servirà un anticipo».

«Che ne dice di diecimila?»

«Facciamo ventimila, e devono essere in contanti».

Gli porsi la mano. Kravitz la strinse, dicendo: «È un piacere fare affari con lei».

«Il piacere è mio, onorevole».

39

Toby iniziò ad abbaiare mentre mi avvicinavo all'appartamento di Laura. Lei aprì la porta e Toby mi saltò addosso.

Laura disse: «Sapeva che eri qui prima ancora che suonassi il campanello».

«Ehi, bello. Ti sei divertito da Laura?»

«Toby è stato bravissimo. È così tranquillo».

Mi inginocchiai e gli grattai dietro un orecchio.

«Entra. Ho preparato il pranzo».

Annuii ed entrai.

Aprì il frigo, tirò fuori due piatti e li mise sul tavolo.

Disse: «Che succede?»

La seguii dentro. «Niente».

«Non hai detto due parole da quando sei arrivato. Cosa sta succedendo?»

Feci spallucce.

«Dimmi che c'è che non va».

«Ho dovuto portare Mario in una clinica di riabilitazione».

«Cosa? È un tossicodipendente?»

«No. Stava solo esagerando un po', ed è meglio stroncare la cosa sul nascere prima che vada fuori controllo».

«Non capisco. Perché andare in una clinica di riabilitazione se non hai un problema? Quei posti sono costosi».

«L'ho costretto io».

«L'hai costretto tu? E perché avrebbe dovuto accettare una cosa del genere?»

«È andato in overdose l'altra sera».

«Oh, mio Dio. Cos'è successo?»

«È ipersensibile alla cocaina e ha avuto delle convulsioni».

«Sta bene?»

«Starà bene, finché si terrà lontano da quella merda».

«Sei un buon amico».

«Per me è come un fratello». Sussurrai: «Non posso permettere che gli succeda niente».

Mi prese la mano. «Mario starà bene. Non gli succederà nulla».

«Avrei dovuto fare qualcosa prima».

«Sapevi che si drogava?»

«L'avevo immaginato, ma credevo non fosse un grosso problema. Gli ho detto di darsi una calmata, ma...»

«Non è colpa tua».

«Avrei dovuto costringerlo ad andare in riabilitazione non appena ho visto i primi segnali».

«Le persone devono toccare il fondo prima di essere pronte ad affrontare una dipendenza».

Scossi la testa. «Mario aveva bisogno che mi prendessi cura di lui, e io ho fatto un casino».

«Così non sei giusto con te stesso. Non sei suo padre».

«Non capisci».

«Di cosa stai parlando?»

«Io e Mario non abbiamo nessuno. Se non ci guardiamo le spalle a vicenda, non lo farà nessuno».

«Non sei solo. Io sono qui per te».

«Lo so, ma è diverso. Avresti dovuto vedere l'espressione sul suo viso. Era spaventato e io l'ho lasciato lì».

«Starà bene. Hai fatto la cosa giusta».

Mi lasciai cadere sul suo divano. «Bev aveva la stessa espressione quando lasciammo il New Jersey».

Laura si sedette accanto a me. «Bev? Chi è?»

«La nostra sorella adottiva. Era troppo piccola per venire con noi quando scappammo. O almeno questo è quello che ci dicemmo».

«Andiamo, Beck. Non sei responsabile di tutti…»

«Era una bambina e l'abbiamo lasciata con quel pazzo di Bryant».

«Sei rimasto in contatto with lei?»

«E come diavolo avrei potuto?»

«Stai calmo. Sto solo chiedendo di lei».

«Non potevamo rischiare di contattarla. Non aveva un telefono. Ho chiamato un paio di volte il numero di casa, ma rispondeva sempre la signora Bryant».

«Forse potresti provare a cercarla adesso».

«Ci ho provato un paio di anni fa, ma non l'abbiamo mai rintracciata».

«Magari si è sposata».

«Spero che stia bene. Era la bambina più dolce del mondo. Quel fottuto Bryant la terrorizzava».

«Cosa vuoi dire?»

Indicai la cicatrice dietro l'orecchio. «Un giorno, la stava picchiando con una cintura per un dannato panino. Ho cercato di proteggerla e lui mi ha sbattuto la testa sul tavolo».

«Oh, mio Dio, che animale!»

«È quello che era».

«Come può una persona del genere essere un genitore affidatario?»

«Il sistema fa schifo, ecco perché. Ad alcune persone importa e ci provano, ma un sacco di ragazzi si perdono per strada».

Toby guaì.

«Quand'è l'ultima volta che è uscito?»

Laura si alzò. «Stamattina. Lo porto fuori io».

«Vengo anch'io».

Toby tirò il guinzaglio e ci dirigemmo verso le scale. Indicai un punto. «Chi è quello?»

«Non lo so».

Un uomo con una felpa col cappuccio stava guardando dentro la mia macchina. «Ehi! Che diavolo vuoi?»

L'uomo scappò via, saltando in quella che sembrava una Toyota. Feci le scale due gradini alla volta, raggiungendo il pianerottolo mentre l'auto sgommava fuori dal parcheggio.

«Chi era quello?»

Avevo un'idea di chi fosse, ma dissi: «Non lo so. Probabilmente solo qualche tossico, ehm, qualche teppistello che cercava qualcosa da rubare».

«Questo è un quartiere sicuro. Qui non c'è criminalità».

«Forse il tizio era drogato... o chi lo sa».

Non ero riuscito a leggere la targa. Sapevo solo che l'auto era una Toyota bianca, ultimo modello. Ce ne dovevano essere cinquantamila nel sud-ovest della Florida. Sarebbe stato da pazzi provare a rintracciarla.

Era Mallory? L'uomo non si muoveva come un ragazzo giovane, ed entrambi erano di corporatura media.

«Beck?»

«Oh, scusa».

«A cosa stai pensando?»

«A niente».

«Pensi che quell'uomo possa essere quello che ha dato fuoco a casa tua?»

L'FBI potrebbe assumerla. «No, sto solo cercando di elaborare tutto questo».

«Come fai a sapere che non era lui? Potrebbe averti seguito fin qui».

«Mi sarei accorto se qualcuno mi stesse pedinando».

«Eri sconvolto per Mario. Dovevi essere distratto».

Altro che FBI, Laura avrebbe potuto fare una fortuna come indovina. Feci spallucce e condussi Toby verso una striscia d'erba. «Andiamo, bello, fai i tuoi bisogni».

«Scommetto che c'era qualcuno con lui. Nessuno va in giro con un autista per la fuga solo per rubare qualcosa da un'auto».

Le sorrisi, ma non mi sentivo affatto sicuro.

A passo lento, tornammo verso l'appartamento. Lei indicò la sua Ford Fiesta. «Ho l'aria condizionata rotta. Se vai verso sud, potresti lasciarmi da un meccanico amico mio?» Mi porse la sua chiave.

Toby leccò la mano a Laura e io tenni d'occhio la strada. Era probabilmente una coincidenza.

«Che ne dici se ti lascio la mia macchina e prendo la tua? Ti riaccompagno più tardi».

«Ce la posso fare».

«Prendila. Se la lascio qui, potrebbero provare a rubarla di nuovo».

Si fece pensierosa per un momento. «Okay. Torno subito».

La porta dell'appartamento di Laura era aperta. Mi avvicinai, ma riuscii a vedere solo il soggiorno. Toby abbaiò e corse dentro.

«Laura?»

Nessuna risposta. Mi precipitai nell'appartamento. Era vuoto.

Toby abbaiò e corse verso la camera da letto.

La finestra era spalancata e la tenda ondeggiava nella brezza. Merda. Saltai fuori. Sul terreno, due serie di impronte conducevano al sentiero.

Laura era in piedi accanto a un uomo. Era il detective Moreno.

Mi avvicinai di corsa. «Cos'è successo?»

Moreno si interpose tra me e Laura. Mi bloccò con un braccio. «Si calmi, signor Beck».

Mi fermai. «Sta bene?»

«Sì, sto bene».

«Che diavolo sta succedendo?»

«Sono venuto a parlare con la signora Foster riguardo all'incendio. C'era un uomo con una felpa con cappuccio che cercava di forzare la sua porta. Ho sentito un urlo e sono corso qui».

«Dov'è andato?»

«È scappato. Non sono riuscito a prenderlo».

«Com'era?»

«Uomo bianco, sulla cinquantina. Alto circa un metro e ottanta. Capelli scuri, occhi scuri».

Era una descrizione quasi perfetta di Mallory.

Laura disse: «Potrebbe essere lo stesso uomo che stava guardando dentro la tua auto?»

Le lanciai un'occhiata. «Non so cosa stia succedendo».

Non ero pronto a dire a nessuno che sospettavo si trattasse di Mallory. La polizia mi avrebbe chiesto perché pensavo fosse lui e non volevo menzionare che stavo indagando sull'omicidio di sua figlia.

Moreno disse: «Vada a casa, signora Foster. La faremo tenere sotto stretta sorveglianza per un po'».

Laura annuì. «Vorrei portare il mio cane dentro».

Moreno disse: «La stanza è sicura. Ho già controllato».

La vidi rientrare. Mi voltai verso Moreno. «Devo fare rapporto per la mia auto?»

«Probabilmente l'uomo ha visto qualcosa che gli piaceva e ha deciso di rubarla. Lo riporterò nel mio verbale».

«Non pensi che dovremmo denunciarlo alla polizia?»

«Non è successo niente. Solo un, uhm, tizio che guardava dal finestrino. Per sicurezza, assicurati di parcheggiare vicino a un lampione».

«Cerco sempre di trovare un posto vicino a uno».

«Bene. Sto morendo di fame. Perché non torni di sopra a preparare il pranzo?»

«Devo solo scaldarlo».

«Ho lo stomaco che brontola. Vai pure, torno su tra cinque minuti».

Laura tornò al suo appartamento e io portai Toby a spasso dietro allo Starbucks. Mentre Toby annusava in cerca di un posto dove fare i suoi bisogni, chiamai il detective Moreno.

«Ehi, Moe. Ha un minuto?»

«Certo. Di che si tratta?»

Gli parlai dell'uomo che guardava nella mia macchina.

«Potrebbe non essere nulla. Solo un teppistello che cercava di vedere se ci fosse qualcosa da rubare».

«Lo so, ma c'era questo tizio, Mallory, ho avuto un paio di scontri con lui quando ero nel Delaware».

«È stato molto tempo fa».

«Sì, ma l'uomo che ho visto gli somigliava. Può controllare se possiede una Toyota bianca?»

«Vive nel Delaware?»

Non ero sicuro che fosse ancora lì. «Ci viveva».

«Mi mandi quello che ha su di lui e vedrò cosa riesco a scoprire».

40

Laura mi prese a braccetto mentre entravamo nella sezione di Flamingo Beach dei Wonder Gardens.

Disse: «Wow, veri fenicotteri rosa».

«Forte, no?»

«Certo che lo è. Non posso credere di non esserci mai venuta prima».

«Hanno delle belle sezioni espositive».

«Sembra uno zoo tropicale».

«A me piace la sezione degli ara, ma questa Flamingo Lagoon è bella; ha quell'atmosfera da vecchia Florida».

«Perché pensi che Dio abbia fatto i fenicotteri rosa?»

«Non so se sia stato Dio. Sembra più probabile che sia il risultato dell'evoluzione. Forse il colore rosa li aiutava a mimetizzarsi contro i predatori».

«Mi piace pensare che Dio abbia messo cose belle sulla terra perché noi potessimo goderne».

Insieme a un sacco di gente pericolosa? «Forse». Mi squillò il cellulare. «Devo rispondere».

Mi allontanai di qualche passo. «Ehi, Moe. Che si dice?»

«Ho controllato il registro nazionale delle proprietà, Mallory non risulta tra i proprietari...»

«Maledizione!»

«Era un'ipotesi remota».

«Sembrava lui».

«Non lo vedi da anni».

«Fidati, finché campo non mi dimenticherò mai di quel bastardo».

«Se ti viene in mente altro, fammi sapere. Devo scappare».

«Grazie, Moe».

Laura era in ginocchio vicino al lago, nel tentativo di attirare a sé un fenicottero. Si alzò. «Tutto bene?»

«Sì, tutto a posto».

«Era il tuo amico detective, giusto?»

«Mh-mh».

«Cosa voleva?»

«Niente».

«Allora perché ha chiamato?»

Era più facile dirglielo che subire un interrogatorio. «Ha controllato la macchina per vedere se appartenesse a una certa persona, ma non è così».

«Chi pensavi che fosse?»

«Uno con cui abbiamo avuto a che fare per un caso».

«Che tipo di caso?»

«Laura, non importa. OK? Non è lui, e non c'è motivo di parlarne».

Serrò le labbra.

«Scusa. Risale a dieci anni fa, abbiamo fatto sbattere dentro un tizio che picchiava la moglie, OK?»

«Oh, mio Dio. Che verme».

«Sto morendo di sete. Andiamo a prendere dell'acqua».

Fu difficile fingere di godermi il pomeriggio. Qualcuno mi dava la caccia e stavo finendo i sospetti. Avrei finito prima il tempo?

41

LA MATTINA DOPO ENTRAI NEL PARCHEGGIO DEL PUBLIX. ERA rimasto meno di un dito di latte. Mentre passavo attraverso le porte scorrevoli del supermercato, mi squillò il cellulare. Era il detective Moreno.

«Ehi, Moe.»

«Può parlare?»

Mi voltai. «Mi dia un secondo, esco... Che succede?»

«Ho fatto qualche altra verifica su Mallory.»

«Davvero?»

«Sì, qualcosa nel modo in cui ha detto che non l'avrebbe mai dimenticato mi ha spinto a scavare più a fondo.»

«Cosa? Cosa ho detto?»

«L'altro giorno, mentre stava riattaccando, ha detto che non l'avrebbe dimenticato finché fosse campato. Questo mi ha ricordato quello che aveva detto su Mallory, che aveva giurato di fargliela pagare, fosse stata l'ultima cosa che avrebbe fatto.»

«È quello che ha detto. Cos'ha scoperto?»

«Ho fatto una ricerca sugli indirizzi e una Mazda bianca

è immatricolata a nome di una certa Jill Cashman allo stesso indirizzo di Mallory.»

«Quanto è aggiornata l'informazione? Magari Mallory si è trasferito?»

«Secondo i registri della motorizzazione, abita ancora lì.»

«Non so, una Mazda? A me sembrava una Toyota.»

«Ne è sicuro? I loro loghi sono molto simili.»

«Che modello di Mazda?»

«Una Mazda 3. È una berlina. È quello che ha visto?»

«Sì. Mi dia un secondo, voglio cercare una foto. Di che anno è quella della signora?»

«2020.»

Andando nella scheda immagini, digitai il modello e l'anno. Scorsi le immagini fino a un'auto bianca e la ingrandii. Il logo sul bagagliaio era simile a quello usato dalla Toyota. Chiusi gli occhi, provando a ricordare la macchina nel parcheggio di Laura. Era difficile esserne sicuri.

«Sa, potrei essermi sbagliato sulla marca del veicolo. Assomiglia a una Mazda, ma non ne sono sicuro.»

«Il Delaware ha un sacco di targhe speciali. Alcune assomigliano a quelle che abbiamo in Florida.»

«Quella che ho visto era decisamente blu.»

«In Florida ce ne sono diverse blu.»

Dimenticandomi della spesa, mi diressi dritto alla mia macchina, dicendo: «La richiamo, voglio controllare una cosa.»

Controllando regolarmente lo specchietto retrovisore, guidai fino all'appartamento di Laura. Girovagai per il parcheggio in cerca della macchina che avevo visto. Non c'era. Parcheggiai e mi affrettai verso la porta di Laura.

«Beck? Che ci... va tutto bene?»

Annuii. «Ho bisogno che tu dia un'occhiata a una cosa. Vedi se ti sembra la macchina che abbiamo visto nel tuo parcheggio.»

«Hai trovato la macchina?»

Le porsi il telefono. «No. Questa è solo una foto generica.»

Avvicinò il telefono al viso. «Sembra proprio quella macchina, non trovi?»

«Ne sei sicura?»

«Sì. Perché? Che succede? Sai a chi appartiene?»

«Non proprio.»

«Quindi sei venuto qui per mostrarmi questo e non significa niente? Non sono stupida, sai.»

«Non ho detto questo, è solo che è una situazione confusa e...»

«Ecco che ci risiamo, ti chiudi nel tuo guscio. Vuoi il mio aiuto per identificare la macchina ma non mi dici di chi è.»

«Non voglio spaventarti. Non siamo sicuri di niente. A questo punto, è solo un'ipotesi.»

Mani sui fianchi, pretese: «Dimmelo.»

«Okay, okay. Ricordi quel tipo, Mallory, del Delaware, di cui ti ho parlato?»

«L'uomo che hai accoltellato?»

Annuii. «Se lo meritava. Era legittima difesa. Voglio dire, quel bastardo mi ha spaccato la testa con un bastone e io ho solo reagito.»

«È lui?»

«Potrebbe essere. Una donna di nome Jill Cashman vive al suo stesso indirizzo e possiede una Mazda come quella che abbiamo visto.»

«La polizia non può fare qualcosa?»

«Non sappiamo neanche se fosse lui e, se anche fosse, stava solo guardando dentro la mia macchina.»

«Quel tipo ha cercato di ucciderti, per l'amor di Dio. Ha dato fuoco a casa tua.»

«Calmati. Non possiamo incastrarlo.»

«Pensi di startene lì ad aspettare che ci provi...»

Le presi le mani. «Andiamo, mi conosci meglio di così. Fidati, sto in guardia e lo stiamo tenendo d'occhio.»

———

ERA UN'ALTRA GIORNATA DA CARTOLINA, ma io ero rintanato in casa per cercare di stare più al sicuro. Guardai fuori dalle porte scorrevoli, controllando la veranda. Niente se non il sole, il lago e una vegetazione lussureggiante.

La sensazione che si dovesse fare qualcosa continuava a tormentarmi. Se si trattava di Mallory, ero preparato. E il detective Moreno aveva diramato un bollettino per avvisare l'ufficio dello sceriffo della contea di Collier di fare attenzione a Mallory e alla Mazda.

Cos'era che non andava? Camminando avanti e indietro per il salotto, capii che si trattava di Mario. Negli oltre trent'anni che ci conoscevamo, non era mai passato un giorno senza che ci parlassimo. Anche quando litigavamo, ci sentivamo sempre per un rapido saluto. Nessuno di noi due aveva genitori o fratelli con cui legare, solo l'un l'altro.

Laura era una persona buona, forse ottima, ed erano o lei o Mallory a distogliere la mia mente dal mio fratello non di sangue. Ma nessuno poteva sostituire Mario. Nessuno capiva il legame che avevamo formato.

Composi il numero del Celadon Recovery e chiesi di Paul.

«Ehi Paul, sono Beck. Volevo chiedere notizie di Mario. Come sta?»

«Mario sta bene e sembra che si stia ambientando bene. Mi hanno detto che pare pronto a fare il lavoro che deve.»

«Ottimo. Mi fa piacere sentirlo. Quando posso venirlo a trovare?»

«Glielo faremo sapere. Non faccia un altro viaggio fin qui finché non Le diremo che è il momento.»

«Un altro viaggio? Cosa intende?»

«Mi hanno informato che è venuto qualcuno stamattina. Ho pensato fosse Lei.»

«No. Chi era?»

«Non lo so.»

«Senta, la cosa potrebbe essere seria. Ho bisogno che scopra di chi si trattava.»

«Non so...»

«I visitatori non devono mostrare un documento d'identità?»

«Sì, è obbligatorio, ma solo quando avviene una visita vera e propria.»

«Devo vedere i filmati della sicurezza.»

«Cosa sta succedendo? C'è una minaccia di cui dovremmo essere a conoscenza?»

«Non c'è niente di cui preoccuparsi. Mi faccia vedere il video della sorveglianza, solo per sicurezza.»

«Non posso autorizzare una cosa del genere. Solo il direttore ha l'autorità per farlo.»

«Verifichi con lui. Sto arrivando.»

42

Bloccato in coda nel traffico diretto verso Bonita Beach Road, feci una telefonata.

«Detective Moreno.»

«Ehi, Moe. Devi raggiungermi al Celadon, a Fort Myers.»

«La clinica di riabilitazione?»

«Sì. Mario si sta disintossicando lì.»

«Che sta succedendo?»

«Credo che Mallory, o chi diavolo sia che mi sta cercando, sia andato lì. Devo vedere i filmati della sorveglianza.»

«Perché dovrebbero prendersela con lui?»

«Potrebbero, se la cosa è legata al nostro lavoro.»

«Ma se è Mallory, pensi che…»

«Non lo so, amico.»

«Come farebbero a sapere che Mario è lì?»

«Senti, se avessi tutte le risposte, non ti starei chiedendo aiuto.»

«Calma, sto solo cercando di capire cosa sta succedendo.»

«Puoi raggiungermi?»

«Certo. Sto arrivando.»

Guidando come un forsennato, feci lo slalom nel traffico, pigiando a tavoletta mentre superavo il Promenade. Un paio di camion di giardinieri che avanzavano pesantemente sulla corsia di sinistra rallentarono il traffico. Scartai nella corsia di destra e li superai in un lampo.

Rallentando per un semaforo che stava cambiando a Coconut Point, premetti l'acceleratore e per poco non colpii un'auto che usciva dal centro commerciale. A circa quattrocento metri da Corkscrew Road, la vidi. Un'auto di pattuglia, con i lampeggianti accesi, era nel mio specchietto retrovisore.

Mi spostai in un'altra corsia, ma il poliziotto mi si mise subito dietro. «Merda!»

———

CON IL DISTINTIVO che gli pendeva dalla cintura, Moreno era nel vialetto circolare a parlare con una delle guardie di sicurezza del Celadon. Parcheggiai sotto la tettoia e scesi dalla macchina. «Scusa, amico. Mi hanno fatto una multa del cavolo.»

Moreno ridacchiò. «Contea di Lee?»

«Sì.»

«Chi ti ha fermato?»

«L'agente Leahy.»

«Non lo conosco, ma dammi la multa. Vedo se riesco a convincerlo a farla sparire.»

«Grazie.»

Mi presentò alla guardia. «Joe, lui è Beck.»

Ci stringemmo la mano. «Piacere di conoscerti.»

«Puoi mostrarci il video della sorveglianza?»

«Certamente. Andiamo.»

Tirò fuori una tessera dalla tasca e la avvicinò a un lettore. Le porte d'ingresso si aprirono scorrendo.

L'addetta alla reception si raddrizzò. Joe disse: «Sono con me.»

Lo seguimmo in una piccola stanza. Una guardia era seduta a una scrivania coperta di monitor. «Questi signori devono vedere il filmato dell'ingresso di stamattina.»

«Certo, quale fascia oraria?»

Dissi: «A partire dalle nove, se va bene.»

«Non dovrebbe essere troppo difficile trovare quello che cercate, è stata una mattinata tranquilla.» Tamburellò su una tastiera. «Okay.» Indicò un monitor sulla seconda fila. «È su questo.»

Joe disse: «Perché non ti prendi una pausa? Do un'occhiata io.»

«Certo, sarò sul retro. Mandami un messaggio quando hai finito.»

Uscì facendosi largo dalla stanza e Joe si sedette sulla sua sedia. Con il dito sospeso sul mouse, disse: «Pronti?»

«Vai.»

Moreno disse: «È un buon sistema di telecamere.»

Dissi: «Spero che aiuti. Manda avanti veloce finché non c'è movimento.»

Alle nove e venti si fermò un furgone. Mi irrigidii. «Rallenta.»

«Sono solo i ragazzi della lavanderia.»

Apparve un uomo, che trasportava due grandi sacchi di plastica trasparente pieni di biancheria piegata. Suonò al citofono e attese che le porte si aprissero. Scomparve all'interno, tornando con tre sacchi, che gettò nel furgone.

Alle nove e cinquantotto un uomo entrò nel campo visivo. «Rallenta.» Mi chinai in avanti mentre la registrazione tornava a velocità normale. L'uomo scese dal vialetto e si diresse verso l'ingresso.

«Metti in pausa e ingrandisci.»

A pochi centimetri dallo schermo, mi voltai verso Moreno. «Non è Mallory.»

«Va bene. Lo riconosci?»

Studiai il volto dell'uomo. Era sulla fine della trentina con la barba di due giorni. Era tarchiato e indossava jeans e una maglietta blu. Scossi la testa. «Chi diavolo è questo tizio?»

«Devo mandare avanti il resto?»

«Fai pure.»

L'uomo misterioso suonò il citofono, disse qualcosa e guardò a destra e a sinistra. Borbottò qualcosa all'altoparlante e si allontanò.

Moreno disse: «Fallo ripartire ma al rallentatore. Potremmo vedere qualcosa.»

Era una buona idea, ma non servì a nulla.

Dissi: «Dobbiamo vedere se Mario sa chi è, Joe. Puoi chiedere a Paul se possiamo vederlo solo per un minuto?»

Lui alzò il telefono e compose un interno. Dopo una breve chiacchierata, riattaccò. «Paul ha detto che è appena entrato in una seduta di gruppo e poi ha un incontro individuale con il dottor Belcher.»

«Quanto ci vorrà per tutto questo?»

«Due ore.»

«Mi faccia parlare con Paul.»

Joe compose il numero e mi passò il telefono. «Senta,

Paul, so che Mario sarà impegnato, ma mi serve solo un minuto per mostrargli il video, per vedere se sa chi è.»

«Mi dispiace, ma non possiamo interrompere la sua terapia. Mario sta facendo progressi, e una cosa del genere potrebbe farlo regredire.»

«Mi scusi, ma deve solo guardare una foto. Come diavolo può essere pericoloso?»

«Mario deve rimanere concentrato su se stesso e sulla sua guarigione. È un processo delicato, e non possiamo correre il rischio che ci sia una ricaduta.»

Ingoiando la rabbia, dissi: «Quando potremo vederlo?»

«Tra un'altra settimana.»

«Okay. Senta, forse sono eccessivamente prudente, ma c'è la possibilità che qualcuno stia cercando Mario.»

«Cercando lui? Per quale motivo?»

«Non lo so, ma stanno succedendo delle cose strane e dobbiamo assicurarci di proteggerlo.»

«Certo.»

«Può fare in modo che io sia il primo a vederlo?»

«Mmh, la scelta spetta a Mario.»

«Senta, entrambi vogliamo ciò che è meglio per Mario, e noi due siamo come fratelli. C'è una piccola possibilità che sia in pericolo, quindi ho davvero bisogno che Lei faccia un'eccezione.»

«Mi dispiace, ma non possiamo fare eccezioni.»

43

Entrando nel parcheggio per i dipendenti del Celadon, spensi i fari. Aspettai un minuto e mandai un messaggio. Tenendo d'occhio l'entrata, scesi dalla mia BMW.

Al riparo di un albero di gumbo-limbo, controllai il telefono. Arrivò un messaggio. Un paio di telecamere erano spente. Era ora di andare.

Corsi verso la striscia di luce che proveniva da una porta e mi infilai in un corridoio. Un secondo dopo, apparve Joc. Si portò un dito alle labbra.

Gli diedi quattro banconote da cento dollari. Lui se le ficcò in tasca, sussurrando: «Resta qui». Scomparve dietro una porta con la scritta Spogliatoio.

Due minuti dopo, la porta si aprì. Un sorriso mi si allargò sul viso. Aprii le braccia e abbracciai Mario. «Amico, come stai?»

«Bene. È notte fonda, che succede?»

«Volevo solo mostrarti la foto di una persona.»

«Chi? Di che si tratta?»

«Potrebbe essere il tizio che mi sta dando la caccia.»

Gli porsi tre foto che avevo ricavato dal filmato.

Mario disse: «Pensi che Gene ce l'abbia con noi?»

«Lo conosci?»

«Sì, è il fratello di Susan.»

Mi caddero le braccia. «Stai scherzando? Quello è il fratello di Susan?»

«Sì, cosa ti fa pensare che voglia farci del male?»

«Beh, è venuto qui per cercare di vederti e ho solo pensato, sai, che potesse essere Mallory. Ha la stessa macchina di quella che ho visto vicino a casa di Laura e... lascia perdere, è solo che...»

Mario sorrise. «È solo che sei paranoico. Lo so, va tutto bene, amico». Mi abbracciò. «Apprezzo che tu mi tenga d'occhio.»

«Sempre, fratello. Stai bene?»

«Oh, sì. Non mi sentivo così bene da, tipo, due anni.»

«Fantastico. Sono fiero di te, amico.»

Joe mise la testa fuori dal corridoio. «Andiamo.»

Ci abbracciammo di nuovo e prendemmo strade diverse.

Il cuore mi batteva troppo forte. Feci una serie di doppie inspirazioni e lente espirazioni per rallentarlo e ripetei un principio stoico fondamentale: essere vigili e attivi era l'unico modo per mantenere il controllo.

———

SPENSI la sveglia e aprii la porta scorrevole. «Forza, bello. Fai i tuoi bisognini.»

Toby trotterellò sul prato e alzò una zampa vicino a un cespuglio pieno di fiori rosa. Sorseggiai il caffè prima di posarlo sul tavolo. Tirai fuori il telefono e scrissi un messaggio. Moreno doveva sapere; Mallory era ancora il sospettato numero uno.

Toby stava girando in tondo quando il mio amico detective, Moreno, mi richiamò. «Ehi, come stai?»

«Bene. Si è scoperto che il tizio che è andato a trovare Mario era il fratello della sua ragazza.»

Moreno rise. «Mi hai fatto guidare fino a Fort Myers per questo?»

«Scusa.»

«Nessun problema. Domani sono libero. Vuoi andare a pranzo fuori?»

«Certo. Dove vuoi andare?»

«Il figlio dei miei vicini lavora in un posto nuovo su Vanderbilt che dicono sia molto buono.»

«Ok. Come si chiama?»

«The Bicyclette Cookshop. Sono quasi sicuro che prima fosse il Fit and Fuel.»

«Oh sì, ho sentito che l'hanno rinnovato.»

«Infatti, e lo chef ha appena vinto una gara in un programma TV.»

«Wow. Notevole.»

«È una cosa importante. Per te le dodici e mezza vanno bene?»

«Certo. Ci vediamo lì.»

IL CENTRO commerciale Pavilion era cambiato nel corso degli anni. Dopo aver perso un Publix come negozio di richiamo ed essere entrato in crisi, si era trasformato in un misto di negozi e ristoranti popolari. Afferrai una delle maniglie da più di un metro del Bicyclette e aprii la porta. Un dolore lancinante sopra il fianco destro mi bloccò sul posto.

Inspirai profondamente e feci un passo. Il dolore era ancora lì. Entrai zoppicando nel ristorante.

Moreno era seduto a un tavolo in fondo al locale. «Ti sei fatto male alla gamba?»

«È la schiena. Che tu ci creda o no, me la sono fatta aprendo la porta.»

«Succede anche ai migliori. Ce l'hai una vasca idromassaggio, vero?»

«Sì, perché?»

«Ogni volta che la schiena inizia a darmi problemi, entro nella vasca. Imposto la temperatura al massimo e punto i getti sulla zona che mi fa male. Rilassa tutto e ti senti meglio.»

«Davvero?»

«Con me funziona, prova.»

«Ci proverò». Indicai dietro di lui. «Bello quel muro.» Era coperto di listelli di legno.

«Hanno usato un paio di legni diversi qui dentro.»

Mi lasciai cadere su una sedia. «Riscalda l'ambiente. Mi piace quello che hanno fatto qui.»

Lui indicò. «Hai visto il bancone?»

«Oh sì. Molto bello.»

«Ho ordinato un antipasto per cominciare. Il mio vicino ha detto di non perderci le patate al chorizo.»

Presi il menu. «Sembra buono.»

«Come sta Mario?»

«L'ho visto solo per un secondo ieri sera, ma sembrava stare bene.»

«Quando potrà ricevere visite?»

«Ancora qualche giorno, ma può ricevere telefonate da domani.»

Il cameriere portò l'antipasto. Io ordinai un hamburger di tonno e Moreno chiese un piatto di coregone.

Moreno infilzò una patata. «Allora, alla fine non era Mallory.»

«Potrebbe ancora essere lui.»

«Queste sono buone. Assaggiane.»

Ne mangiai un pezzo. «Mi piace. È un po' piccante.»

Il cameriere ci servì i piatti.

«C'è qualche spezia nella salsa. A parte Mallory, hai avuto dei casi, diciamo, interessanti. Pensi che possa essere stato qualcuno di loro?»

«Ci ho pensato un sacco. Sì, insomma, abbiamo regolato un po' di conti, ma se lo meritavano tutti. E poi, manteniamo un basso profilo.»

«Ma quella faccenda con Royal ti ha fatto finire sui giornali.»

Tagliai uno spicchio dal mio hamburger. «Grazie per avermelo ricordato.»

«Royal è pericoloso come pochi.»

«Ripeto, non c'è bisogno che me lo ricordi.» Mi ficcai il boccone in bocca. «Credo che usino lo stesso tipo di salsa anche per questo.»

«Probabilmente è la spezia.»

«Com'è?»

«Eccellente. È affumicato con un po' di jalapeño.»

Finimmo di pranzare e il cameriere sparecchiò. «Posso tentarvi con il menù dei dolci? Abbiamo…»

Dissi: «Per me no, grazie.»

Disse Moreno: «Solo il conto, per favore.»

Lui tirò fuori il conto dal grembiule ed entrambi mettemmo sul tavolo le nostre carte di credito Sapphire.

Tornando a casa in auto, la schiena andava abbastanza bene, ma scendendo dalla macchina un dolore acuto mi attraversò la parte bassa. Avrei provato il rimedio che secondo Moreno funzionava. Andai in camera da letto a mettermi il costume da bagno.

Svuotando le tasche in un cassetto, sospirai: «Maledizione.»

Avevo la carta di credito di Moreno e lui la mia.

Moreno rispose al mio messaggio, dicendo che stava andando in un ospedale di Port Charlotte a trovare una zia. Poi aveva una lezione e una partita di pickleball. Sarebbe passato la sera e mi avrebbe mandato un messaggio quando fosse stato per strada.

Mi immersi lentamente nella vasca idromassaggio. La pelle bruciava. Sedendomi, mi spostai e diressi due getti sulla parte bassa della schiena. Dopo cinque minuti mi mossi. Il dolore era quasi sparito.

Moreno ci aveva visto giusto. Dopo venti minuti uscii e mi asciugai. Mi sentivo meglio al novanta per cento. Andai dentro a sbrigare delle scartoffie.

———

DOPO AVER MANGIATO una scatoletta di pollo Costco per cena, mi sdraiai sul pavimento, allungando delicatamente le gambe e la schiena. Il dolore cominciò a riacutizzarsi. L'idromassaggio aveva funzionato. Ci sarei rientrato.

Mentre allungavo i bicipiti femorali, mi arrivò un messaggio: Moreno sarebbe arrivato entro cinque minuti.

Rotolai sulle ginocchia e mi alzai lentamente. Toby era

in piedi vicino alla sua ciotola. Mi ero dimenticato di dargli da mangiare. Riempii la sua ciotola e andai fuori ad accendere il riscaldamento della vasca. Dopo aver recuperato la mia carta di credito, mi sarei immerso nell'acqua.

Dopo aver premuto l'interruttore, appoggiai le mani su una colonna e misi la gamba sinistra più indietro. Allungare il polpaccio e il bicipite femorale fu piacevole. Cambiai gamba.

Piegandomi all'altezza dei fianchi, lasciai scendere le braccia ma non cercai di toccare terra. Il *thwack* di un ramo mi fece raddrizzare di scatto. Toby era raggomitolato nella sua cuccia in cucina.

L'acqua che circolava era l'unico suono. Misi una mano nella vasca.

«Polizia! Mani in alto!»

Mi irrigidii.

«Fermo!»

Risuonò uno sparo. Mi acquattai dietro la vasca mentre un uomo urlava: «Cazzo!»

«Beck! Sono Moreno! È a terra. Chiama il 911.»

Mi precipitai in casa verso una finestra laterale. Moreno aveva ammanettato un uomo vestito di nero e stava frugando nella tasca posteriore.

Mentre componevo il 911 con una mano, afferrai la Glock dal comodino e uscii.

Moreno stava legando un laccio emostatico intorno alla coscia dell'uomo. Guardai il viso del ferito. «Chi diavolo è?»

Mi porse il suo portafoglio. «Anton Solenko. Lo conosce?»

«No.» Mi inginocchiai. «Chi L'ha mandata?»

L'uomo chiuse gli occhi. Gli premetti la Glock sotto il mento. «Me lo dica o Le faccio saltare quella fottuta testa.»

Moreno mi scostò la mano. «Lascia fare a me.»

Il detective premette il pugno sulla ferita dell'uomo.

L'uomo strillò: «Ahia!»

«Per chi lavora?»

L'uomo ripeté un nome. Era l'ultima persona a cui avrei pensato.

44

Mentre le sirene si avvicinavano, dissi: «Moe, grazie a Dio eri qui».

«Dicono che il tempismo è tutto».

«Come l'hai visto?»

«Appena ho svoltato nella tua strada, ho visto una berlina a fari spenti che si fermava vicino a casa tua. Ho spento i fari e ho accostato. Un tizio è sceso dalla macchina senza chiudere la portiera. Aveva un passamontagna sulla testa, di quelli che si possono tirare giù. Ha guardato dritto verso casa tua e si è diretto nello spazio tra la tua e quella accanto. Ho pensato che fosse un ladro. Ma quando ha messo mano alla cintura e ha tirato fuori una pistola, mi sono precipitato qui».

«Ero nella veranda, stavo preparando la vasca idromassaggio per la schiena».

Un'auto della polizia si fermò con una frenata stridente. Moreno disse: «Appena gli avremo preso la deposizione, andremo a prendere Weiss».

«Non riesco ancora a credere che sia stato Weiss a ingaggiarlo».

«Te lo sei dimenticato? Gli hai distrutto il mondo, amico. E quel tizio ha risorse infinite».

Guardammo un'ambulanza che si fermava scivolando. «Andiamo, ho già messo in prigione altra gente. Weiss ha avuto quello che si meritava».

«Non sto dicendo che non se lo meritasse, solo che per Weiss lo status era tutto e tu lo hai fatto cadere dalla cima della sua montagna».

Accostò un furgone del notiziario WINK. «È meglio che chiami Laura. Se lo scopre prima che glielo dica io...»

Moreno sorrise. «Uomo saggio. Sbrigati, dovrai fare una deposizione».

———

La terapia di Mario finiva alle due. Aspettai cinque minuti e chiamai.

«Ehi, Mario. Come stai, amico?»

«Beck. È così bello sentire la tua voce».

«Avrei chiamato prima, ma hanno le loro regole e tutto il resto».

«Lo so. Ho chiesto e me ne hanno parlato. Ma va tutto bene».

«Come ti senti?»

«Bene. A volte mi annoio, ma è meglio di quanto mi aspettassi. Le persone qui sono davvero gentili e, cavolo, sanno il fatto loro».

«Bravi terapeuti?»

«Sì, cioè, sai, dopo tutto quello che abbiamo passato, è un bene, insomma, scavare un po' a fondo».

«Scommetto che aiuta».

«Infatti. Dovresti pensare di andare da qualcuno anche tu. Ti farebbe bene».

«Forse uno di questi giorni».

«Non serve a niente aspettare. È da tanto che ti porti tutto dentro, fratello».

«Basta parlare di me, come stai affrontando, ehm, sai, la cocaina?»

«Sono un tossicodipendente».

Trasalii a quella parola. «No, non lo sei».

«Sì, lo sono. Ho smesso di mentire a me stesso».

«La persona più facile da prendere in giro sei tu stesso».

Mario continuò: «È vero, ma d'ora in poi sarò onesto con me stesso. Con questo e con gli strumenti che mi stanno dando per affrontare il desiderio, andrà tutto bene. Posso dirtelo, fratello, non tornerò mai più a quella merda».

«È fantastico. Sono super felice che tu abbia stroncato la cosa sul nascere».

«Se non fosse stato per te, non sarei venuto in un posto come questo».

«L'importante è che tu l'abbia fatto».

«Grazie, fratello».

«Figurati».

«Allora, che succede? Come vanno i casi?»

«Oh, amico, non ci crederai, ma è stato Weiss a dare fuoco a casa mia».

«Weiss? Il tizio delle vendite allo scoperto?»

«Sì, per tutto il tempo ho pensato che fosse Mallory o forse Royal, ma era Weiss. Ha assoldato un tizio di Orlando, l'ha pagato centomila dollari per cercare di bruciarmi vivo...»

«Scommetto che c'era lui dietro l'incendio a quella fabbrica aeronautica».

«Anch'io, ma Weiss non si è fermato lì, il bastardo ha speso altri centomila dollari per far sì che qualcuno cercasse di spararmi».

«Sparami? Quando?»

Gli raccontai di come Moreno fosse arrivato e avesse visto il potenziale assassino.

«Porca puttana, se non fosse stato per Moe, saresti morto».

«Lo so».

«Che effetto ti fa?»

Mi stava mettendo sul lettino? «Non ci ho pensato molto».

«Andiamo, amico. È importante elaborare cose come questa».

Esitai. «Beh, a essere onesti... mi ha un po' scombussolato».

«È normale essere scossi».

«Ma non è essere scosso. Non lo so, ma sto iniziando a chiedermi se quello che facciamo sia giusto, sai? Voglio dire, aiutiamo la gente e ci facciamo un sacco di soldi, ma, merda, qualcuno ha cercato di uccidermi».

«Va bene avere paura».

«Non ho paura, è solo... confuso».

«Dovresti prenderti una pausa. Allontanati adesso e rifletti...»

«Non posso prendermi una pausa adesso, siamo nel bel mezzo dei casi Jackson e Kravitz. Non posso piantarli in asso...»

«Ehi, mi dispiace, ma il mio tempo è scaduto, devo andare».

Dopo aver riattaccato, mi lasciai cadere sul divano. La bella sensazione che avevo avuto nel vedere Mario apparentemente rimesso in sesto era offuscata dalle conseguenze del caso Weiss. Non pensavo di essere stato abbastanza duro con Weiss, ma lui la pensava diversamente.

Concentrarsi su persone come Whitmore era la cosa giusta da fare. Ma non aver tenuto conto delle diverse reazioni delle persone di cui ci eravamo vendicati mi era quasi costato la vita.

45

Simone Jackson, con un berretto da baseball e un paio di occhiali, teneva la testa bassa mentre entrava all'Immokalee Casino. Anche se Carl stava giocando a un torneo a Miami, Jackson voleva mantenere il profilo più basso possibile.

Si diresse dritta alla cassa e consegnò ciò che equivaleva al suo stipendio. Lo stomaco di Jackson era sottosopra mentre attraversava la sala del casinò. Si disse che sarebbe stata una buona serata.

Superò i tavoli di Seven Card Stud e di Omaha Hi-Lo per raggiungere la sezione riservata al Texas Hold'em. Osservò il gioco a due tavoli prima di spostarsi a un terzo.

La fiducia di Jackson aumentò mentre studiava i giocatori. Erano in quattro: una donna che secondo lei doveva avere poco più di trent'anni e tre uomini, tutti tra i quaranta e i cinquant'anni.

Un uomo seduto alla destra della donna aveva così tanti piercing da sembrare caduto in una cassetta da pesca. Alla

sua destra c'era un uomo con la testa rasata e l'ultimo giocatore era barbuto.

Nonostante la donna non fosse attraente, pensò che gli
uomini si sarebbero contesi le sue attenzioni. Jackson fece
girare lo sgabello accanto a lei e mise le fiche sul tavolo di
feltro verde.

Sorrise alla giovane donna, che le fece un cenno col
capo. Il signor Testa Rasata disse: «Spero che lei mi
cambierà la fortuna».

«Farò del mio meglio».

Il mazziere distribuì le carte coperte. La puntata pre-flop
arrivò a Jackson. Invece di rischiare cinquanta dollari,
lasciò. Tenne gli occhi sugli uomini, osservando cosa facevano durante il gioco.

La mano si svolse rapidamente e venne il momento di
rivelare l'ultima carta comune.

Il mazziere girò il river e l'uomo calvo fece l'occhiolino a
Jackson. Spinse una piccola pila di fiche nel piatto.
«Cinquecento».

Gli altri giocatori si ritirarono. L'uomo con i piercing
chiese: «Che cos'aveva?».

L'uomo calvo raccolse il piatto. «Per vedere le carte
bisogna pagare, amico mio».

«Aveva un colore».

«Se è quello che pensa».

Venne distribuito il giro successivo. Jackson portò le
carte al petto e le guardò. Le posò. Un tre e un otto, di semi
diversi, non erano giocabili. Si sentì bene a scartare le carte;
stava giocando d'astuzia.

Venne distribuita la mano successiva. Fece combaciare le
carte coperte e guardò quella sotto, un dieci di quadri. Una
carta decente. Jackson sbirciò la successiva, un nove di

quadri. Era il suo turno di puntare prima del flop. Vide la puntata, aggiungendo i suoi cinquanta dollari al piatto.

Il mazziere rivelò il flop: un asso di fiori, un re di fiori e un sette di cuori. Jackson fece check, ma il giocatore successivo mise dentro due fiche nere. Immaginò che avesse una coppia d'assi o di re. Quando la puntata tornò a lei, lasciò.

Nella mano successiva si ritirò prima del flop, ma in quella seguente aveva una coppia di jack servita. Vide la puntata pre-flop di cinquanta dollari. Il giocatore dopo di lei rilanciò a cento. Tutti i giocatori rimasero. A Jackson piaceva la sua mano, ma qualcuno avrebbe potuto avere assi, re o regine.

Il mazziere girò il flop, un jack di picche, un dieci di picche e un quattro di cuori.

Con un tris, Jackson aspettò che la puntata arrivasse a lei. Rilanciò la puntata di duecento dollari a trecento. Due giocatori chiamarono.

Fu rivelata la carta del turn. Un altro jack, questa volta di cuori. Jackson si disse di mantenere la calma. Aveva un poker. Era una mano fantastica che capitava solo una volta ogni quattromila mani.

L'uomo con la testa rasata puntò quattrocento, poi il giocatore successivo si ritirò. Jackson si prese il suo tempo, spingendo dentro le fiche. «Rilancio a cinquecento».

L'uomo calvo controrilanciò. «Facciamo seicento».

Jackson premette le mani sul tavolo per non farle tremare. «Okay, ci sto». Aggiunse un'altra fiche nera al piatto.

Fu rivelata la carta del river, una regina di picche. L'uomo fece check. Jackson studiò le carte comuni. Forse sperava in una scala reale e non l'aveva ottenuta. Se avesse avuto una mano forte, avrebbe puntato.

Jackson spinse dentro le fiche. «Cinquecento».

«Mille».

Jackson era in trappola. Era un bluff? O l'aveva attirata a sé? Stimò che il piatto fosse di almeno tremila dollari. Con un rapporto di sei a uno o più, era favorevole. Mise dentro altre cinque fiche.

L'uomo calvo sorrise. «Signora, lei mi ha portato fortuna». Girò le sue carte. Aveva una scala colore. Era una rarità, che capitava una volta ogni settantamila mani.

La bile risalì in gola a Jackson. Aveva perso metà dei suoi soldi.

Prima del flop, si ritirò da cinque mani consecutive. Si ricompose, ricordando a sé stessa che aveva giocato bene la mano del poker e che Carl le aveva detto che, anche con le più alte probabilità di vittoria a proprio favore, si poteva perdere. Le aveva detto che la fortuna non era il modo in cui giocavano i professionisti, ma a volte la sfortuna poteva scombinare i piani.

L'uomo calvo stava parlando con il mazziere, e Jackson si rese conto che non aveva osservato i giocatori.

Jackson si rianimò quando sbirciò le sue carte coperte, una coppia di re. Fu cauta quando arrivò il suo turno, vedendo la puntata di cento dollari.

Il flop fu perfetto, una coppia di sei e un altro re. Aveva un full. L'uomo con i piercing puntò quattrocento. La ragazza più giovane aumentò a cinquecento.

Jackson voleva rilanciare, ma non spaventare nessuno e farlo uscire dal gioco. Spinse dentro cinque fiche nere.

Il mazziere girò la carta del turn. La quarta carta comune era un nove di quadri. L'uomo puntò cinquecento. La ragazza si ritirò.

Jackson trattenne il respiro. Quando espirò, disse: «All-in». Contò quante fiche aveva davanti a sé. Un valore di milletrecentoventicinque dollari.

L'uomo la guardò prima di dire: «Vedo». Poi puntò ottocentoventicinque dollari.

Il river fu un tre di fiori.

Il mazziere annuì, e Jackson e l'uomo scoprirono le carte. «Gesù Cristo!» Jackson si alzò e se ne andò. Il suo full aveva perso contro il poker di sei dell'uomo.

Con la gola stretta in una morsa, si precipitò nel parcheggio. Aveva perso tutti i suoi soldi. Eppure, aveva giocato con intelligenza e moderazione.

Jackson svoltò su Immokalee Road, ripensando alle due mani eccezionali che era certa sarebbero state vincenti. Nessun errore le saltava all'occhio.

Non era una professionista, ma era migliorata e non riusciva a immaginare in che altro modo Carl avrebbe giocato quelle mani.

Per quanto frustrante fosse, Jackson si disse che era solo sfortuna. Se avesse continuato a imparare e a giocare con disciplina, avrebbe vinto.

—————

46

JACKSON ERA IN PIEDI SUL MARCIAPIEDE RIALZATO FUORI DAL Brick Coffee and Bar. Carl salì i gradini saltellando. «Prendiamoci un caffè».

Entrarono nel piccolo locale e si misero in coda. Jackson disse: «Ci vieni spesso qui?»

«Un paio di volte al mese. Non sono molti i posti che servono il caffè Lavazza».

«Certo che è affollato».

«I turisti adorano questo posto. Non solo si trova sulla Quinta Strada, ma molti siti di viaggi lo indicano tra i preferiti che non ti fanno spendere una fortuna».

«I panini sembrano buoni».

«Mi piacciono i loro, specialmente quello italiano. Dovresti prenderne uno, sei troppo magra».

«Non ho fame».

Carl indicò fuori. «Che tipo di caffè vuoi?»

«Uno normale».

«Okay». Indicò un tavolo. «Prendi quello prima che lo occupi qualcun altro».

Jackson si sedette a uno dei tre tavolini esterni stipati sul marciapiede. Pochi minuti dopo, Carl si fece largo tra la folla di passanti e appoggiò i loro caffè.

Sorseggiò il suo. «Non so perché l'espresso non abbia mai preso piede negli Stati Uniti».

«È troppo forte».

«Gli italiani chiamano il caffè americano brodaglia».

Jackson sorrise. «Una volta ho bevuto il caffè turco, è denso e sabbioso».

«Esatto, è sabbioso. Pronta a passare alle cose serie?»

«Qui? C'è così tanta gente».

«Anche in un casinò. Sai che gli italiani usano la parola 'casino' per descrivere un disastro o una situazione confusionaria?»

«Mmh».

«Devi essere in grado di concentrarti, di escludere tutto quello che ti circonda, se vuoi vincere al tavolo da poker».

«Sai, hai ragione, prof». Sorrise.

Carl scolò l'ultimo sorso del suo caffè. «Okay, la lezione è iniziata. Siamo dopo il flop. Hai una doppia coppia. Qual è la probabilità di migliorare la mano in un full?»

Jackson sbatté le palpebre. «Uh, circa il dieci percento, forse di più».

«È il nove, ma va bene. E per chiudere una scala a incastro?»

«Oh, è la stessa probabilità di fare full».

«Molto bene. Ok, diciamo che le tue carte coperte sono un fante e un otto di picche. Il flop ha un nove di picche, un dieci di cuori e un fante di fiori. Per una scala, hai bisogno che esca una donna o un sette».

«Questo mi dà otto out, quattro per la donna e quattro per il sette. Una mano piuttosto buona».

«Forse, ma devi considerare cosa succede se esce una donna, perché allora il board mostrerà un nove, un dieci, un fante e una donna. Questo significa che chiunque abbia un re avrà una scala al re che batterà la tua scala alla donna».

«Quindi, avrei bisogno di un sette».

«Esatto. Ora, magari nessuno ha in mano un re, ma in una partita importante è una posizione spaventosa in cui trovarsi».

«Tu passeresti?»

«Dipende dalla puntata e da com'è il piatto».

«Ha senso».

«Stai andando bene, impari più in fretta di quanto mi aspettassi».

«Grazie».

«Il prossimo passo è calcolare le pot odds tenendo in considerazione la tua mano. Semplificherò il più possibile».

Un'auto con uno scarico dal suono fastidioso passò mentre lei diceva: «Okay».

«Diciamo che hai un tre e un quattro di cuori come carte coperte. Nessuno punta prima del flop, quindi resti dentro. Al flop escono un due, un cinque e un nove, nessuno di cuori. Qualcuno punta sette dollari in un piatto da trenta. Vedi?»

«Direi di sì».

«Non dire di sì, calcola le pot odds e prendi una decisione».

«Okay».

«Le pot odds sono sette dollari su un piatto da quarantaquattro».

«Quarantaquattro? Era un piatto da trenta dollari».

«I trenta originali più la puntata di sette e il tuo call di sette».

«Capito».

«Quindi siamo circa al sedici percento».

«Okay».

«Ciò significa che dobbiamo vincere almeno il sedici percento delle volte per andare in pareggio. Quindi, calcoliamo le nostre possibilità di chiudere la scala. Abbiamo otto out in una scala bilaterale, il che significa che la chiuderemo al turn il sedici percento delle volte. Questo soddisfa il nostro minimo, e in più c'è ancora la carta del river. Questo è un call profittevole da fare».

Jackson lo fissò con sguardo assente.

Carl sorrise. «Hai gli occhi vitrei». Si sporse in avanti. «So che confonde. Ci vorrà tempo per assimilare la matematica. Credimi, se tieni duro, dopo un po' diventerà automatico».

Jackson espirò. «Lo so, ma sono ansiosa di giocare, capisci?»

«Certo. Ascolta, puoi iniziare presto. C'è un torneo in arrivo e, da quanto ho sentito, molti dei pezzi grossi saranno a Las Vegas, quindi la competizione sarà più leggera. Sarebbe un buon modo per bagnarti i piedi, e probabilmente finirai a premio».

«Quando è?»

«Tra circa due settimane. Ti darà un po' più di tempo per lavorare sulle pot odds. Ti darò i dettagli».

«Non vedo l'ora». Il suo sorriso si spense. «Quanto costa l'iscrizione?»

«Cinquemila».

«Oh, è alta».

«Più alta di molte altre, ma il ritorno è tra i migliori in circolazione».

Jackson rimase in silenzio.

«È troppo per te?»

«No. Devo solo spostare un po' di cose».

«Bene. Ma non aspettare troppo; la quota deve essere pagata una settimana prima dell'inizio del torneo».

47

UNA FOLLA ESPLOSE IN UN'ESULTANZA. JACKSON SI VOLTÒ
alla sua destra, dove la gente intorno a un tavolo dei dadi si
stava dando il cinque. Si domandò quale punto avesse fatto
il lanciatore.

Riportò l'attenzione sul tavolo da Texas Hold'em al quale
era seduto Carl. Stava lentamente accumulando pile di
fiches. Jackson rifletté sulla differenza nel suo approccio al
gioco d'azzardo.

I giocatori di dadi erano i più espansivi in un casinò.
Carl era silenzioso, misurato e metodico. Erano quelli i
tratti di un vincitore, o gli alti e bassi emotivi dovevano
essere evitati per non esaurire un giocatore abituale?

Una cameriera prese le ordinazioni dei giocatori al
tavolo di Carl. Jackson voleva da bere e controllò nella
borsetta: un paio di banconote da un dollaro e due da venti.
Le acclamazioni provenienti da un tavolo della roulette atti-
rarono la sua attenzione.

La roulette pagava trentacinque a uno. Venti dollari le
avrebbero fruttato settecento se fosse uscito il suo numero.

Poteva fare due tentativi. Le probabilità sarebbero state comunque pessime. E se Carl l'avesse scoperto? L'avrebbe lasciato correre o avrebbe smesso di farle da mentore?

Le arrivò la notifica di un messaggio. Jackson tirò fuori il telefono. Era un'e-mail dalla Summit Mortgage Corporation. Esitò prima di aprirla:

Gentile sig.ra Jackson,

Siamo spiacenti di dover rifiutare la sua richiesta di prestito sull'immobile al 1123 di Palmetto Drive per mancanza di capitale proprio.

Può ripresentare una domanda utilizzando un'altra proprietà come garanzia... bla-bla-bla.

Jackson cancellò il messaggio e si strinse la radice del naso. Da chi altro poteva farsi prestare dei soldi? Forse avrebbe dovuto semplicemente vendere la casa e ricominciare da capo. Entro un anno o due, sarebbe diventata una giocatrice molto migliore e avrebbe comprato qualcos'altro con le sue vincite.

Jackson costrinse la sua attenzione a tornare sul tavolo ovale al quale stava giocando Carl. Ignorò il brusio delle conversazioni sussurrate e il tintinnio delle slot machine e si concentrò sulla partita. Toccava puntare a una donna sulla quarantina dall'aria alla moda che stava studiando le proprie carte con intensità.

Jackson cercò di capire se stesse bluffando per nascondere una mano forte o se stesse davvero cercando di prendere una decisione. La donna mise le dita attorno a una pila di fiches. «Vedo».

Lo sguardo di Carl si spostò da un giocatore all'altro. Jackson sapeva che doveva avere una buona mano, immaginando che avesse una coppia alta, forse dei re come carte coperte. Le quattro carte comuni comportavano il rischio di un colore e la possibilità di una scala.

Il mazziere girò la quinta carta, un dieci di cuori. La donna ebbe un tic all'occhio. Aveva fatto colore? La parola passò a Carl, che fece check.

Il giocatore successivo, che indossava una maglia da calcio gialla, spinse la sua pila di fiches al centro e si alzò. «All-in».

I due giocatori alla sua sinistra passarono mentre il mazziere contava la puntata che il signor Calcio aveva fatto. «Millequattrocentocinquanta».

Toccava alla donna. Guardò le sue carte coperte. Jackson sapeva che era nervosismo; la donna non aveva dimenticato cosa avesse in mano. Jackson immaginò che si sarebbe tirata indietro.

La donna fece scivolare le carte verso il mazziere. «Passo».

Jackson sorrise e trattenne il respiro mentre Carl guardava l'uomo in piedi e spostava tre pile di fiches verso il centro. «Vedo».

Jackson vide il signor Calcio irrigidirsi mentre Carl girava le sue carte. «Tris di jack».

«Mi hai battuto, amico».

Carl rastrellò il piatto mentre il perdente si allontanava.

Dopo un'altra dozzina di mani, Carl chiese il cambio colore. Diede la mancia al mazziere e si riempì le tasche di fiches.

Jackson alzò un palmo. «Bella giocata». Carl non le diede il cinque.

«Che tu vinca o perda, non attirare mai l'attenzione su di te. Non è giusto nei confronti dei giocatori che hai battuto e di certo non vuoi che il casinò ti osservi più di quanto non faccia già».

«Okay, scusa».

«Nessun problema».

«Mi hai messo in ansia con quel piatto all-in. Come sapevi che non aveva il colore?».

«Non ne ero certo, ma le pot odds erano eccellenti, e quando si è alzato, per me, puzzava di bluff. Se avesse avuto il colore, perché agitarsi tanto? Non c'era una coppia sul board, quindi la mano migliore era o una scala o un tris».

«Sì, hai ragione. Conosci davvero questo gioco».

«Non è un gioco, è una combinazione di comprensione dei comportamenti con una tonnellata di matematica di mezzo».

«La fai sembrare facile».

Scosse la testa. «Fidati, non è facile. Ma se ti impegni e hai disciplina, avrai buone possibilità di vincere con costanza».

«Mi sto impegnando».

«Lo so».

«A proposito, sapevo che quella donna si sarebbe tirata indietro».

«Cosa te l'ha fatto capire?».

«Continuava a guardare le sue carte. E quando è uscita la quinta carta, ha avuto un tic all'occhio».

«Buona osservazione. Come te la cavi con le pot odds?».

«Non è facile, ma sto studiando su un manuale che ho scaricato».

«Quello di Split Suit?».

«Sì».

«Continua così e ci arriverai».

«Quando pensi che dovrei giocare?».

«Ti ho parlato di quel torneo. Credo che tu sia abbastanza brava da giocare. Perché non ti iscrivi?».

«Okay, lo farò».

«Non dimenticare il nostro accordo. Qualunque cosa tu vinca, ne voglio una parte».

«Credimi, sarò felice di darti la tua parte».

«Devo scappare. La mia ragazza atterra a Fort Myers tra poco più di un'ora».

«Allora vai».

Uscirono nel parcheggio e si separarono. Jackson si diresse verso la sua auto, soddisfatta di ciò che Carl aveva detto sui suoi progressi.

Cercò di rivivere la conversazione. Quando era arrivata alla fine, riguardo alla sua parte, lui aveva detto «qualunque cosa tu vinca». Sorrise; non era «se» avesse vinto.

Jackson si immaginò mentre rastrellava un grosso piatto di fiches. Il suo viso si aprì in un sorriso. Ma il suo entusiasmo svanì: non aveva i soldi per pagare la quota d'iscrizione.

48

JACKSON SI DISSE CHE LE COSE SI SAREBBERO SISTEMATE, mentre entrava all'Immokalee Casino. Esitò prima di raggiungere Carl. Aveva qualche minuto. Avrebbe dovuto puntare sulla roulette i cento dollari presi in prestito da un collega?

Era una delle puntate più rischiose, ma sentiva che la fortuna le doveva qualcosa. Jackson sbirciò dentro al Lucky Mi Bar.

Carl era seduto su uno sgabello e parlava con il barista. L'uomo fece un cenno col mento verso le file di slot machine appena fuori dalla sala. Carl si girò sullo sgabello e sorrise a Jackson che si stava avvicinando.

«Ehi, come stai?»

«Abbastanza bene.»

«Cosa vuoi da bere?»

Scivolò su uno sgabello. «Una soda.»

Il barista riempì un bicchiere, lo posò su un sottobicchiere e andò a servire un altro cliente.

Carl le chiese: «Ti senti bene?»

Jackson rispose: «Sto bene.»

«Sei sicura? Non hai una bella cera.»

«Di che stai parlando?»

«Hai le spalle curve e sei molto più silenziosa del solito.»

«Cosa fai, analizzi tutti? Anche quando non ci giochi contro?»

Carl si strinse nelle spalle. «Mi viene naturale.»

Tirò dalla cannuccia prima di dire: «Forse è il fumo di sigaretta. Non ne sopporto l'odore. Perché non fanno qualcosa al riguardo?»

«Non ne hai mai parlato prima.»

«Beh, oggi mi sta infastidendo.»

«Devi ignorarlo.»

«A volte è più facile a dirsi che a farsi.»

«Tirati un po' su, dai.»

Lei annuì.

«Come procede con il manuale sulle pot odds?»

«Non l'ho ancora assimilato del tutto, ma sento che sta iniziando ad avere senso.»

«Bene. Continua così.»

«Credimi, lo farò.»

Carl sorrise. «Devo ammettere che ti davo una possibilità su due di continuare. Sono contento che tu mi abbia smentito.»

«Wow, ti ho battuto in qualcosa.»

«Ben fatto. Ehi, ti sei iscritta al torneo?»

Lei scosse la testa in silenzio.

«Cosa aspetti?»

Lei si strinse nelle spalle.

«Non dirmi che hai paura. Andrai alla grande.»

«Non è quello.»

«Allora, che succede?»

Jackson espirò. «Ho dovuto fare un sacco di manutenzione in casa e mi ha messo in difficoltà.»

«Non hai i soldi?»

Sospirò. «No. Mi sento malissimo per questo, voglio davvero giocare.»

«Mi dispiace molto.»

«A chi lo dici. Vorrei tanto che ci fosse un modo per trovare i soldi.»

«Sai, potrebbe esserci un modo. Lascia che senta un mio amico.»

«Mi finanzierebbe? Ma non sarebbe giusto nei tuoi confronti.»

«No, è una cosa diversa.»

«Sarebbe fantastico.»

«Non abbiamo molto tempo. Vedo se può incontrarti stasera o domani mattina.»

«Ok, fammi sapere.»

«Lavori domani?»

«Sì.»

«Se non può stasera, vedrò se può incontrarti lì o da qualche parte nelle vicinanze.»

«Chi è questo tipo?»

«L'amico di un amico. Mi ha già aiutato in un paio di situazioni.»

«Perché aiuta persone che non conosce?»

«Lui ottiene quello che vuole, e loro ottengono quello di cui hanno bisogno.»

«Cosa vuole?»

«Questo dovrà dirtelo lui. Io faccio solo le presentazioni.»

49

JACKSON GUARDÒ L'OROLOGIO APPESO AL MURO: ERANO LE 11:35. Dov'era l'amico di Carl? Scrisse un messaggio a Carl: *Il tuo amico non è ancora arrivato. Viene ancora?*

Mentre fissava lo schermo, l'interfono gracchiò: «Simone, c'è un certo Paul Smith che vuole vederla».

Balzò in piedi. «Arrivo subito».

Jackson si lisciò la camicetta e si sistemò i capelli. Prese la borsetta e si chiuse alle spalle la porta del suo ufficio.

Entrò nell'atrio del Dipartimento per l'Infanzia e la Famiglia della Florida. A gambe incrociate, Paul Smith era l'unico uomo presente. «Signor Smith?».

Smith alzò lo sguardo dal telefono e sorrise. «Sono io». Alzandosi, si infilò il telefono nella giacca. Il suo orologio sembrava costoso. Si sistemò il borsello e le tese la mano. «Signora Jackson. È un piacere conoscerla. Carl mi ha parlato molto di Lei».

«Spero solo cose buone».

«Assolutamente. Ha una grande stima di Lei».

«È una persona molto gentile. E in gamba come pochi».

«È un tipo speciale, non è vero?».

«Unico nel suo genere».

Smith abbassò la voce. «Carl ha detto che forse potrei essere d'aiuto».

«Ehm, stavo giusto scendendo a prendere un caffè. Perché non ne prendiamo uno insieme?».

«Mi sembra un'ottima idea».

Jackson e Smith scesero per le scale e uscirono alla luce del sole. Il sibilare delle auto che superavano il limite di velocità sulla Route 41 contendeva il primato alla voce di Smith.

Jackson alzò una mano. «Aspetti che arriviamo là».

Attraversarono la strada ed entrarono in un centro commerciale che ospitava uno Starbucks. Chiacchierarono del più e del meno mentre aspettavano i loro caffè. Tazze alla mano, Jackson disse: «Ci sono dei posti a sedere sul retro».

L'ingresso posteriore conduceva a una terrazza deserta, punteggiata di tavoli e ombrelloni. Jackson condusse Smith in un punto appartato. Si sedettero. Smith si tolse il borsello a tracolla e lo posò sul tavolo. Sorseggiarono i loro caffè.

Disse Jackson: «Grazie per essere venuto a trovarmi con così poco preavviso».

Smith posò la tazza. «Nessun problema, signora Jackson».

«Mi chiami pure Simone, per favore».

«Dunque, Simone, mi risulta che Lei sia un po' in difficoltà economiche».

«È un periodo difficile, io, ehm, ho fatto molti lavori in casa, e questo dopo un sacco di interventi dal dentista».

«Un mio amico dice che i dentisti di Naples non sono

andati alla facoltà di odontoiatria, ma a quella di economia».

Jackson sbuffò. «Non lontano dalla verità».

«Di quanto ha bisogno?».

«Cinquemila».

«Nessun problema».

«Davvero?».

«Sì». Si guardò intorno e tirò fuori una busta dalla giacca. «Qui dentro ce ne sono seimila». Ne aprì il lembo, rivelando due centimetri e mezzo di banconote da cento dollari.

Gli occhi di Jackson si spalancarono.

«Sono suoi. Tutto quello che deve fare è mandare un paio di bambini all'Alliance».

«Non capisco».

«Lei sa che non ci sono abbastanza famiglie affidatarie per prendere tutti i bambini. L'Alliance si è appena ingrandita e ha posti letto liberi. Lei manda tre bambini, preferibilmente sotto i dieci anni».

«Quello che mi sta chiedendo...».

«La sua posizione Le dà l'autorità per farlo, non è così?».

«Sì, ma...».

Bussò con la busta sul tavolo. «Se li vuole, lo farà. Altrimenti, me ne vado». Smith fece strisciare indietro la sedia.

«Aspetti un attimo. Io, ehm, devo pensarci su».

«Non dimentichi che questi bambini devono essere collocati da qualche parte, e la nuova ala che l'Alliance ha costruito è davvero bella».

«Per chi lavora?».

«Sono un libero professionista, lavoro per molte organizzazioni».

«Per l'Alliance?».

«Li vuole i soldi o no?».

«Sì».

«E manderà i bambini?».

«Sì».

«Bene». Le fece scivolare i soldi sul tavolo.

Jackson li afferrò, ficcando la busta nella borsetta.

«Dovrà mandarne uno, se non due, già oggi».

«Oggi? È impossibile...».

«Da dove crede che vengano questi soldi? La tariffa giornaliera che paga lo Stato è più bassa che mai. L'Alliance ha bisogno di un lungo periodo di tempo per recuperarli».

«Okay, okay. Vedrò cosa posso fare».

Smith si alzò, raccogliendo il suo borsello. «È stato un piacere fare affari con Lei».

Un brivido corse lungo la schiena di Jackson mentre Smith si allontanava. Quando fu fuori vista, aprì la borsetta e si mise la busta in grembo. Il cuore le martellava mentre apriva a ventaglio le banconote. Ricacciò i soldi nella borsetta, si avvicinò al bordo della terrazza e fece una telefonata.

«Carl, ho appena, ehm, visto Paul Smith».

«Com'è andata?».

«Bene, credo».

«Ti ha dato i soldi per la quota d'iscrizione?».

«Sì, ma vuole che faccia una cosa che potrebbe farmi licenziare».

«In che senso?».

Abbassò la voce. «Vuole che mandi dei bambini all'Alliance mentre aspettano una famiglia affidataria».

«E allora? Non forniscono alloggi per i bambini del sistema di affido?».

«Sì, ma non abbiamo un vero e proprio rapporto con loro. Sarebbe...».

«Non vedo quale sia il problema. I bambini hanno bisogno di un posto dove andare e tu stai provvedendo a questo».

«Ma mi sta pagando, ehm, una commissione per convincermi a farlo».

«Sembra un buon affare per entrambi».

«C'è da fidarsi che mantenga il segreto?».

«Sì. Paul è molto discreto».

«È meglio per lui».

«Lo sarà, ma assicurati di rispettare la tua parte dell'accordo o potrebbe mettersi male».

«Male? Che cosa significa?».

«Lui, ehm, diciamo che ha a che fare con un sacco di gente interessante».

«Oh, mio Dio, fa parte della mafia o qualcosa del genere? Come hai potuto mettermi in contatto con lui?».

«Avevi bisogno di soldi. Chi pensavi che te li avrebbe dati, un angelo?».

«Avresti dovuto dirmelo…».

«Senti, se fai quello che hai accettato di fare, non avrai problemi».

«Sei sicuro?».

«Senti, se vuoi partecipare al torneo, la scadenza per l'iscrizione è oggi alle cinque».

50

JACKSON GETTÒ IL CAFFÈ NEL CESTINO E SI AFFRETTÒ VERSO IL suo ufficio. Chiuse la porta e aprì il cassetto più basso della scrivania.

Prese una pila di fascicoli, ficcò la borsa nel cassetto, si lasciò cadere sulla sedia e aprì una cartella.

Dopo aver fissato il fascicolo del caso con sguardo assente, premette il pulsante dell'interfono. «Freda, dove sono i fascicoli dei trasferimenti di oggi?»

«Li ha approvati stamattina.»

«Lo so. Li trovi e me li porti subito.»

«Ma...»

«Ho detto di trovarli e di portarmeli!»

«D'accordo.»

Cinque minuti dopo, si sentì bussare leggermente alla porta prima che questa si aprisse. «Simone, sono Freda. Ho i fascicoli.»

«Me li dia.»

Freda li porse a Jackson, che disse: «Dobbiamo dirottarne un paio all'Alliance.»

«L'Alliance? Non la usiamo da un'eternità...»

«È arrivata una comunicazione da Tallahassee, vogliono distribuire un po' il lavoro.»

«Oh, Bradley lo sa?»

Jackson fulminò Freda con lo sguardo. «Non è lui a prendere le decisioni, sono io.»

«Oh, lo so, ma è lui che si occupa dei trasporti e di tutto il resto.»

Jackson esaminò una manciata di documenti. «Farà quello che dico io.»

«Certo.»

Jackson estrasse due fogli, cancellò il nome della struttura di destinazione e scrisse a penna «Alliance».

Dopo aver siglato le modifiche, disse: «Porti questi ai trasporti e si assicuri che vengano eseguiti.»

Restituendole la cartella, disse: «Ho un appuntamento importante fuori ufficio questo pomeriggio. Se c'è un problema, mi chiami sul cellulare.»

«Tornerà più tardi?»

«Probabilmente no.»

«D'accordo. Arrivederci.»

Freda si diresse verso la porta. Jackson disse: «Uh, aspetti un attimo.»

Freda si voltò. «Cosa c'è?»

«Uh, mi faccia dare un'occhiata alle pratiche del trasferimento. Voglio essere sicura che sia tutto in ordine.»

«È tutto a posto, le ho viste io.»

«C'è il mio nome sopra. Voglio ricontrollare. Gliele lascio sulla sua scrivania quando esco.»

Non appena la sua assistente se ne fu andata, Jackson aprì la cartella. Sfogliò fino alla modifica che aveva apportato. La correzione a mano era troppo evidente.

Ticchettò sulla tastiera, richiamando il primo caso, una bambina di nove anni. Jackson modificò la destinazione in Alliance e stampò la pagina. Ripeté il procedimento per il secondo bambino che stava dirottando.

Jackson firmò entrambi gli ordini e sostituì le pagine. Fissò il fascicolo, valutando chi avrebbe potuto mettere in discussione la modifica. Bradley avrebbe anche solo guardato le pratiche? Se l'avesse fatto, o se l'autista a cui le avesse consegnate avesse detto qualcosa, le avrebbero chiesto spiegazioni.

Era lei a gestire il posto, ma se non l'avesse fatto nel modo giusto, lo Stato della Florida le sarebbe stato addosso. Se fosse successo, non avrebbe avuto alcuna difesa per giustificare la sua mossa. Si lasciò sprofondare nella sedia. Era troppo pericoloso.

Jackson non poteva andare fino in fondo. Avrebbe restituito il denaro e si sarebbe dimenticata del torneo.

Mise le dita sulla tastiera, navigando verso i file digitali. Arrivò la notifica di un messaggio. Jackson afferrò il telefono. Era della Florida Power and Light; era in ritardo con il pagamento della bolletta della luce.

Si appoggiò allo schienale della sedia. Vendere la casa le avrebbe dato solo abbastanza per saldare la metà del suo debito. Se avesse dovuto traslocare, le sarebbero serviti almeno seimila dollari per la prima e l'ultima mensilità d'affitto e per il deposito cauzionale.

Jackson si disconnesse dal computer e tirò fuori la borsetta dal cassetto. Prese la cartella dalla scrivania e si chiuse la porta alle spalle.

51

LA VENTINA DI SPETTATORI DIETRO I CORDONI DI VELLUTO SI zittirono. Il dealer girò la carta del river, un sette di cuori. Fu emesso un sospiro collettivo. Non si combinava con nessuna delle carte comuni sul tavolo.

I due giocatori rimasti guardarono le proprie carte coperte. Quello con gli occhiali osservò le fiches del suo avversario e spinse una pila delle proprie nel piatto. «Cinquemila».

«Vedo».

Entrambi i giocatori si alzarono. Chiunque avesse vinto sarebbe passato al tavolo finale. L'uomo con gli occhiali girò le sue carte: una coppia di re. Con il re del turn, aveva un tris.

L'altro giocatore gettò la testa all'indietro e sospirò. «Ah! Mi hai battuto, doppia coppia».

La folla esplose in un applauso.

Il direttore del torneo, un uomo corpulento in abito scuro, si avvicinò al vincitore. «Congratulazioni, Dutch, giocherà al tavolo del campionato».

Il dealer mise in fila le pile di fiches che Dutch aveva accumulato.

Le contò e disse: «Ottantasettemilaquattrocento».

Dutch annuì. Il dealer caricò le fiches su un vassoio di lucite e lo porse a Dutch. «Buona fortuna, signore».

Dutch prese tre fiches e le porse al dealer. «Queste sono per lei».

La folla che si era radunata attorno al tavolo ormai vuoto si spostò verso quello del campionato, circondandolo. I giocatori rimasti presero posto mentre Dutch si dirigeva al tavolo finale.

Appoggiò il vassoio davanti all'unica sedia libera, sedendosi alla destra di una donna. Disse: «Ti ho vista in giro con Carl». Le tese la mano. «La gente mi chiama Dutch».

«Piacere di conoscerti, sono Simone Jackson».

«In bocca al lupo, allora».

«Anche a te».

Jackson fissò il suo vassoio, calcolando che doveva avere quasi il maggior numero di fiches. Lei era circa a metà classifica e si sentiva fiduciosa riguardo alle sue possibilità. I premi venivano assegnati ai primi quattro giocatori.

Vincere sarebbe stato fantastico, ma non era necessario. Tutto quello che doveva fare era arrivare tra i primi quattro. Se fosse arrivata quarta, avrebbe portato a casa ventimila dollari. Se fosse riuscita ad accaparrarsi il terzo posto, ne avrebbe vinti il doppio.

Jackson si disse di calmarsi e cercò Carl con lo sguardo nella stanza. Dov'era? Inspirò profondamente dal naso ed espirò lentamente.

Dutch girò la testa. «Bene, facciamolo».

Il direttore del torneo disse: «Siete tutti pronti a giocare?».

Risuonò un coro di «sì».

«Okay, diamo inizio a questo round finale».

Il pubblico esultò. Carta dopo carta, il dealer le estrasse dal sabot e distribuì le carte coperte ai sei giocatori. Jackson raccolse goffamente la sua prima mano. Trattenne il respiro e sbirciò le carte.

Il cuore le accelerò; aveva una coppia di regine. La fortuna che aveva avuto fin dalla prima mano, otto ore prima, stava reggendo. Jackson attese che arrivasse il suo turno di puntata e rilanciò.

Due ore dopo, il primo giocatore a rimanere senza fiches lasciò il tavolo. Ora c'erano cinque giocatori. Jackson era a un solo giocatore di distanza dal vincere ventimila dollari. Inspirò profondamente. Un cenno della mano attirò la sua attenzione.

Sorrise. Carl era lì. Le fece il pollice in su. Le sue spalle si rilassarono. Raccolse le carte dal feltro verde e, coprendole con la mano, le sbirciò. Un re e una regina di fiori.

La puntata pre-flop era di cinquecento. Quando arrivò il suo turno, prese cinque fiches nere dalla sua pila, le gettò nel piatto e vide.

Il dealer girò le carte del flop: un due di fiori, un otto di fiori e un fante di picche. La parola passò a Dutch.

«Check».

Jackson finì di fare i suoi calcoli. Sapeva che Dutch avrebbe fatto check. Contò la sua puntata. «Mille».

L'uomo alla sua sinistra, un tizio con una barba alla ZZ Top, passò. La giocatrice successiva, una donna con una camicetta gialla, spinse dentro le sue fiches. «Vedo».

La parola passò a un uomo sulla cinquantina con un berretto da tassista. Si schiarì la gola ma non disse nulla. Si guardò intorno al tavolo prima di esaminare le sue carte coperte. Fece scivolare le carte verso il dealer. «Passo».

Toccava a Dutch. Arricciò il naso e disse: «Vedo». Dopo che ebbe messo i suoi soldi nel piatto, il dealer estrasse la carta del turn dal sabot.

Era un re di cuori.

Jackson sperava in un fiore, ma almeno aveva una coppia di re. Se avesse ottenuto un'altra coppia, solo una doppia coppia con gli assi come carta più alta avrebbe potuto batterla.

Toccava a lei puntare. Respinse la sensazione che non fosse abbastanza. «Millecinquecento».

La donna dalla camicetta gialla mise i suoi soldi velocemente. Lo stomaco di Jackson si contorse. Dutch lanciò le sue carte al dealer. «Passo».

Il dealer spostò la carta del river dal sabot al centro del tavolo e la girò. Un sette di fiori.

Oltre ai sussurri, Jackson poteva sentire il sangue pulsarle nelle orecchie. La parola era alla signora con la maglia color canarino. Lei disse: «Check».

Jackson contò in silenzio fino a cinque prima di dire: «Millecinquecento».

La donna dalla camicetta gialla inspirò. «Sono arrivata fin qui. Vedo». Spinse dentro le sue fiches e Jackson girò le proprie carte. «Colore».

«Lo pensavo. È tuo». Senza rivelare cosa avesse, la signora spinse le sue carte verso il dealer.

Jackson alzò lo sguardo. Carl stava sorridendo. Raccolse il piatto con mani tremanti.

Jackson raccolse le nuove carte davanti a sé: un sei e un otto di quadri. Sperava che qualcuno facesse una puntata pre-flop. La donna dalla camicetta gialla disse: «Trecento».

Jackson passò. Studiò i suoi avversari. Solo Dutch e l'Uomo col Berretto da Tassista avevano più fiches di lei. Era al terzo posto.

Jackson decise di giocare in modo prudente, aspettando che Camicetta Gialla, che aveva meno fiches di tutti, le esaurisse.

Venne girato il flop e Barba da ZZ Top puntò: «Millecinquecento».

Dutch passò. Camicetta Gialla guardò le sue fiches e strinse le labbra. «All-in».

Il dealer contò le fiches. «Quattromiladuecento».

Barba da ZZ Top sorrise. «Vedo».

Camicetta Gialla si strinse nelle spalle. Jackson sapeva che avrebbe perso. Il dealer girò le carte del turn e del river. Barba da ZZ Top scoprì le sue carte. «Full, assi e dieci».

Un altro uomo in abito si avvicinò goffamente e disse alla donna: «Lei ha giocato bene oggi ed è arrivata al tavolo finale. È un bel risultato».

Camicetta Gialla disse: «Grazie».

«Speriamo che torni per il prossimo torneo».

«Lo farò». Camicetta Gialla si allontanò.

Jackson represse un sorriso: era andata a premio. Scrutò le fiches davanti ai giocatori rimasti. Fino a che punto sarebbe potuta arrivare? Poteva davvero vincere e andarsene con i centomila dollari che avrebbe ricevuto il campione?

Giocavano da più di dieci ore. I giocatori avevano avuto quattro pause da quindici minuti e un intervallo di quaranta minuti per mangiare. La parte bassa della schiena dava fastidio a Jackson, ma non era stanca. L'adrenalina le scorreva nel corpo.

Jackson inspirò contando fino a sei ed espirò lentamente. Era al terzo ciclo della routine di respirazione di cui le aveva parlato Carl quando le fu distribuita la seconda carta coperta. Diede una sbirciatina: un sei di picche e un due di fiori. Prima di passare, avrebbe aspettato di vedere se qualcuno puntava prima del flop.

La parola passò a Dutch, che fece scivolare dentro un paio di fiche nere. «Quattrocento».

Jackson fece scivolare le sue carte verso il dealer. «Passo».

Il dealer girò il flop: due donne, una di cuori e l'altra di quadri, e un asso di quadri.

Guardando tra la folla, Jackson vide Carl che digitava sul

telefono. La sua attenzione tornò al tavolo quando ZZ Top-Beard iniziò a puntare. «Millecinquecento».

Jackson immaginò che potesse avere un asso come carta coperta, cosa che gli avrebbe dato una doppia coppia alta.

Cabbie Hat non esitò. Spostò in avanti due pile di fiche. «Tremila».

Dutch corrugò la fronte. «Facciamo quattromila».

ZZ Top gettò altre fiche. «Vedo». Anche Cabbie Hat vide. Il piatto si gonfiò dai milleduecento pre-flop a oltre tredicimila. Jackson sapeva che qualcuno aveva un tris d'assi, che gli dava un full.

Il dealer fece scivolare la carta del turn fuori dal sabot e la girò: un sei di cuori. Non sembrava migliorare la mano di nessun giocatore.

La parola passò a Cabbie Hat. «Check». Jackson immaginò che stesse cercando di vedere cosa avrebbero fatto gli altri.

Il pomo d'Adamo di Dutch ebbe un sussulto. Spostò le sue fiche in avanti. «All-in».

Il dealer contò la montagna di fiche. «La puntata è di ventitremila e seicento».

ZZ Top-Beard prese un sorso dal suo drink. Lo posò e iniziò a contare le sue fiche. «Vedo».

Jackson immaginò che Cabbie Hat, che aveva il minor numero di fiche, sarebbe passato, ma lui disse: «Anch'io. Ci sto».

Il piatto da ottantamila dollari era il più grande che Jackson avesse mai visto. A Jackson non importava chi vincesse; chiunque fosse stato, due giocatori ne sarebbero usciti pesantemente indeboliti.

Mentre il dealer faceva scivolare la carta del river, coperta, al centro del tavolo, Jackson si ritrovò a fare il tifo per Cabbie Hat. Se avesse vinto lui, due giocatori avrebbero avuto molte più fiche degli altri.

Il dealer girò la carta: un due di fiori. Il pubblico emise un sospiro collettivo.

Cabbie Hat fu il primo a rivelare le sue carte: un full, tre donne e una coppia di assi. Jackson sapeva che solo una scala reale, una scala colore o un poker avrebbero potuto battere la sua mano.

ZZ Top disse: «Merda» e gettò le sue carte coperte al dealer. Dutch disse: «È stato un piacere giocare con voi, ragazzi». Tese la mano e la strinse agli altri giocatori.

Jackson non poteva arrivare peggio di terza, il che significava che le spettavano almeno quarantamila dollari. Osservò le fiche di fronte ai giocatori rimasti. ZZ Top-Beard era in leggero vantaggio su di lei, ma lei ne aveva più di Cabbie Hat.

Due uomini in abito apparvero accanto al direttore del torneo. Il maestro di cerimonie strinse la mano a Dutch. «Questa è stata una delle giocate più emozionanti della giornata».

«È stato divertente. Vorrei aver potuto continuare».

«Congratulazioni per il quarto posto».

«Grazie».

Gli uomini in abito srotolarono un assegno facsimile. «L'Immokalee Casino è lieto di presentarLe questo premio per i suoi superbi sforzi».

La folla applaudì. Il direttore disse: «È un'ottima paga per una giornata!».

«È bello, ma mi ci sono voluti anni di gioco per arrivare qui».

«Siamo contenti che abbia partecipato e non vediamo l'ora di vederLa competere al prossimo».

«Grazie, è stato uno spasso. Tornerò sicuramente».

«Ottimo. Ora, questi gentiluomini La accompagneranno alla cassa, dove riceverà l'assegno vero».

Mentre Dutch seguiva gli uomini, il direttore si rivolse al tavolo. «Siamo rimasti con gli ultimi tre giocatori. Buona fortuna a tutti voi! Giochiamo a Texas Hold'em!».

La folla esplose mentre Jackson lanciava un'occhiata a Carl. Lui le rivolse un gran sorriso mentre il dealer distribuiva le carte coperte. Lei diede un'occhiata alle sue: un cinque di cuori e un nove di quadri.

Non appena Cabbie Hat fece una puntata pre-flop, Jackson passò. Mentre la mano si svolgeva, pensò a vincere il torneo. Stava giocando bene e gli dèi delle carte erano stati generosi. Arrivare prima era alla sua portata.

Quando fu rivelata la carta del turn, Jackson si rese conto di essere arrivata fin lì usando i metodi di Carl, ma sarebbe stato abbastanza per vincere? In ogni libro che aveva letto e in tutti i tornei che aveva visto in TV, il vincitore si assumeva dei rischi. Nessuno vinceva i premi grossi senza rischiare.

Mentre ZZ Top raccoglieva il piatto, Jackson si rese conto di aver bluffato solo due volte in tutta la giornata. Forse era il momento di un bluff strategico o due. Carl non avrebbe approvato, ma tutti bluffavano, anche i migliori giocatori del mondo.

Jackson scartò le sue carte coperte quando Cabbie Hat fece una puntata pre-flop da cinquecento dollari. ZZ Top-Beard vide e il flop mostrò una coppia di otto e un asso. ZZ Top puntò mille e Cabbie Hat vide.

La carta del turn fu un jack e la puntata di duemila di Cabbie Hat fu rilanciata a tremila da ZZ Top-Beard. Cabbie

Hat aggiunse altri mille e il dealer fece scivolare la carta del river dal sabot.

La parola toccò a Cabbie Hat. Il sei di cuori non sembrava aiutare, ma lui disse: «Duemila».

«Rilancio a quattromila».

Cabbie Hat batté la mano sul feltro e gettò le carte al dealer. «Passo».

Avendo perso le ultime due mani, entrambe al river, Cabbie Hat era un po' più vulnerabile. E che si creda o meno al momento favorevole, stava attraversando un brutto periodo.

Carl diceva che la mossa giusta quando la fortuna ti voltava le spalle era alzarsi e trovare un altro tavolo. Era un sostenitore del tagliare le perdite. Aveva senso, ma questo era un torneo, dovevi giocare al tavolo a cui eri seduta.

Jackson ricordava anche che Carl diceva di non mostrare pietà. Quando un giocatore era debole, dovevi fare pressione, poiché era incline a commettere più errori del solito.

Distribuite le carte coperte, Jackson le allineò e diede un'occhiata: un jack di picche. Usando il pollice, sbirciò la carta successiva. La J nell'angolo in alto a sinistra era inconfondibile: aveva una coppia di jack.

ZZ Top-Beard puntò mille pre-flop. Cabbie Cap mise la sua puntata. Jackson non voleva spaventare nessuno e farlo passare, perciò spinse una pila di fiches. «Vedo».

Il dealer girò le carte comuni: un sei e un quattro di quadri e un dieci di fiori. La parola passò a Cabbie Cap. «Mille».

Jackson spinse in avanti due pile. «Duemila».

ZZ Top-Beard vide la puntata e Cabbie Cap aggiunse altre dieci fiches nere. Il dealer girò la carta del turn, il jack di cuori.

Sperando di invogliarli a puntare, Jackson disse: «Faccio check».

ZZ Top-Beard disse: «Duemila».

Mentre spingeva le sue fiches, Cabbie Cap disse: «Facciamo quattromila».

Jackson attese che tutte le fiches fossero nel piatto. Guardò le fiches di Cabbie Cap. «Quanto hai lì?»

Lui sbiancò in volto. «Ehm, circa diciassettemila».

«Okay. Tutto quello che ha lui, più i quattromila già puntati».

ZZ Top-Beard disse: «Passo».

Cabbie Cap fissò le carte comuni. «Va bene, all-in».

Le uniche carte che Jackson non voleva vedere al river erano un asso, un re o una regina, nel caso lui avesse una coppia in mano, o un qualsiasi quadro che gli avrebbe dato la possibilità di fare colore.

Cabbie Cap si alzò in piedi mentre il dealer faceva scivolare platealmente la carta del river al centro del tavolo. Dopo una pausa, la carta fu rivelata: un sette di fiori.

Jackson espirò e girò le sue carte. «Tris di jack».

Cabbie Cap si tirò la tesa del berretto. «Lo temevo». Si chinò e spinse le carte verso il dealer, senza mai mostrare cosa avesse. Jackson raccolse il piatto. Mentre impilava le fiches, alzò lo sguardo. Carl stava parlando al telefono.

Gli uomini in giacca e cravatta e il direttore tornarono. «Facciamo un grande applauso al nostro terzo classificato!»

La folla applaudì mentre gli uomini in giacca e cravatta sollevavano un facsimile di assegno da quarantamila dollari. Il maestro di cerimonie si congratulò con Cabbie Cap e concluse dicendo: «Ci prenderemo una pausa da questa azione avvincente e, al nostro ritorno, scopriremo chi sarà il nostro vincitore!».

Due guardie in uniforme transennarono il tavolo e rimasero di vedetta mentre Jackson e ZZ Top-Beard si alzavano. Jackson sorrise alla persona che si frapponeva tra lei e il premio da centomila dollari per il primo posto.

Si diresse verso Carl, che guardò il telefono e si allontanò. «Carl! Carl, aspetta».

Carl si guardò alle spalle e, accelerando il passo, si diresse verso la zona delle slot machine. Jackson stava perdendo terreno e si bloccò di colpo quando lui attraversò le porte scorrevoli per uscire nel parcheggio.

Jackson immaginò che Carl avesse una specie di emergenza. Sperò che non fosse troppo grave. Una donna della sua età le disse: «Ehi, stai giocando alla grande. Vincerai!».

«Grazie». Entrò nel bagno delle signore e si concentrò sulla partita imminente.

ZZ Top-Beard era già seduto quando Jackson tornò al tavolo. Il direttore del torneo le tenne da parte il cordone di velluto e lei scivolò sulla sedia. Controllò le sue pile di fiches. Era tutto a posto.

Jackson aveva più di ottantamila dollari in fiches. Era più di quanto avesse il suo avversario, ma la differenza non era sufficiente a influenzare il gioco.

«Signore e signori, gli ultimi due concorrenti si scontreranno in un testa a testa. Il vincitore si porterà a casa il primo premio di centomila dollari e l'onore di essere il campione di questo torneo di Texas Hold'em. Che la sfida abbia inizio!».

La folla acclamò e il dealer batté rapidamente le mani e mostrò i palmi. Tirò fuori le carte dal sabot e distribuì le carte coperte ai giocatori.

Jackson aveva un otto e un nove di fiori. ZZ Top-Beard fece check pre-flop. Jackson puntò cinquecento e ZZ Top-Beard vide.

Le carte del flop furono un jack di quadri, un quattro di fiori e un tre di cuori. Jackson fece check e ZZ Top-Beard disse: «Tremila».

Jackson gettò le carte verso il dealer e ZZ Top-Beard si prese il magro piatto. Scrutò la folla in cerca di Carl. Non era ancora tornato.

Fu distribuita la mano successiva e Jackson sbirciò le sue carte. Il battito cardiaco le accelerò. Mise giù la coppia di regine. La puntata pre-flop iniziava con lei.

«Cinquecento».

ZZ Top-Beard rilanciò rapidamente. «Mille».

Jackson aggiunse i soldi extra.

Il dealer girò le carte comuni: un jack e un sei di picche e la regina di cuori.

ZZ Top-Beard disse: «Mille».

Non appena lui spinse le fiches, Jackson rilanciò: «Duemila».

«Cinquemila».

Inizialmente, Jackson aveva pensato che lui avesse una coppia d'assi o di re. Ora pensava che avesse un tris di jack. A meno che non avesse bluffato prima, la possibilità che stesse cercando una scala o un colore non quadrava con le sue puntate. E se anche fosse stato così, la sua mano era superiore.

Jackson valutò se vedere il rilancio e cercare di spillargli un altro paio di migliaia o puntare con audacia. Il rischio era basso, ma era possibile che al turn o al river uscisse un jack, dandogli un poker e la mano vincente.

Jackson si inumidì le labbra. «All-in».

«Non ho quanto te, ma vado all-in».

Il dealer contò le sue fiches. «Sessantanovemila e settecento».

Mentre un mormorio serpeggiava tra il pubblico, una goccia di sudore le scivolò lungo la fronte. Jackson se l'asciugò, temendo che lui avesse due fiori in mano e stesse puntando al colore.

Calcolò le probabilità usando il metodo del due e quattro che le aveva insegnato Carl. Inspirò profondamente, cercando di rallentare il battito cardiaco. C'erano tredici carte di fiori nel mazzo, due erano già sul flop, e se lui ne aveva due in mano, ne rimanevano nove nel sabot.

Approssimativamente, c'era una probabilità del trentasei per cento che ne apparisse una al turn, e poi sarebbe scesa al diciotto per cento con la carta del river. La voce nella sua testa urlava che era stata una stupida ad andare all-in.

Mentre il mazziere si accingeva a pescare una carta, il chiacchiericcio del pubblico si spense. Proprio quando da un tavolo da dadi si levò un'ovazione, il mazziere scoprì la carta del turn: un sei di quadri.

Jackson esalò un respiro, mentre la voce nella sua testa ripeteva: «*Niente fiori, niente re, niente asso. Niente fiori, niente re, niente asso...*»

Oltre la spalla del mazziere, notò che l'attenzione del pubblico si era spostata su un gruppetto di uomini in abito. ZZ Top si alzò, riportando l'attenzione sulla partita.

A labbra strette, il mazziere portò con un gesto rapido la mano al sabot e trascinò una carta al centro del tavolo. Con un gesto teatrale, girò l'ultima carta.

Jackson espirò. Era un tre di picche. Guardò ZZ Top. Lui mostrò le sue carte: una coppia d'assi.

Un sorriso esplose sul volto di Jackson mentre scopriva le sue carte. «Tris di donne».

D'istinto, allungò la mano verso il piatto. Una mano le afferrò la spalla. Lei se la scrollò di dosso e rastrellò le fiches.

Un braccio in una giacca elegante le afferrò il polso. «Ehi, toglimi le mani di dosso». Si voltò. Le sue spalle si afflosciarono quando lo vide.

54

CIÒ CHE VIDE FU UN DISTINTIVO.

«Simone Jackson, metta le mani dietro la schiena. Lei è in arresto.»

Un brusio serpeggiò tra il pubblico. Il maestro di cerimonie era a bocca aperta.

La Jackson disse: «Cosa? Giù le mani.»

«Lei è in arresto.» Due dei detective l'afferrarono da sotto le ascelle. «Venga con noi, o dovremo ammanettarle anche le gambe.»

«E i miei soldi? Ho vinto il torneo! Voglio i miei soldi!»

Il direttore disse: «Va tutto bene, ehm, non si preoccupi, risolveremo la cosa.»

IL QUARTIERE di Pelican Marsh in cui viveva Larson era tranquillo. I grandi lotti garantivano ampi spazi tra le case del cul-de-sac in cui abitava.

Con gli occhiali da lettura appollaiati sulla testa, Larson aprì la porta. «Sei quasi in ritardo.»

Lo seguii nel soggiorno. «Hai detto che avrebbe chiamato all'una e mezza.»

L'avvocato teneva aperte le porte a vetri della sua veranda. La commistione di aria calda smorzava l'effetto dell'aria condizionata. «Infatti.»

«Che ore sono a Hong Kong?»

«Carl non è a Hong Kong, è a Macao.»

«Ah, giusto, dove ci sono tutti i casinò.»

«Dicono che sia la versione asiatica di Las Vegas.»

«Qual è il fuso orario?»

«Sono tredici ore avanti.»

Feci i conti. «Quindi sono le quattro e mezza di mattina?»

«Esatto.»

«Io non riuscirei a funzionare a quell'ora.»

«Nemmeno io, ma Carl è uno di quelli che si adatta facilmente ai cambi di fuso orario. Mi ha raccontato cosa fa per acclimatarsi, tipo alzarsi ore prima del solito ed esporsi, credo, alla luce bianca.»

«Prende integratori, tipo melatonina o lavanda?»

«No, non beve nemmeno alcol. Una volta eravamo in videochiamata. Lui era all'Horseshoe Casino, giù in Mississippi, e aveva le finestre completamente oscurate. Gli ho chiesto perché e mi ha detto che lo fa ovunque dorma, dice che non vuole che nemmeno la luce di una sveglia interferisca con il suo sonno.»

«Carl è la persona più disciplinata che conosca.»

«Immagino che, per come si sposta da un casinò all'altro, debba esserlo.»

«È una stronzata che i casinò possano bandire qualcuno

che vince. Insomma, non sta barando.»

«Sono attività private e, in quanto tali, non hanno bisogno di un motivo per impedirti di giocare.»

«Non è giusto.»

«Tu sai meglio di molti altri che la vita non è giusta.»

«Questo è sicuro. Sai, la prima volta che mi hai parlato di Carl, pensavo fosse una cazzata. Voglio dire, sapevo che la matematica c'entrava col gioco d'azzardo, ma non avrei mai pensato che ci si potesse guadagnare da vivere.»

«Non è facile, ma ci sono un paio di migliaia di persone che se la cavano egregiamente così, e almeno un tizio, Bill Benter, che è diventato miliardario giocando d'azzardo.»

«È il tipo con cui si è messo nei guai quel golfista?»

«No. Phil Mickelson era legato a un giocatore d'azzardo conosciuto come Billy Walters, ma non è finita bene. Lui...»

Il portatile sul tavolo emise un suono e il volto di Carl riempì lo schermo. Larson prese il computer e lo appoggiò sul bancone della cucina, dicendo: «Buongiorno. Mi scusi se la faccio alzare così presto.»

«Nessun problema, devo prendere un volo per Melbourne di prima mattina.»

«Australia? Hanno casinò?»

«Oh, sì. È il paese con il più grande giro di gioco d'azzardo al mondo.»

«Non lo sapevo.»

«Poco meno dell'ottanta per cento della popolazione gioca d'azzardo almeno una volta all'anno. È un terzo in più che negli Stati Uniti.»

Larson disse: «Questo è sorprendente. Senta, apprezziamo il meraviglioso lavoro che ha fatto con la Jackson. Ha funzionato alla perfezione.»

«Grazie, ma non è stato niente, davvero. Mi piace parlare di poker.»

Mi posizionai davanti alla telecamera. «Ehi, Carl. Dovresti pensare di darti all'insegnamento del gioco. Far vincere un torneo alla Jackson è stato incredibile. Voglio dire, è stato pazzesco.»

Carl si accigliò. «È stata fortunata, tutto qui.»

Larson disse: «Lei è troppo modesto.»

«No, è vero. Ricordatevi che chiunque può vincere in una qualsiasi giornata. Quella è la fortuna in gioco. Ma se vuoi vincere con costanza, devi padroneggiare la matematica che sta dietro al poker e giocare con una disciplina estrema.»

Dissi: «Sono sicuro che non sia facile. Lascia che ti chieda, che tipo di persona pensi che sia la Jackson?»

Carl si accigliò. «Beh, è difficile dirlo, dato che la conosco solo in un contesto.»

«Andiamo, sei un professionista nel leggere le persone.»

«Potrei sbagliarmi, ma direi che sembra un po' disperata.»

«Si è scavata una fossa finanziaria non da poco.»

«No, non parlo di soldi. È come se la Jackson bramasse una sorta di convalida. Non saprei come spiegarlo, ma come se cercasse una posizione di rispetto, o di competenza.»

Crescere in affido lasciava delle cicatrici. «Davvero?»

«Credo di sì, ma il suo problema è che, invece di fare la fatica necessaria per arrivare in cima, prende delle scorciatoie.»

«Valutazione interessante.»

«Senta, ora che so cosa ha fatto, uhm, è brutto, no? Ma non direi che sia malvagia o qualcosa di simile a quello che sta strombazzando la stampa.»

Larson disse: «Può anche darsi, ma i suoi precedenti e le sue tattiche in stile nazista suggeriscono il contrario. Mi mandi le coordinate per il bonifico e Le faremo avere il pagamento.»

«Le invio subito.»

«Buon viaggio.»

Lo schermo divenne nero. Dissi: «È unico nel suo genere. Come ti sei messo in contatto con lui?»

«Lo conosceva Tommy.»

«Tuo figlio andava a scuola con lui?»

«Sì. L'ha conosciuto durante un corso di informatica. Carl riusciva a scrivere codice più velocemente del professore.»

«Non ne dubito.»

«Si basa molto su equazioni e concetti matematici per creare e manipolare immagini. Anche Tommy se la cava bene e lo usa per gli effetti speciali che crea.»

«Tuo figlio fa un lavoro straordinario.»

«Questi ragazzi sono cresciuti con un dispositivo in mano.»

Dissi: «E Carl si guadagna da vivere senza.»

«Non l'avevo mai vista così. Che ironia.»

«Sai, non riesco ancora a credere che Jackson abbia vinto quel torneo. È stata una sorpresa assoluta.»

«Come ha detto Carl, è stata fortunata.»

«Oh, aspetta, mi è appena venuta una buona idea.»

55

È arrivato un messaggio da Mario. Ho sbirciato fuori dalla finestra; era in macchina che aspettava. Ho messo la pistola nella fondina alla caviglia e ho dato un biscotto a Toby prima di inserire l'allarme di casa.

Sono saltato sull'auto di Mario e ho detto: «Come stai?»

«Ancora sobrio.»

«Non era quello che ti stavo chiedendo.»

«Sì, certo. Tutti aspettano solo che ricominci a farmi.»

Gli ho dato una pacca sulla parte alta del braccio. «Questa è una cazzata.»

Ha scosso la testa. «Fidati, non sai come ci si sente. La gente ti guarda in modo diverso.»

«Non dico che alcuni non lo facciano, ma forse ti stai facendo troppe paranoie.»

Ha fatto retromarcia per uscire dal vialetto. «Dove andiamo?»

«Da Crown Jewelers.»

«La gioielleria sulla Forty-One?»

«Sì.»

«Perché ci andiamo?»

«Larson conosce il proprietario.»

«E perché ci andiamo?»

«Larson ha preso accordi per farci avere una cosa che ci serviva per il colpo Kravitz, ed è pronta per essere ritirata.»

«Non mi dispiace andarci, ma servivano due persone per ritirare dei gioielli?»

«È di gran valore e, per motivi di sicurezza, bisogna essere pronti al peggio.»

Mario entrò nel centro commerciale dove sorgeva un edificio grigio e decorato. Dissi: «Vai sul retro.»

Parcheggiò davanti a una porta senza insegna. Ci mettemmo davanti alla telecamera e premmemmo il pulsante di chiamata.

Un uomo allampanato con una cravatta rosa su una camicia bianca aprì uno spiraglio. «Entrate, signori.»

Entrammo. Chiuse la porta a chiave dietro di noi. «Sono Conrad.»

Mentre ci stringevamo la mano, disse: «Sa, Larson è una delle persone a cui sono più affezionato da quando andavamo insieme alla facoltà di legge. Ogni volta che Ray ha bisogno di qualcosa, sono felice di aiutare.»

«Grazie, ha quello che le ha chiesto?»

«Sì. Mi segua.»

Attraversammo un corridoio e ci fermammo davanti alla porta di una cassaforte. Conrad appoggiò il palmo della mano su un lettore. Quando la luce diventò verde, digitò su una tastiera, suonò un segnale acustico e la porta si aprì con uno scatto.

La cassaforte era grande quanto un ripostiglio. Conrad aprì un cassetto ed estrasse un sacchetto di velluto blu. Chiuse la porta e me lo porse. «Dica a Ray che ho la documentazione certificata e che, se avesse bisogno di una dichiarazione giurata, ne farò autenticare una.»

«Bene. Lo dirò a Larson.»

Mi tese la mano. «Buona fortuna con qualunque cosa stia combinando il mio amico.»

Ci riaccompagnò alla porta sul retro, controllò la telecamera e la spalancò. Guardai da entrambe le parti. Non c'era nessuno in giro. Saltammo in macchina di Mario e partimmo.

———

Dopo essermi cambiato la camicia per la terza volta, rimasi davanti allo specchio. Dentro o fuori dai pantaloni? Lanciai un'occhiata al comodino. Le sei e venti. Laura si aspettava che passassi a prenderla per le sei e mezza.

Lasciai il fondo della camicia fuori e afferrai le chiavi della macchina. Mentre guidavo verso il suo appartamento, continuavo a ripetermi che sarebbe andato tutto bene. Avevo rimandato la cena con i genitori di Laura il più a lungo possibile.

Laura mi aspettava fuori da Magnolia Square con un sorriso da vincitore della lotteria. Saltò sulla mia BMW e mi diede un bacio sulla guancia. «Indossi la camicia che ti ho regalato per Natale.»

Avevo dimenticato che me l'avesse comprata lei. «Non dire che me l'hai regalata tu.»

«Perché dici così?»

«Non lo so. È solo che... ehm, lascia perdere. Stai molto bene.»

«Grazie. L'ho presa da Nordstrom Rack. Ne avevano solo una ed era della mia taglia.»

«Sei sempre fortunata.»

«Pensi?»

«Certo, guarda con chi esci.»

Mi diede una spinta sulla spalla. «Molto spiritoso.»

Guidammo in silenzio e, mentre rallentavo al semaforo di Golden Gate Boulevard, lei disse: «Sei silenzioso. Va tutto bene?»

«Tutto a posto.»

«Non devi essere nervoso; i miei genitori sono il massimo. Sono persone davvero alla mano.»

«Non voglio essere interrogato su che lavoro faccio.»

«Oh, andiamo, nessuno ti farà il terzo grado.»

«Vedremo.»

«Potrebbero chiedertelo, ma è normale. Stiamo insieme da molto tempo e la cosa si sta, sai, facendo seria.»

Sentii una stretta al petto. «Qual è la tua definizione di seria?»

Si girò di scatto. «Cosa? Non pensi che...»

«Aspetta, stavo cercando di scherzare, non mi è uscita bene.»

«Sei sicuro?»

«Certo. Senti, capisco perché i tuoi genitori potrebbero essere preoccupati, ma ho un lavoro solido e ben pagato.»

«A loro non interessano i soldi. Vogliono solo che siamo felici.»

Era la solita frase di rito, ma subito dopo aver raggiunto quella che si pensava fosse la felicità, tutto girava intorno al reddito.

Laura indicò. «Ecco mamma e papà.»

Una Genesis bianca stava entrando nel parcheggio del Jimmy P's Charred. Rallentai, assicurandomi di prendere il rosso.

I suoi genitori erano seduti a un tavolo sotto il camino all'altezza degli occhi. Strinsi la mano a suo padre e ricevetti un abbraccio da sua madre.

Suo padre disse: «Sono così contento che finalmente siamo riusciti a organizzare».

«Anche noi, papà. Ma Beck è stato così impegnato».

Ed ecco, lei gli aveva servito la palla su un piatto d'argento, e suo padre ci si era buttato a capofitto. «Laura ha detto che lei è un investigatore. Di che tipo, e per chi lavora?»

Questo tizio sarebbe stato un ottimo pubblico ministero. «Sono un libero professionista».

«Commerciale o penale?»

Ora sapevo da chi aveva preso Laura la sua abilità nell'interrogare. «Dipende».

Il cameriere prese la nostra ordinazione da bere. Da Jimmy P's non servivano superalcolici. Ordinai un bicchiere di un rosso italiano.

Il cameriere si era appena allontanato quando suo padre disse: «Lei è stato coinvolto in quel caso con quel narcotrafficante, Royal. Dev'essere stato interessante. Che cosa ha fatto in quel caso?»

Royal? Volevo chiedere a Laura di uscire un attimo. Sua madre disse: «Dai, Frank. Non parliamo di lavoro. È così noioso».

«Ero solo curioso perché l'ultima volta...»

«Papà, non hai sentito cosa ha detto la mamma?»

Prima che suo padre potesse rispondere, arrivò il cameriere a elencarci i piatti del giorno. Laura mantenne la conversazione leggera e lontana dal lavoro.

Ci salutammo e salimmo in macchina.

Laura disse: «Vedi, è stato molto divertente».

Feci spallucce.

«Non dirmi che non ti sei divertito. Ridevi un sacco».

«Perché hai parlato a tuo padre del caso Royal?»

«Non l'ho fatto. Te lo giuro. Deve averlo visto al telegiornale o qualcosa del genere. Ricordi, hanno fatto il tuo nome».

«È stato solo quello stronzo dell'ufficio del procuratore a dire che avevo dato una mano, e la notizia è sparita nel giro di un giorno o due. Tuo padre deve aver cercato informazioni su di me, stava scavando».

«Se l'ha fatto, stava solo, sai, cercando di informarsi su di te perché stiamo insieme».

Annuii. «Lo so. Se avessi una figlia, farei lo stesso».

«Saresti un ottimo padre».

Non ne ero così sicuro, ma di certo dal mio padre adottivo avevo imparato cosa non fare.

Spalancai la porta d'ingresso. Mario entrò, dicendo: «Un completo? Amico, sei tutto in ghingheri di sabato mattina?»

«Be', per uno il cui guardaroba consiste in pantaloncini, magliette e una sola camicia, l'asticella non è molto alta.»

Mario si chinò per accarezzare Toby. «Ehi, ti dimentichi che siamo in Florida?»

«Questo non vuol dire che non devi fare uno sforzo. Prendi l'altro lato del tavolino.»

Lo spostammo di lato e arrotolammo il tappeto. Il lettore di impronte digitali sulla cassaforte lampeggiò di verde e lo sportello si aprì con un clic. Misi una mano dentro, tirando fuori il sacchetto di velluto blu.

Dopo aver chiuso lo sportello, rimettemmo i mobili a posto.

«Prendi un biscotto per Toby.»

«Certo.»

Mario aprì il cassetto dei biscotti e io afferrai un paio di occhiali. Inserii l'allarme di casa e saltammo sulla macchina di Mario.

———————

LE LUCI nella vetrina del comitato elettorale di Kravitz erano spente. La porta era chiusa a chiave. Suonai il campanello e Kravitz sporse la testa da un ufficio. Alzò un dito e un secondo dopo il cicalino suonò. Aprii la porta e mi diressi verso il retro.

«Onorevole Kravitz, è un piacere rivederLa.»

«Anche per me.»

Feci per sedermi, e lui disse: «Non ho molto tempo stamattina. L'ha portato?»

Mi picchiettai la tasca della giacca. «Sì, signore.»

«Bene.»

Tirai fuori il sacchetto e lo sollevai. «Prima di darglielo, voglio essere sicuro...»

«La mia parola è impeccabile. Quando stringo un accordo, mantengo la promessa.»

«Sto solo cercando di evitare un malinteso.»

Allungò la mano verso il sacchetto. «Mi dia quello e farò in modo che il suo progetto venga finanziato.»

«Voglio mostrarLe cosa c'è dentro mentre siamo entrambi qui.» Sollevai il sacchetto e ne feci uscire con delicatezza una manciata di diamanti. Allungai il braccio. «Sono magnifici. Guardi come brillano.»

«Si sbrighi, devo andare.»

Facendo rientrare delicatamente i diamanti nel sacchetto, dissi: «Il tempo stringe. Quanto in fretta lo farà?»

«Lunedì ho una riunione della commissione. Ne parlerò in quell'occasione.»

«Sta andando a Washington?»

«Domani mattina.»

«Che tipo di commissione?»

«Stanziamenti.»

«Perfetto.» Gli porsi il sacchetto.

Kravitz aprì i cordoncini. Guardò dentro come se avessi fatto un gioco di prestigio. «La terrò informato.»

―――

IL CELLULARE sul mio comodino vibrò, svegliandomi. Erano le 2:37 del mattino. Lo afferrai mentre Toby saltava giù dal letto. «Pronto?»

«Beck...»

«Mario? Che succede?»

«Scusa se chiamo così tardi, amico.»

Era fatto? «Stai bene?»

«Sì, ero qui a letto. Ho molti problemi a dormire, sai, ho sempre la scimmia sulla spalla.»

Appoggiai la testa sul cuscino. «Tranquillo, amico. Chiamami ogni volta che senti che stai per cedere.»

«No, non sto cedendo o altro, stavo solo pensando a te e a quello che è successo con Weiss, e potrei fare confusione. In riabilitazione mi hanno detto che quando qualcosa mi turba, devo parlarne.»

Solo per Mario avrei fatto lo psicologo alle due del mattino. «Va bene, amico. Cosa posso chiarirti riguardo a Weiss?»

«Be', ricordi che mi avevi parlato del tizio tra casa tua e quella volta che ti stavano seguendo?»

Misi le gambe giù dal letto. «Cosa c'entra?»

«All'epoca mi facevo parecchio, quindi potrei sbagliarmi,

ma non è stato prima di Cindy e della storia del Ritz con Weiss? Prima dell'incendio?»

Con la mente che correva all'impazzata, mi alzai in piedi. «Uh, sì. È stato...»

«Non significa che non fosse un uomo di Weiss?»

Come diavolo me l'ero perso?

57

CON INDOSSO CAPPELLINO DA BASEBALL, OCCHIALI DA SOLE E barba finta, me ne stavo in disparte mentre Kravitz e il suo avvocato di grido, Gordon Frost, uscivano dal tribunale.

La stampa si fece sotto e Frost alzò una mano. «Il deputato non rilascerà commenti questo pomeriggio. Tuttavia, farò una breve dichiarazione riguardo all'udienza di oggi».

Quattro mani che reggevano altrettanti microfoni si protesero in avanti.

Un giornalista gridò: «Come si è dichiarato il deputato Kravitz?».

Frost fulminò il giornalista con lo sguardo. «Ho detto che rilascerò una dichiarazione».

La folla si calmò e l'avvocato disse: «Oggi abbiamo negato con forza le accuse mosse contro il mio cliente. Anzi, chiederemo alla corte di far cadere le accuse».

«Su quali basi?».

«Riteniamo che la perquisizione dell'abitazione e dell'ufficio del deputato sia stata illegale e incostituzionale. Come dimostra il rilascio del signor Kravitz sulla parola e senza cauzione, crediamo che la corte accoglierà favore-volmente la nostra mozione e si pronuncerà di conseguenza».

Un giornalista chiese: «La procura ha confermato le notizie secondo cui un sacchetto di diamanti sciolti è stato sequestrato durante l'irruzione. Perché il deputato aveva quelle gemme in casa sua?».

Frost sorrise. «Sono contento che me l'abbia chiesto. Il deputato Kravitz è da tempo un collezionista di oggetti di valore, incluse le gemme. Intendiamo stabilire e documen-tare questo fatto innegabile. È importante capire che l'hobby di collezionare pietre, sia tagliate che grezze, è praticato dalla famiglia Kravitz da diverse generazioni».

«Quindi, non era una tangente?».

«Certo che no. Fa parte della collezione del deputato. Anzi, molte di esse sono state probabilmente tramandate da suo padre e da suo nonno».

«Quando si terrà la prossima udienza?».

«Il mio studio sta redigendo una mozione di archivia-zione, quindi crediamo che sarà un'udienza breve. Per oggi è tutto».

Kravitz teneva la testa alta ma fissava la nuca dai capelli tinti di Frost mentre si facevano largo in un mare di giorna-listi. Era sprezzante e aveva ingaggiato una delle migliori menti legali del Paese.

Inspirai, contai fino a otto e poi espirai lentamente. Ripetei il processo sei volte, mi asciugai una goccia di sudore dalla fronte e mi diressi verso la macchina. Avevamo abbastanza per incastrare Kravitz, no?

Uscendo sotto il sole di mezzogiorno, scrutai la zona e mi affrettai verso l'auto. Nessuno mi stava seguendo. C'era una minima possibilità che la minaccia che avevo visto vicino a casa mia fosse un ladro qualunque. Altrimenti, tornavo a pensare che si trattasse di Mallory o di Royal.

Il mio cellulare squillò. Era il detective Moreno. «Ehi, Moe».

«Ciao. Senti, ho controllato con tutti i contatti che ho al Dipartimento Penitenziario e non abbiamo niente di concreto su Royal».

«Concreto? Che intendi dire?».

«Non era la parola giusta. Non c'è dubbio che Royal comandi ancora dalla prigione, ma non c'è nulla che indichi che stia organizzando qualcosa contro di te».

«Se è vero, allora deve essere Mallory».

Lui non rispose.

«Moe? Ci sei ancora?».

«Sì. Senti, hai tutto il diritto di essere paranoico dopo quello che Weiss ha cercato di fare, ma sei sicuro che ci sia una minaccia?».

«Cosa?».

«Sto solo dicendo che, con tutto quello che sta succedendo, sei stato ipervigile. Forse hai frainteso...».

«C'era un tizio di fianco a casa mia, amico. Che diavolo credi che ci facesse lì?».

«Calma. Non so di cosa si trattasse. Forse era un ladro o qualcuno che stava studiando la casa per un colpo».

«Ti sei dimenticato che qualcuno mi stava pedinando?».

«No, ma tu davi fastidio a Kravitz e a Weiss. Questa gente fa le sue ricerche...».

«Mandando uno scagnozzo di notte?».

«Beck, sta' calmo. Dico solo che il pedinamento potrebbe non essere collegato al tizio a casa tua».

Era una cosa a cui non avevo mai pensato. «Scusa, amico».

«Non fa niente».

«Chiederò di fare una pattuglia di routine dalle tue parti».

«Grazie».

«Tieni gli occhi aperti e vedo se qualcuno dei nostri informatori sa qualcosa».

«Grazie, Moe».

Guidando verso casa, pensai alla possibilità che la minaccia fosse solo frutto della mia immaginazione. Mario diceva sempre che ero paranoico. E Moe non aveva tutti i torti riguardo al fatto che i due incidenti potessero non essere collegati.

Le mie spalle si rilassarono. Sul punto di chiamare Laura, diedi un colpo di palmo al volante. Avevo dimenticato l'uomo vicino a casa mia mentre io e Laura eravamo in un hotel. Gli incidenti erano tre.

Con la mente che correva all'impazzata, ricordai che eravamo andati a Miami dopo l'incendio. Poteva essere stato Weiss a fare un altro tentativo.

58

LESSI IL MESSAGGIO DI O'LEARY. IL PROCURATORE DICEVA CHE l'udienza preliminare era la prossima. Entrai di soppiatto nell'aula del tribunale e mi sedetti nell'ultima fila, mentre O'Leary era seduto dietro il tavolo dell'accusa.

Il giudice Appleton guardò il tavolo della difesa. «La difesa è pronta?»

Simone Jackson e il suo avvocato d'ufficio scattarono in piedi.

«Sì, Vostro Onore.»

«Signora Jackson, come si dichiara?»

La Jackson borbottò: «Non colpevole, Vostro Onore».

Il giudice prese nota e guardò O'Leary, che si alzò. «L'accusa acconsente al rilascio della signora Jackson senza cauzione.»

Il giudice Appleton disse: «Annotato, avvocato. La prossima udienza è fissata tra due settimane, il venti». Batté il martelletto. «Prossimo caso.»

A testa bassa, la Jackson si diresse dritta verso la porta. I vestiti le stavano larghi. Mi parai davanti a lei. «Non ti

conviene uscire dall'ingresso principale, ci sono più telecamere che alla notte degli Oscar.»

Lei si accigliò. «Oh, e da dove posso uscire?»

«Ti mostro io. C'è un'entrata laterale che non
conoscono.»

«Sei un avvocato?»

«No, ma lavoro per un paio di avvocati.»

«Per la difesa?»

«A volte per la difesa, e a volte per l'accusa. Seguimi.»

Svoltai a sinistra in un corridoio e aprii la terza porta. La
Jackson si fermò sulla soglia. «Qui? Non si esce da qui.»

«Volevo parlarti prima che te ne andassi.»

Fece un passo indietro. «Riguardo a cosa?»

«Riguardo ai Duber, a quello che hai fatto…»

La Jackson si girò.

Dissi: «Aspetta. Posso aiutarti con le accuse a tuo
carico».

«E come pensi di fare?»

«Conosco molto bene il procuratore O'Leary.»

«Anche il mio avvocato.»

«Non come lo conosco io.»

«D'accordo, quanto vuoi? Perché non ho un soldo.»

«Sediamoci e parliamone in privato. Sono sicuro che
troverai interessante l'accordo che ti propongo.»

Ci sedemmo ai lati opposti di un tavolo ovale. Con le
braccia incrociate sul petto, la Jackson disse: «Ti do cinque
minuti, quindi vedi di iniziare».

«Sei qui per corruzione e abuso di minori. Ma quello che
hai fatto ai Duber è stato spregevole. Quello che hai fatto a
loro e a chissà quanti altri è a dir poco contorto e vendica-
tivo. Ma sei fortunata che io conosca le circostanze atte-
nuanti del tuo passato.»

«Adesso sei anche uno psicologo?»

«No, ma sono passato anch'io per il sistema degli affidi. Non sono stato sballottato in giro quanto te, ma ho preso un sacco di botte anche io prima di andarmene, prima di raggiungere la maggiore età.»

«Come sai queste cose su di me?»

«Mi pagano per saperle. Ascolta, sono stato nel sistema. So che può essere dura.»

«Non è stato il modo migliore per crescere.»

«Quello che non capisco è che tu conoscevi il sistema dall'interno e hai comunque fatto quello che hai fatto.»

«Non devo darti spiegazioni. Hai qualcos'altro da dire che non sia un sermone? Altrimenti, me ne vado.»

«Non so se sia stato il gioco d'azzardo a farti deragliare o cosa ti passasse per la testa, ma hai fregato i Duber...»

«Stavo cercando di proteggere i bambini.»

«Forse all'inizio, ma sai cosa penso?»

La Jackson iniziò ad alzarsi.

«Siediti! Ascolta quello che ho da dire, o mi assicurerò che tu marcisca dietro le sbarre!»

La Jackson si sedette. «Ma chi diavolo ti credi di essere per parlarmi in questo modo?»

«Perché so perché hai fatto quello che hai fatto. Provavo la stessa cosa quando sono scappato dal mio primo affido.»

«Ah sì? E cosa sarebbe?»

«Volevi negare ai bambini un'infanzia normale. Volevi che ogni bambino soffrisse quello che hai sofferto tu.»

Il volto della Jackson si rabbuiò. «Hai finito?»

«Volevi che gli altri si sentissero come ti sentivi tu. Provavo la stessa cosa quando ero nel mio primo affidamento e venivo maltrattato. Guardavo gli altri bambini e mi vergogno a dirlo, ma provavo risentimento per il fatto che avessero genitori normali.»

La Jackson si mosse sulla sedia ma non disse nulla.

«Forse è stato per il modo in cui è stata uccisa mia madre.»

«Cos'è successo?»

«È stata assassinata da un bastardo che era fuori su cauzione.»

La Jackson scosse la testa. «E tuo padre?»

«Non ha retto e si è ucciso con l'alcol.»

«Almeno tu avevi dei genitori. Io non ho mai conosciuto i miei. Sai come ti fa sentire una cosa del genere?»

«Mi dispiace. So che è stato devastante e, se non fosse per questo, non me ne importerebbe un accidente di quello che ti succederà.»

Sussurrò: «Hai detto che potevi aiutarmi».

«C'è una buona probabilità che tu ti faccia un po' di galera. Ma di sicuro, oltre al lavoro, perderesti la pensione.»

La Jackson chinò la testa. «Ho davvero fatto un gran casino. Avevo bisogno di soldi…»

«Non voglio sentirlo.»

«So di non meritarlo, ma c'è un modo in cui puoi aiutarmi?»

«Niente può annullare il danno che hai fatto, ma possiamo provare a migliorare qualche vita.»

«Farei qualsiasi cosa…»

«I soldi che hai vinto al torneo sono bloccati, dato che la quota d'iscrizione proveniva dal denaro della corruzione.»

«Se li ottengo, te li darò…»

«Voglio che quarantamila vadano ai Duber, per rimborsarli degli avvocati che li hai costretti a ingaggiare. Poi metteremo diecimila dollari in un fondo per il college per il loro bambino. I restanti cinquantamila andranno a Youth Haven per aiutarli a prendersi cura dei ragazzi.»

«Qualsiasi cosa tu dica, dico sul serio, mi sembra una buona idea e sei davvero gentile.»

«Ti dichiari colpevole, accetti di non poter più lavorare con i bambini, consegni i centomila e eviterai il carcere. E aggiusteremo le accuse in modo che tu possa avere diritto a una pensione parziale.»

«Davvero? Oh mio Dio, grazie, grazie, grazie.»

«Contatteremo il tuo avvocato per sistemare tutto.» Mi alzai. «Vieni, ti accompagno all'uscita laterale.»

59

IL PROCURATORE O'LEARY MI INCONTRÒ NEL PARCHEGGIO E mi condusse in una stanza adiacente al suo ufficio. Prese un telecomando e un monitor si accese, mostrando un video in diretta del suo studio.

«Stanno aspettando di sotto. Li faccio salire.»

«Grazie. So che è insolito, quindi apprezzo che tu mi permetta di assistere.»

«Te lo sei guadagnato, Beck. Ci vediamo dopo.»

O'Leary si chiuse la porta alle spalle. Pochi secondi dopo, apparve sullo schermo. Il procuratore prese il telefono e fece una breve chiamata.

Un minuto dopo, O'Leary disse: «Entrate.»

La porta si aprì. L'onorevole Kravitz e il suo avvocato, Gordon Frost, entrarono. Si scambiarono i saluti e si sedettero sulle sedie verde trifoglio di fronte alla scrivania di O'Leary.

Frost disse: «Sono stato rincuorato dalla Sua telefonata. L'onorevole è ansioso di lasciarsi alle spalle questo malinteso per poter tornare a occuparsi della cosa pubblica.»

Il riferimento al servizio pubblico mi diede il volta-stomaco.

O'Leary disse: «Dato che avete presentato la mozione di archiviazione, ho pensato fosse meglio evitare qualsiasi imbarazzo.»

«Anche se la perquisizione illegale meriterebbe un'umiliazione pubblica, l'interesse dell'onorevole risiede in una risoluzione rapida e discreta.»

«Eccellente. Vogliamo cominciare?»

Kravitz accavallò le gambe, mentre il suo avvocato diceva: «So che non getterebbe una buona luce sul Suo ufficio, ma quando ritirerà le accuse, dovrebbe davvero rilasciare una dichiarazione pubblica. Essendo lui un personaggio pubblico, è il minimo che possiamo chiedere. Può trovare un modo per scaricare la colpa sulla polizia...»

«Signor Frost, vorrei essere chiaro: non abbiamo alcuna intenzione di ritirare le accuse.»

Kravitz scavallò le gambe e guardò Frost. L'avvocato disse: «C'è un altro malinteso?»

O'Leary sorrise. «Assolutamente nessuno.»

«Qual è lo scopo di questa riunione, allora? Lei aveva detto di voler mantenere la cosa... 'a basso profilo', è stata l'espressione che ha usato.»

«Esatto. Sebbene le accuse siano quanto di più grave possa esserci, vi offro la possibilità di cambiare la vostra dichiarazione in un'ammissione di colpevolezza.»

Frost si alzò. «Questa è una perdita di tempo. Ci vediamo in tribunale.»

Mentre Kravitz si stava alzando, O'Leary disse: «Io non lo farei. Perdereste, e il vostro cliente subirebbe un'umiliazione pubblica.»

Mi sporsi in avanti mentre Frost diceva: «Direi piuttosto che sarà il Suo ufficio a essere disonorato.»

«Vi prego, sedetevi. Ci vorrà solo un momento. Voglio mostrarvi una cosa.»

«Restiamo in piedi. Di che si tratta?»

O'Leary prese un telecomando e un televisore si accese. Era la registrazione dell'incontro che avevo avuto con l'onorevole a Baker Park.

Kravitz disse: «Mi stavano filmando? Senza il mio consenso?»

Frost disse: «Il mio cliente ha una ragionevole aspettativa di privacy. Questa prova verrà respinta in tribunale.»

O'Leary disse: «Questa ripresa è stata fatta fuori dal suo ufficio, in un luogo pubblico. Non è necessario alcun consenso, dato che non c'è aspettativa di privacy nel bel mezzo di un parco pubblico.»

Frost protestò, e il procuratore disse: «Trattenete le vostre obiezioni finché non vi avrò mostrato il filmato.»

Kravitz e io eravamo faccia a faccia. «Come Le ho detto, l'idea di fornire un rifugio sicuro mi sta molto a cuore e sono più che disposto ad aiutarLa a convincere i Suoi colleghi che si tratta di una necessità urgente.»

Kravitz scrutò l'area prima di dire: «Incentivarli sarebbe un'impresa costosa.»

«Ne siamo consapevoli.»

«Quanto siete disposti a spendere? Devo distribuire i soldi.»

Mi piacque il modo in cui mi ero avvicinato a lui. «Per una sovvenzione da dieci milioni, Lei ne ottiene centomila. Se riesce a ottenere dodici milioni, aumento a centocinquantamila.»

Kravitz sorrise. «Centomila per dieci milioni? È l'uno

per cento. Non si può certo definire una commissione d'intermediazione.»

«Cosa vuole?»

«Trecentomila per dieci, quattrocentomila se mi fa approvare i dodici milioni.»

Esitai. «Mi sembra giusto, ma procurarmi quel tipo di contanti per me è un problema e, francamente, darebbe nell'occhio.»

«Posso occuparmene io, ma è fondamentale non dare nell'occhio.»

«Sarebbe difficile. Quello che posso procurarmi sono i diamanti.»

«Questa è un'idea interessante. Non li ho mai usati prima.»

«Io li uso sempre. Hanno un valore enorme in un piccolo volume.»

«Dovrò pensarci.»

«Si fidi, si usano di continuo. I federali non li tracciano come fanno con i contanti.»

Kravitz annuì leggermente. «Okay. Ci proverò.»

«Bene. Quando si metterà al lavoro?»

«Avrò delle spese iniziali. Ci sono persone di cui devo occuparmi. Avrò bisogno di un anticipo.»

«Che ne dice di diecimila.»

«Facciamo ventimila, e devono essere in contanti.»

Gli porsi la mano. Kravitz la strinse, dicendo: «Piacere di fare affari con Lei.»

O'Leary fermò la registrazione.

Kravitz scosse la testa. «Questa è istigazione a delinquere, pura e semplice». Si rivolse a Frost e disse: «Faccia respingere questa prova per istigazione a delinquere. Immediatamente.»

Frost si portò un dito alle labbra.

O'Leary disse: «Non funzionerà, onorevole. Lei ha chiesto un compenso in cambio del finanziamento del suo progetto. È un classico do ut des.»

Frost annuì e si lasciò cadere su una sedia. «Discutiamone, tenendo presente che la gente dice cose, come voler uccidere qualcuno, ma poi non agisce mai. Il signor Kravitz potrebbe essersi espresso male, ma non ha ricevuto denaro e nessun accordo è stato concluso.»

«Non si sarà mica dimenticato dei diamanti, vero?»

Kravitz crollò su una sedia mentre il suo avvocato diceva: «Quelli erano di proprietà della famiglia Kravitz già da decenni prima di questo spiacevole incidente.»

O'Leary sorrise. «Bel tentativo, avvocato». Aprì una cartella sulla sua scrivania e fece scivolare un foglio verso Frost. «Questa è la lista dei numeri di serie incisi sulle gemme trovate a casa del deputato».

Le spalle di Kravitz si afflosciarono e O'Leary sollevò un altro documento. «Quella lista corrisponde al registro d'inventario fornito dalla Crown Jewelers, che ha prestato le pietre alle forze dell'ordine».

Frost espirò. «Dovremo esaminare questi documenti per verificarne l'autenticità...»

«Dovrà parlare con il suo cliente di un patteggiamento.»

«Se ci sottopone un'offerta equa da considerare, potremmo essere in grado di raggiungere un accordo.»

60

LAURA MI PRESE LA MANO MENTRE LE ONDE DEL GOLFO CI lambivano i piedi. Disse: «È bello. Dovremmo passeggiare sulla spiaggia ogni sabato».

«Dobbiamo uscire presto come oggi».

«Per me va benissimo. Sei tu il dormiglione».

Non ero uno che si alzava tardi. Non era il sonno a tenermi tranquillo e restio a fissare appuntamenti la mattina presto. Mi piaceva leggere i giornali e ripassare i piani che avevo in corso. «Allora prendiamo un impegno. Il sabato, non più tardi delle nove, piedi sulla sabbia».

«Wow. Sei sicuro di potermi sopportare così tanto?»

Non ci avevo pensato bene. Significava che probabilmente saremmo stati insieme tutto il giorno. «Sarà una prova».

Mi squillò il telefono. Era Larson. «Ehi, sono a Vanderbilt Beach con Laura. Sei in zona?»

«Bello. No, ho troppe commissioni da fare oggi».

«Che succede?»

«Puoi parlare liberamente?»

«Certo».

Lui esitò. «Hanno trovato Melvin Weiss morto stamattina».

Mi bloccai di colpo. «Cosa?»

«Si è impiccato dal balcone. L'ha visto una donna delle pulizie quando è entrata stamattina».

«Oh, mio Dio, è terribile».

Laura disse: «Cosa c'è?»

La allontanai con un gesto mentre Larson diceva: «Immagino non abbia retto al disonore».

«Ho fatto un casino».

«Non hai fatto niente. Lui...»

Dissi: «Stronzate. Weiss non si sarebbe ucciso se non gli fossimo andati contro».

«Stai calmo. Non hai idea di cosa gli passasse per la testa prima ancora di conoscerlo. Queste cose non spuntano fuori dal nulla».

«Devo andare. Ti chiamo più tardi».

Laura disse: «Weiss si è suicidato? Chi è?»

Mi lasciai cadere sulla sabbia. «Che disastro».

«Weiss? L'uomo che ha cercato di ucciderti?»

Afferrai un pugno di sabbia e lo lanciai verso il Golfo. «Argh!»

Laura mi si sedette accanto. «Rilassati. Quel che è fatto è fatto».

Aveva tirato fuori un po' di stoicismo. «Già, e un uomo è morto per colpa mia».

«Stai esagerando, non trovi?»

«Bene, vuoi sapere perché penso sia colpa mia? Te lo dirò».

I suoi occhi si spalancarono mentre le raccontavo del caso Weiss.

«Non sto dicendo che avrebbe dovuto uccidersi, ma era un uomo terribile. Ha dato fuoco a casa tua...»

«Si può sempre trovare un altro lavoro, ma quando sei morto, sei morto».

Mi strofinò la schiena. «Quell'essere spregevole ha fatto passare sua moglie per una stupida».

«Stava divorziando da lui. È tutto così assurdo».

«Non capisco perché tu sia così sconvolto. Quest'uomo ha cercato di ucciderti».

«Non fa alcuna differenza».

«Sei pazzo? Certo che la fa. Dimostra che mostro fosse. Non aveva alcun riguardo per nessuno. Era un egoista come pochi».

«E ora è morto per colpa mia».

«Si è suicidato. La gente non si sveglia un giorno e si uccide. Probabilmente aveva problemi mentali, demoni con cui combatteva, ben prima di conoscerti».

Larson aveva detto la stessa cosa. «Pensi? Voglio dire, sono sicuro che l'abbiamo spinto oltre il limite, ma potresti avere ragione».

«Non sai cos'altro stesse succedendo dietro la facciata miliardaria che Weiss ostentava. E il senso di colpa che deve aver provato per il modo in cui ha fatto i suoi soldi doveva divorarlo».

«Forse».

«Non darti la colpa. Stavi sostenendo le persone a cui Weiss aveva fatto del male».

Mi alzai in piedi. «Andiamo».

Mi afferrò la mano e la tirai su. Mi mise le braccia al collo. «Non lasciare che questa cosa ti tormenti. Scrollatela di dosso. Sei una brava persona e non sei la ragione per cui quell'uomo si è tolto la vita».

Volevo crederci, ma avevo seri dubbi. «Grazie».

Camminammo in silenzio per circa dieci minuti. Passando davanti al Turtle Club, mi squillò il telefono; era di nuovo Larson.

«Ray? Che c'è?»

«Ho appena riattaccato con O'Leary e mi ha detto che Solenko ha fatto un accordo ed è diventato testimone dell'accusa contro Weiss. Non eri l'unico che aveva preso di mira».

«Weiss sapeva che aveva cantato?»

«Sì. O'Leary ha contattato il suo avvocato ieri tardi».

Mi sentii più leggero mentre un'ondata di sollievo mi pervadeva. «Allora è per questo che si è impiccato».

«Sì, e O'Leary ha detto che anche la SEC stava indagando su Weiss».

«Il suo mondo stava crollando».

«Proprio così».

«Grazie per avermelo detto. Ma perché O'Leary non ce l'ha detto?»

«Sua figlia stava giocando a calcio e si è strappata i legamenti della caviglia. È corso fuori dall'ufficio».

«Oh, no. Sta bene?»

«Ha detto che l'intervento è andato bene».

«Bene. Lo chiamerò più tardi».

Riattaccai e dissi: «Il tizio che Weiss aveva assoldato per uccidermi ha fatto un patto con il procuratore e gli ha spifferato un sacco di cose compromettenti su Weiss».

«Visto? Non è stata colpa tua».

Forse no, ma avevo avuto un ruolo e non mi piaceva come era finito il film.

61

CHIAMAI IL MIO AMICO DETECTIVE, MORENO. «EHI, MOE, come va?»

«Bene. E tu, tutto tranquillo?»

«Sì. Ho sentito quello che hai detto l'altro giorno e non lascerò che condizioni le mie giornate. Terrò gli occhi aperti e vedremo come andrà a finire.»

«Bravo ragazzo. Continueremo con le ronde e terremo le orecchie tese.»

«Grazie. Ehi, ti ho chiamato per invitarti a cena, offro io.»

«Posso pagarmi la mia parte.»

«Non stavolta. Se non fosse stato per te, Weiss mi avrebbe messo in una bara. Quindi, cena sia.»

«Non è necessario.»

«Senti, scegli un posto. Niente di troppo elegante, ma un posto che piaccia a te e a tua moglie. È ora che usciamo in quattro.»

«Wow. Finalmente conoscerò la misteriosa Laura?»

«Non prendermi in giro, o ritiro l'invito.»

Lui ridacchiò. «Pensavamo di uscire venerdì. Quindi so che la serata va bene, ma scegli tu il ristorante e fammi sapere.»

«Perfetto.»

Dieci minuti dopo arrivò Laura. Entrò in casa come una folata di vento con una busta di Whole Foods. «C'erano gli hamburger di tacchino in offerta.»

«Bene.»

«Erano scontati del cinquanta per cento. Preparo un'insalata.»

Mentre apriva il frigo, dissi: «Senti, venerdì sera usciamo a cena con il detective Moreno e sua moglie.»

Con gli hamburger in mano, si bloccò. «Venerdì?»

«Sì. Perché, hai già dei programmi o qualcosa del genere?»

«No, no. È solo che, non so, sono un po' sorpresa.»

«Ti piacerà. È fantastico, e sua moglie, Tammy, è simpaticissima.»

«Non vedo l'ora. Dove andiamo?»

«Dove ti piacerebbe andare?»

«A me? Non sta a me decidere. Per me va bene qualsiasi posto.»

«Che ne dici di Bice?»

«Certo.»

«Accendo la griglia, poi prenoto.»

Accesi il barbecue mentre mi arrivava un messaggio da Larson.

Dopo cena, sparecchiammo la tavola. Accesi la TV, sintonizzandomi su WINK News. Laura disse: «Pensavo non ti piacesse guardare il telegiornale.»

«Infatti, ma Ray voleva che vedessi una cosa.»

Lo spot di una ditta di disinfestazione finì e iniziò il

notiziario. Il conduttore disse: «La notizia di apertura di stasera è una caduta in disgrazia.»

Una foto di Kravitz riempì lo schermo. «Il deputato Kravitz oggi è stato censurato all'unanimità dalla Camera dei Rappresentanti. La censura è legata alle accuse di corruzione mosse contro di lui.

«Sono stati anche revocati gli incarichi del deputato nelle commissioni, e circolano voci secondo cui Kravitz si dimetterà già questo fine settimana.

«Il deputato…»

Cliccai il telecomando. Laura disse: «Perché volevi vederlo?»

«Abbiamo fatto un lavoro con lui.»

«Ho letto di lui. È così corrotto.»

«Lo pensavamo anche noi.»

«A cosa avete lavorato con lui?»

«Andiamo, Toby deve uscire a fare una passeggiata.»

———

LAURA STAVA DORMENDO. Ero a letto a rimuginare su tutto quello che era successo. Per quanto grave fosse stato il suicidio di Weiss, mi sentivo abbastanza bene. Invece di rompermi le palle per quello che avevo fatto, Laura mi aveva sostenuto, aiutandomi a razionalizzare l'accaduto.

Forse le cose tra noi potevano passare alla fase successiva. Se volevo avere un figlio, non potevo lasciar passare molto altro tempo. E lei aveva i valori giusti per essere un'ottima madre.

La mente mi andò al lavoro. Probabilmente avrei dovuto cambiare quello che facevo; non potevo rischiare che qualcuno mi desse la caccia una volta diventato padre.

La minaccia, reale o immaginaria, si era ritirata. Non era successo niente di strano e riuscivo a rilassarmi un po'. Pensai a Larson.

Aveva un paio di lavori interessanti da valutare.

Volevo prendermi una pausa, andare via con Laura e restare fuori dai radar per un po'. Stare con lei era bello, ma dovevo eliminare ogni dubbio sul fatto che fosse quella giusta, e il tempo rivela ogni cosa.

Ma i casi di cui mi aveva parlato Larson erano urgenti e redditizi. Con le palpebre che si facevano pesanti, giurai a me stesso di prendere una decisione entro il fine settimana. Accartocciai il cuscino e spensi i pensieri.

———

Io e Laura eravamo seduti nella veranda. Stavo leggendo il giornale quando il sole spuntò da dietro gli alberi. Dissi: «Guarda che cielo. Sarà un'altra giornata meravigliosa.»

Laura sorrise. «Ecco perché chiamano il sud-ovest della Florida un paradiso.» Si alzò. «Vuoi un'altra tazza di caffè?»

«Certo.» Le porsi la tazza e lei entrò in casa.

Sprose la testa fuori con un telefono in mano. «Sta chiamando qualcuno.»

Le presi il cellulare. «Pronto?»

«Signor Beck, sono Jim Duber.»

«Oh, ehi, come stai?»

«Bene, bene.»

«E Katy?»

«Sta benissimo.»

«Che succede?»

«Volevamo ringraziarti. Non ci aspettavamo niente, ma posso dirti che riavere quei quarantamila è incredibile. E i diecimila per l'istruzione di Katy, cioè, non sappiamo cosa dire.»

Larson ci aveva messo i diecimila dollari extra. «Siamo solo contenti di aver potuto aiutare in qualche modo.»

«Significa tutto per noi, credimi.»

È l'universo per me.

———

SPERO che ti sia piaciuto leggere *Oltre la Vendetta* tanto quanto a me è piaciuto scriverlo. Se così fosse, apprezzerei molto se volessi scrivere una breve recensione su Amazon o sul tuo sito di libri preferito. Le recensioni sono le migliori amiche di un autore e anche solo una o due righe sono d'aiuto. Grazie, Dan

La serie di misteri di Luca

Sono io l'assassino?

Scomparso

L'omicidio di Serenity

Terza possibilità

Un caso irrisolto

Poliziotto o assassino?

Mettere a tacere Salter

Passi falsi di un assassino

Posta in gioco incerta

L'assassino del nonno

Vendetta pericolosa

Dove sono?

Sepolti al lago

L'assassino della riserva

Nessuno è al sicuro

Omicidio, soldi e caos

La svendita d'oro

Segreti pieni di suspense

Il dilemma di Cory

La fuga di Cory

Il cambiamento di Cory

L<small>A SERIE</small> "L'<small>ARTE DELLA VENDETTA</small>"

I<small>N</small> N<small>OME</small> D<small>ELLA</small> V<small>ENDETTA</small>

O<small>LTRE LA VENDETTA</small>

N<small>ON È FINITA</small>

A<small>LTRE OPERE DI</small> D<small>AN</small> P<small>ETROSINI</small>

L'<small>ULTIMO NEMICO</small>

T<small>ESTIMONE COMPLICE</small>

R<small>ESPINGI</small>

A<small>MBIZIONE ALLA SCOGLIERA</small>

Dan è un autore di bestseller per USA Today e Amazon che ha scritto la sua prima storia all'età di dieci anni e ama raccontare storie o barzellette.

Dan trae le idee per le sue storie esplorando la domanda: e se?

In quasi ogni situazione in cui si trova, Dan si chiede cosa succederebbe se accadesse questo o quello. E se questa persona morisse o facesse qualcosa di insolito o illegale?

Questo suo continuo lavorio mentale fornisce a Dan abbondante materiale da intrecciare in storie interessanti.

Amante di libri e film con colpi di scena e difficili da prevedere, Dan costruisce le sue storie in modo da impedire ai lettori di indovinarne lo svolgimento. Scrive ogni giorno, forzando le parole a uscire quando necessario, e a oggi ha scritto più di venticinque romanzi.

Non è una questione di voler scrivere, per Dan è semplicemente una necessità.

Dan crede fermamente che le persone possano realizzare i propri sogni se si concentrano e agiscono, ed è proprio ciò che incoraggia a fare.

Il suo detto preferito è: «Il prezzo della disciplina è sempre inferiore al costo del rimpianto»

Dan ricorda alle persone di eliminare la negatività dalle proprie vite. Crede che sia contagiosa e consiglia di stare alla larga dalle persone negative. Sa che avere una mentalità autentica e positiva dà la sensazione che la vita sia truccata a proprio favore. Quando si sente giù, si dice: «Non si può avere una bella giornata con un brutto atteggiamento».

Sposato, con due figlie e un Maltese bisognoso di attenzioni, Dan vive nel sud-ovest della Florida. Originario di New York, Dan ha insegnato nei college locali, scrive romanzi e suona il sassofono tenore in diverse jazz band. Beve anche decisamente troppo vino e non si prende mai, e poi mai, troppo sul serio.

Pubblica una newsletter bimensile con articoli, i suoi scritti e offerte speciali e occasioni imperdibili.

Iscriviti su www.danpetrosini.com

www.ingramcontent.com/pod-product-compliance
Lightning Source LLC
Chambersburg PA
CBHW050029030726
47506CB00001B/187